KB253495

얄밉고, 성가시고, 사랑스럽고, 못 견디게 그리운
말리와 말썽꾼들

말리와 말썽꾼들

「필라델피아 인콰이어러」 엮음 | **노지양** 옮김 | **추덕영** 그림

살림

옮긴이 **노지양**

연세대학교 영문과 재학시절 라디오와 사랑에 빠져 졸업 후 KBS 2FM 〈유열의 음악앨범〉, 〈황정민의 FM 대행진〉에서 방송작가로 일했다. 결혼과 출산 후 번역과 두 번째 사랑에 빠졌고 현재 홍대 작업실과 범박동의 집을 오가며 즐겁게 번역 중이다. 번역서로는 『CEO의 저녁식탁』(흐름출판), 『남자 마음을 사로잡는 매뉴얼』(예담), 『마이 빈티지 로망스』, 『보헤미안의 파리』(이상 북노마드), 『낯설지 않은 아이들』(애플트리태일즈) 등이 있다.

그린이 **추덕영**

건국대학교 산업디자인과를 졸업하고 일러스트레이터로 활동해 왔다. 디지털 조선의 '굿모닝 디지털'에서 디자인 작업을 했으며, 문화일보 미술팀장을 거쳐 현재 한국경제신문사에서 일하고 있다. 작업한 책으로는 『마시멜로 이야기』(한국경제신문사), 『나의 백만장자 아저씨』(경영정신), 『피라니아 이야기』(시공사), 『마음 연주회』(민서각), 『경제학 콘서트』(웅진지식하우스) 등이 있다.

이 세상 누구도 말리를 훌륭한 개라고 부르지 않았다.
아니 착한 개라고 한 사람도 없었다.
말리는 밴시처럼 설치는 데다 황소처럼 기운이 셌다.
말리가 하도 요란 벅적지근하게 삶을 즐기는 바람에
녀석이 지나간 곳은 한바탕 자연재해가 휩쓸고 지나간 자리 같았다.

나쁜 개, 그리고 그들을 사랑한 인간 이야기

차 례

가족, 그대 있음에
당신은 내가 살아가는 또 하나의 이유입니다

3부

모험, 인생은 아름다워
다시 일어설 수 있다면 넘어지는 것도 실패는 아닙니다

4부

인생, 험난한 여정

그러나 떠날 가치가 있는 아름다운 여행입니다

1부

가족, 그대 있음에

당신은 내가 살아가는 또 하나의 이유입니다

bad dogs have more fun

세상에서 가장 아름다운
바이올린 연주

딸아이 케이틀린 릴이 생후 6개월 되었을 때, 엄마는 딸에게 뭔가 이상이 있다는 것을 알았다. 아무리 갓난아기라고는 하지만 소리나 목소리에 전혀 반응하지 않았고 바로 옆에서 크게 손뼉을 쳐도 눈도 깜빡하지 않았다. 의사들은 엄마인 루안 릴에게 별일 아니라고, 크게 걱정하지 않아도 된다고, 세월을 믿어 보라고 안심시켰다.

하지만 엄마는 계속 뭔가 이상하다고 주장했다. 엄마의 등쌀에 못 이긴 의사들은 1년 후 아기의 청력을 검사해 보았다. 엄마의 두려움은 현실이 되고 말았다.

케이틀린은 완전한 침묵의 세계에서 살고 있었다. 그 아이는 절대 손을 쓸 수 없는 선천적인 청각 장애인이었다.

그로부터 10년이 흘렀다. 앰블러의 셰디 그로브 초등학교에서는 특별한 콘서트가 열렸다. 강당은 한겨울의 특별 콘서트를 보려는 관중들로 가득했다. 음악 교사인 라이언 댄카니치가 마이크 앞에 서서 청중들에게 말했다. "이제 '굉장히 특별한 바이올리니스트'를 무대 위로 모시겠습니다."

이 학생이 여기까지 오기 위해 얼마나 힘겨운 여정을 겪었는지 알려주는 한 가지 힌트는 이것이었다. "박수 크게 치는 것 잊지 마세요."

그리고 이제 열한 살이 된 케이틀린이 걸어 나왔다. 귀가 들리지 않던 아기, 하지만 절대 포기하지 않았던 아이다. 그녀는 바이올린을 들어 턱에 끼고서 길게 숨을 내쉬었다.

가장 앞자리에 앉아 있던 루안은 가슴이 터질듯 자랑스러워하며 손에 잡은 비디오 카메라에 힘을 주었다. 그러지 않으려고 해도 자꾸만 손이 덜덜 떨렸다.

"당연히 걱정했죠. 여기 오기까지 정말 수많은 벽을 넘은 것 같아요. 마지막 순간까지도 아이의 바이올린에서 듣기 괴로운 소리가 나오기라도 할까 봐 얼마나 마음을 졸였다고요." 그녀는 나중에 델라웨어 카운티 파크사이드의 집에서 이렇게 말했다.

길고 힘들었던 여정

정말로 길고 긴 여정이었다. 태어날 때부터 딸은 오해를 받았고 사람들의 눈총을 받았고 수군거림을 들었고 지적 장애인이라는 잘못된 꼬리표가 붙어 다니기도 했다. 가끔은 선생님들조차 그렇게 알았다.

케이틀린은 그들이 모두 틀렸음을 당당하게 몸으로 증명해 보였다. 그녀는 수화를 배웠고 말과 글을 배웠다. 달팽이관을 이식 받는 수술 끝에 약간이나마 소리를 들을 수도 있게 되었다. 작년 가을에는 혼자서 빅맥과 프라이를 주문하기도 했으니 정말 장족의 발전이었다.

청력이 정상인 아홉 살짜리 남동생 제어드는 학교까지 두 블록만 걸어가면 되지만, 케이틀린은 매일 아침 45분 이상을 펌 델코 스쿨 디스트릭트 버스를 타고 셰디 그로브 초등학교까지 간다. 그 학교에는 몽고메리 카운티 교육처의 지원으로 청각 장애 학생들을 위한 프로그램이 마련되어 있기 때문이다.

그 학교를 다니며 귀가 정상인 학생들이 악기를 하나씩 들고 등교하는 것을 본 케이틀린은, 어느 날 자기도 연주를 하고 싶다고 말했다. 그리고 바이올린 레슨을 받기 시작했다. 귀머거리 학생이 악기 연주를 시도한 것은 이 학교 역사상 처음 있는 일이었다.

"음 하나를 배우기 위해서는 엄청난 집중력과 인내가 필요했어요." 케이틀린의 듣기 도우미 교사인 멜라니 스테파나토스가 말했다.

그리고 지난 주 열린 콘서트는 세상에 자신을 보여 줄 수 있는 최고의 기회였다.

청중은 숨을 죽이고 있었다. 케이틀린은 활을 현에 직각으로 놓았다. 그리고 음악이 흘렀다. 느리면서도 사랑스럽고 안정적인 선율이 흘렀고 박자는 정확했다. 그녀는 동요 '비행기'와 '작은 별'을 연주했다.

엄마는 쏟아지려는 눈물을 참으려 애썼지만 이내 눈시울이 붉어졌다.

"딸애가 차이코프스키를 연주하지 않는다는 건 알고 있었어요. 하지만 제 딸 좀 보세요. 귀가 안 들리는 아이예요. 그런데 지금 바이올린을 연주하고 있잖아요."

남편과 이혼하고 홀로 힘겹게 아이를 키워 온 아이 엄마인 루안 릴은 말했다.

믿을 수 없는 연주

대부분의 아이들에게 이 짧은 공연은 그저 어린 시절의 한때를 장식한 감동적이고 특별한 장면 정도로 남을 것이다. 하지만 케이틀린에게는 헤라클레스같이 큰 힘을 요구하는 도약의 순간이었다. 그 아이는 몇 개 되지 않는 음표를 실수 없이 연주하기 위해 우리가 일평생 넘어야 할 장애물보다 더 많은 어려움을 극복해야 했다.

음악 교사인 댄카니치는 "이 정도의 완성도로 연주를 했다는 것만으로도 정말 믿을 수 없는 일이에요.”라고 말한다.

아마 케이틀린은 유명 음악가의 길을 택하지는 않을 것이다. 그럴 필요도 없다. 바이올린은 이미 충분한 용기와 인내와 믿음을 가르쳐주었으니까.

듣지 못하는 소녀는 오직 듣기와 관련된 기구와 씨름을 했고 포기하지 않았다. 그녀는 정신력이 강하고 내면이 단단한 사람은 아무리 험준한 산도 한 번에 한 걸음씩 발을 옮기면서 넘을 수 있다는 사실을 알았다.

연주가 끝나고, 케이틀린은 무대에서 내려갔다. 베스 피어슨 교장 선생님은 500명의 관객들에게 케이틀린에 대한 진실, 즉 그녀가 이 학교에 재학하는 일곱 명의 청각 장애 학생 중 하나라는 사실을 밝혔다.

관객들은 우레와 같은 박수를 보냈다. 박수 소리가 어찌나 컸던지 케이틀린은 이식 받은 달팽이관을 통해 그 소리를 들었다.

무대 뒤에서 그녀는 엄마를 보며 참았던 숨을 내쉬었다.

“엄마, 나 행복해요. 사람들이 나한테 박수 치잖아. 나 저 소리 들려요. 지금 나한테 박수 치고 있는 거 맞죠?”

철부지 아빠와 아들의 필라델피아 휴가

살다 보면 가끔씩 내 뜻과 다르게 흘러가는 휴가가 있기 마련이다. 우리 가족이 고대하고 고대했던 부활절 연휴의 봄맞이 여행 역시 그랬다.

우리 계획은 버지니아의 윌리엄스버그까지 차로 여행을 하는 것으로, 닷새 동안 다섯 명의 식구가 한 차에 타고 평범한 호텔에 묵으면서 그냥 복닥복닥 재미나게 보내고 오는 것이었다. 관광지도 좀 돌아보고 식민지풍 옛날 식당에서 밥도 먹고 조잡한 기념품도 몇 개 사고 호텔 내부의 수영장에서 수영도 하고.

그게 우리 계획의 전부였다. 그 이상 얼마나 소박하겠는가.

하지만 로타바이러스란 이름의 조그맣고 지나치게 친한 척하는 벌레는 다른 계획이 있었던 것 같다. 먼저 이것은 우리 큰아들의 위장에 노크를 했다. 그리고 딸에게 방문했다. 그런 다음 아내를 꼬드겼다. 헤이, 여보세요들. 그러면 우리 휴가는 어떻게 되는 거야, 아직 무사한 거야?

질병관리국에 따르면 로타바이러스는 매년 전 세계 60만 명의 어린이들의 생명을 앗아간다고 한다. 대부분 구토와 설사로 인한 탈수증 때문이다. 미국에서는 매년 55,000명의 아이들이 탈수증세 끝에 정맥 주사를 맞으러 병원을 찾는다고 한다.

그중 두 명이 바로 우리 아이들이었다. 아이들이 간 병원은 부시 가든(Busch Garden—플로리다에 있는 아프리카를 테마로 한 공원)이라고 할 수는 없었지만, 병원에서는 공짜로 부활절 바구니를 나눠 주었다.

여행을 못 간다는 현실을 받아들이기 싫었던 우리는 마지못해 하룻밤에 한 곳씩 호텔 예약을 취소시켰다.

환자들이 그로건 씨네 바이러스 월드에서 편안히 쉬고 있는 주말에 단 한 명 남은 건강한 아이와 나는 침몰해 가는 휴가를 우리 손으로 구조하기로 마음먹었다. 그래서 나는 말했다.

"아들, 옷 입어! 우린 필라델피아로 간다."

다 해봤거든요

"아빠, 또 자유의 종(미국의 독립선언을 축하하며 울린 종)에 데려가시려는 건 아니죠?" 우리 집 아홉 살짜리 아들은 불안한 듯 물었다. 나는 고개를 저었다.

"약속하죠?"

"물론이지!"

그래서 우리는 길을 떠났다. 사과 한 알, 물통 한 병, 자전거 두 대를 옆에 끼고.

오전 10시, 우리는 켈리 드라이브에서 잠깐 자전거를 세웠다. 전형적인 4월의 이상적인 날씨였다. 청명한 공기 속에 벚꽃과 배꽃이 만개해 있었다.

우리는 페어마운트 파크에서 매가 몇 마리인지 세면서 바위산을 올랐다. 스쿨킬 강변을 따라가다가 강 위로 다리를 대롱대롱 걸치고 앉아 있기도 했고 유유히 지나가는 조정경기 팀에게 손을 흔들기도 했다.

그리고 북쪽으로 더 페달을 밟아 이스트 뱅크를 따라가다 다시 남쪽으로 달렸다. 95번 주간 고속도로가 위험하다고 알고 계신지? 따사로운 봄날 일요일 낮에 켈리 드라이브 자전거 도로를 한번 이용해 보시길 적극 추천한다.

마치 이 날은 도시 전체가 아침을 즐기고 있는 것만 같았다. 우리는 롤러블레이드를 타고 가는 사람들을 지나쳐(깜짝 놀랄 정도로 많은 사람들이 롤러블레이드를 신고 뒤로 가고 있었다. 잘못 쓴 게 아니다. 진짜 뒤로 간다), 산책하는 연인들과 돌진하는 아이들과 껑충거리는 개들과 기운차게 달려가는 자전거 운전자들을 요리조리 피해 갔다.

하지만 우리 옆을 스쳐간 이들은 대부분 다양한 톤으로 그을린, 운동선수 뺨 칠 정도의 운동 신경에 조각처럼 멋지고 탄탄한 몸매와 완벽한 치아를 자랑하는 조깅하는 사람들이었다. 나를 투탕카멘 왕보다 조금 더 늙은 사람으로 느껴지게 만든 그들에게 감사를 전하고 싶다.

우리가 필라델피아 아트 뮤지엄에 도착했을 때, 마침 중앙 계단 아래에서는 한 밴드가 연주를 하고 있었다.

"아들, 우리 계단 뛰어 올라가자. 왜 있잖아, 영화처럼."(영화 〈록키〉에서 록키가 스쿨킬 강변을 조깅하는 장면을 말한다.)

"엥? 뭔 영화요?"

이런, 너무하네. 요즘 아이들이란. 문화가 없어. 문화가!

어쨌건 우리는 뛰어 올라갔다. 나는 영화 〈록키〉의 주제 음악을 흥얼거리며 실베스터 스텔론처럼 계단을 뛰어갔고(오늘날에는 감히 아무도 시도하려 하지 않는 세상에서 가장 촌스런 짓이라고 할 수 있겠다), 아들은 "저 노땅 아저씨는 우리 아빠가 아니랍니다."라고 외치며 올라갔다.

꼭대기까지 올라간 우리는 도시의 스카이라인을 바라보았다. 이 형제애의 도시(City of Brotherly Love, 필라델피아의 별칭)가 새삼 감동적으로 다가왔다. 그 순간 머릿속에 처음 떠오른 말은 이것이었다. "야, 야, 야! 너, 거기 서. 우리 자전거 가져가지 마!"

농담이다. 묶어 두지도 않고 누가 지키고 있지도 않았던 우리 자전거에 손을 대는 사람은 아무도 없었다.

우리는 리조(Rizzo, 1970년대 필라델피아 시장) 시절부터 구이 장치에 끼어 돌아가고 있었을 것이 분명한 딱딱하게 굳은 소시지를 넣은 핫도그를 먹었다.

"아빠, 우와! 이제까지 먹어 본 핫도그 중에 젤로 맛있어요." 아이는 흥분해서 볼까지 빨개진 채 말했다.

우리는 자연사 아카데미에서 공룡 입에 얼굴도 집어넣어 보았고, 역사 유적지에서 마차를 타려고 기다리다가 말의 용변 습관을 보고 눈이 휘둥그레지기도 했으며, 벳시 로스의 집(1776년 작은 벽돌집 안에서 엘리자베스 로스가 최초의 성조기를 만들었다. 안에는 성조기에 관한 많은 자료가 전시되어 있고, 200년 전인 18세기 후반의 소박한 생활양식이 그대로 보존되어 있다.―옮긴이)을 어슬렁거리며 돌아다녔다.

그중에서 가장 좋았던 건 아크 스트리트에서 공짜 주차를 했다는 것이다. 나는 엄숙한 어조로 말했다.

"아들아, 난 네가 잠깐 멈춰서 이 순간을 음미하길 바란단다. 아마 앞으로 평생 동안 똑같은 일을 경험할 수 없을 테니까."

그렇게 우리의 필라델피아 미니 휴가는 끝이 나고 있었다. 결국 우리는 휴가를 가긴 갔다. 우리는 불량식품을 먹었고 환자들과의 접촉도 피했다. 더 이상 사상자도 발생하지 않았다. 화사한 봄날에 어울리는, 그리 나쁘지 않은 하루였다.

천사가 된 꼬마 숙녀,
희망을 선물하다

어제 도일스타운의 레이디 오브 마운트 카멜 교회의 단상 끝에는 작은 흰색 관이 놓여 있었다. 그 관 안에는 어리지만 강한 전사의 여린 시신이 들어 있었다.

그 아이의 이름은 케이티 앤 더핀. 이번 주까지 살았다면 다섯 살 생일을 맞았을 것이다. 이 아름다운 여름날, 어떤 어른에게서도 찾아볼 수 없었던 용기와 희망을 가지고 암과 싸웠던 한 꼬마 숙녀에게 마지막 인사를 하기 위해 300명이 모였다.

교회 장례식장에는 아침 내내 조문객의 발길이 끊이지 않았다. 그들은 천천히 케이티의 부모인 폴과 테리 더핀을 안아 주었다. 손님들 중에는 이 아이를 직접적으로 아는 이들도 많았지만 한 번도 만난 적이 없는데도 가깝게 느껴 찾아 온 사람들도 있었다.

이들은 모두 케이티의 홈페이지인 www.katieduffin.com을 방문하며 그 어린 소녀가 무서운 병마와 사투를 벌이는 모습을 보아 온 사람들이다. 소녀는 자신의 몸에서 자라는 암 덩어리와 길고 긴 싸움을 하던 시기, 이 홈페이지에 일주일에 한 번씩 꼬박꼬박 일기를 올렸다.

이 홈페이지는 삼촌인 휴 샌더스가 조카의 강한 정신력을 기록하기 위해서 그녀의 목소리를 옮긴 것이다. 처음에는 친구들에게 근황과 건강 상태를 바로바로 알려 주기 위한 방법으로 사용되었지만, 점점 그 이상이 되어 갔다. 전국 각지에서 이름 모를 사람들이 이 홈페이지에 접속하여 어린 소녀의 생을 향한 투쟁의 글을 읽기 시작했고 방명록에 안부 메시지를 남기기 시작했다.

1998년 8월 23일, 태어난 지 6개월밖에 되지 않은 아이의 왼쪽 어깨에서 골프공 크기의 종양이 발견되었다. 그리고 두 차례의 수술과 여섯 번의 화학요법을 거쳤다. 케이티는 일기에 이렇게 썼다. "그날까지만 해도 모든 것이 괜찮았다."

3월에 종양이 다시 생겼다. 그리고 이번에는 척추에까지 퍼져 있었다. 바로 그때부터 케이티가 일주일에 한 번씩 홈페이지에 기록을 남기기 시작했다.

3월 11일 의사 선생님들이 그러는데 그 골프공만 한 게 내 어깨와 목에
다시 생겼다고 한다. 수술을 두 번 해야 하는데 한 번은 앞에,
또 한 번은 뒤에 해야 한다.

3월 22일 기분은 좋다. 그래서 어제는 엄마한테 학교에 가도 되냐고 물어
보기까지 했다. 약간 졸라야 하긴 했지만 결국 엄마는 학교에 보
내 주셨다. 학교는 정말 재미있었다. 병 때문에 아무 데도 가지
않고 집에만 있을 수는 없지!

4월 6일 내일은 아주 중요한 날이다. 의사 선생님들이 '신기한 주스'를 주
면 나는 잠이 들고 그러면 선생님들이 내 어깨의 골프공을 빼낼
수 있다고 하셨다.

4월 7일 멋진 소식! …… 그레그 선생님이 들어오셔서 엄마와 아빠에게
척추에 있던 종양을 깨끗이 제거했다고 말씀하셨다. 이제 내 척
추에 있던 나쁜 세포가 사라진 것이다! 엄마와 아빠가 눈물을 흘
리셨는데 이번만은 행복해서 우신다는 걸 알았다. 그래서 나도
행복했다!

그렇게 일기는 이어진다. 무서운 치료가 평범한 일상이 되기까지의
날들, 수술과 방사선 치료와 화학요법과 구역질과 마취주사의 날들이
지나갔다. 하지만 그 기록 안에는 항상 케이티의 목소리, 패배를 인정

하지 않는 작은 전사의 목소리가 담겨 있었다.

하지만 7월 초가 되자 케이티는 음식을 넘길 수가 없어서 급식 튜브를 끼워야 했다. 지독한 두통이 따라다녔다. 그리고 7월 중순 나쁜 소식이 전해졌다. 종양이 뇌까지 퍼졌다는 것이다. "그래요, 여러분. 지금이야말로 대군들이 집합할 때입니다. 되도록 많은 분들의 기도를 부탁드려요." 한 병상일기에서 케이티는 이렇게 쓰고 있다.

7월 21일, 마지막 일기에 그녀의 목소리가 담겼다. "나는 필사적으로 매달리고 있다."

8월 12일 날짜의 마지막 일기는 케이티의 부모님과 오빠인 폴 주니어가 케이티를 대신해서 썼다. "안녕하세요, 여러분. 업데이트를 해야 될 때가 오고 있다는 것은 알지만 정말 쓰기가 싫군요. 오늘 밤 9시 30분에 케이티가 천사의 손을 잡고 하늘나라로 갔답니다."

장례식에서 찰스 해간 목사는 이 놀라운 소녀의 짧은 생애가 웹사이트를 방문한 "수천 명의 심금을 울렸다."고 말했다. 그리고 그 모든 이들에게 소녀가 남긴 메시지를 전했다.

"소녀는 한 번도, 단 한 번도 희망을 포기하지 않았습니다. 이것이 그 소녀가 우리에게 남긴 소중한 유산입니다." 목사는 이렇게 설교를 마쳤다.

마법의 크리스마스여,
다시 한 번만!

며칠 전 크리스마스 트리를 장식하고 있을 때 막내딸이 물었다.

"아빠, 산타클로스가 진짜로 있어요?"

두 명의 오빠가 그녀의 머릿속에 또 한 번 의심을 심어 놓은 것이다.

"너는 어떨 것 같아? 진짜 있을 것 같니?" 나는 시간을 벌기 위해 되물었다. 아이가 어찌나 힘차게 고개를 끄덕이는지 금발 머리카락이 위 아래로 찰랑찰랑 흔들렸다.

"그러면 진짜 있는 거야."

내가 말했다. 이렇게 시시하고 어설픈 확인의 말이라도 아이에게는 충분한 것 같았다. 아이는 올해에는 평소처럼 쿠키 접시를 세 개가 아니라 네 개를 내놓겠다고 했는데, 작년 크리스마스 때 산타 할아버지

가 접시 하나에 담겨 있던 것을 먹었기 때문이라고 했다. 그런 다음 들뜬 표정으로 산타에게 편지를 쓰겠다고 콩콩거리며 뛰어갔다.

콜린은 여섯 살, 초등학교 1학년인 우리 집 막내다. 어쩌다 보니 더 이상 아기라고 할 수는 없는 나이가 되었다. 그러나 할 수만 있다면 나는 여전히 그 아이에게 젖병을 물린 다음 트림을 잘 시켰다며 좋아라 하고 있을 것이다.

하지만 …… 지금 시점에서는 그럴 수가 없다.

아이는 증기선이 부두를 떠나가듯 그렇게 느리지만 멈출 수 없는 속도로 엄마 아빠의 둥지에서 떠나고 있다. 아무리 긴 줄로 배를 묶어 놓아도 소용이 없다. 저쪽 지평선에서 어서 어른이 되라고 손짓하고 있으니까.

이제 열한 살과 열 살인 두 오빠들은 이미 이 단계를 거쳤다. 하지만 딸은 막내라서 그런지 몰라도 이렇게 조금씩 커가는 과정을 바라보면 가슴이 시릴 정도로 예쁘다. 내가 할 수 있는 말은 그저 비디오 카메라를 발명하신 분께 무한한 감사를 전한다는 것뿐이다.

딸아이가 허들을 한 번씩 뛰어넘을 때마다 유아기와 아동기라고 불리는 책의 장은 끝나게 된다. 다른 모든 좋은 책들처럼 이 책도 끝나지 않았으면 좋겠다는 마음이 간절하다.

굿윌, 마지막 정거장

첫 걸음마, 처음 한 말, 첫 입학식처럼 아이가 기념할 만한 지점에 도달할 때면 아내와 나는 기뻐하면서도 한편으로는 아쉬워 한숨을 내쉬었다. 우리는 일단 그 순간을 빠뜨리지 않고 비디오로 녹화하면서 가슴을 스치는 싸한 상실감을 무시하려고 애썼다.

지난 봄, 콜린은 자전거의 보조바퀴를 떼기로 결정했다. 나는 자전거에서 그것을 떼어 낸 다음, 주말 내내 비틀거리는 아이의 자전거 안장을 뒤에서 꼭 잡고 달리면서 보냈다. 지쳐 헉헉거리다 그만 손을 놓고 말았는데 아이는 단 한 번도 나를 뒤돌아보지 않고 한 블록을 혼자서 죽 타고 가는 것이다. 그 모습을 보고 대견하고 놀라우면서도 한편으로는 어찌나 서운하든지.

오빠들이 자전거 타는 법을 익혔을 때는 보조바퀴를 다음에 쓰려고 한쪽에 놓아 두었다. 하지만 이번에는 굿윌(Goodwill—자선단체)로 보내야 했다. 이런 식으로 우리 인생의 한 시대가 막이 내렸음을 알리고 있었다.

유모차도 그랬고 유아용 침대도 그랬고 카시트도 그랬다. 모두 하루아침에 못 쓰게 되어 버려, 아기들이 얼마나 빨리 아이가 되고 아이가 십대 청소년이 되고 집을 떠날 청년이 되는지 실감하게 했다.

아이가 내 이름을 '완'이 아니라 '존'이라고 똑똑히 발음했을 때 나는 한 대 맞은 것처럼 머리가 멍했다.

이런 것들에 대해서 너무 감상적이 되지 않으려고 한다. 봄이 지나면 여름이 오고 아이들은 자라는 것 아니겠는가. 내가 마지막 기저귀를 간 날은 분명 내 인생의 가장 행복한 날로 기록될 것이라는 건 믿어도 좋다. 무슨 말이 더 필요할까? 물론 어떤 순간들은 다른 순간들보다 떠나보내기 쉽다. 오히려 속 시원한 마음이 더 크다. 아무도 디즈니 만화를 보려 하지 않게 되었을 때 속으로 얼마나 기뻤는지!

나 또한 차에 "우리 아이가 주는 용돈으로 살고 있어요." 같은 범퍼 스티커를 붙이고 다니게 될 날을 손꼽아 기다리고 있는 사람이다.

떠나보내는 기술

하지만 아직은 아니다.

부모들은 아이들이 거친 바깥세상에서도 잘 적응할 수 있도록 준비시켜야 하고 아이들을 강하고 독립적으로 만들어야 한다. 아이들이 이제 더 이상 신발 끈을 묶어 달라고 하지 않으면 좋아야 할 텐데, 왜 나는 자꾸 섭섭하고 밀려난 것 같은 느낌이 드는 걸까?

내가 친구에게 이런 기분을 전하자 그녀는 이렇게 물었다.

"어머, 남자들도 그런 기분을 느낀단 말이야?"

그렇다. 우리도 가끔은 그렇다. 적어도 ESPN에서 재미있는 스포츠 게임을 중계하지 않을 때는!

세 아들을 키우는 내 친구 조 슈워트도 나와 똑같은 아쉬움을 느꼈다고 고백했다. 막내아들 앤드류는 리틀 리그를 뛰는 마지막 아이였고 아빠와 아들은 열심히 연습을 했다. 하지만 공을 던져 줄 때마다 이 순간도 순식간에 지나가 버릴 것이란 생각이 떠나지 않았다. 그는 나에게 이런 편지를 썼다.

"이 애가 막내라 그런지 유아기를 될 수 있는 한 엿가락처럼 길게 늘이고 싶어. 난 아이가 열세 살이 되는 날이 벌써부터 두려워. 갑자기 세대 차이 난다면서 야구 글러브를 집어 던지고 이어폰이나 끼고 다니면 어쩌지?"

이번 크리스마스에 내가 원하는 선물은 딱 하나다. 우리 막내가 어쩌면 어린 시절의 마지막이 될 마법의 크리스마스를 꽉 붙잡는 것이다. 딱 한 해만 더 동화 같은 크리스마스를 기대하기를, 즐거운 땅딸보 할아버지와 순록이 진짜 있다고 믿기를 바랄 뿐이다.

크리스마스 아침이 오면 나는 새벽부터 일어나 쿠키 접시를 확인하는 우리 아이의 표정을 놓치지 않고 비디오 카메라에 담을 것이다. 나는 산타 할아버지가 마지막 쿠키까지 다 먹고 갈 거라는 쪽에 내기를 걸 테니까.

때로는 자식이
부모를 구원한다

골반 청바지를 입고 얇은 청색 스니커즈를 신은 케이트 고웬은 여느 평범한 고등학교 졸업반 학생과 다를 바 없어 보인다. 딱 한 가지, 그녀의 무릎 위에 7개월 된 아들이 앉아 있다는 사실만 빼고는.

아기의 이름은 도노반으로 필라델피아 이글스의 유명 쿼터백 도노반 맥냅의 이름을 땄다. 노스 펜 고등학교 학생이던 그녀는 열여섯 살이 되자마자 아이를 임신했다. 그리고 1년 반이 흘렀고 그녀 스스로도 막 나갔다고 인정하는 질풍노도의 청소년기가 이제 공식적으로 끝났다는 것을 깨달았다.

하지만 그녀는 이 아기가 자신의 인생을 구원했다고 말한다. 아이는 엄마를 감옥으로부터, 마약으로부터, 혹은 그보다 더 나쁜 것으로

부터 구원했다. 아마 아이가 태어나기 전, 그녀의 파괴적인 나날들을 알고 있다면 누구나 동의할 것이다.

엄마와 같이 햇필드의 작은 아파트에 살면서 아들 도노반과 함께 앉아 있는 케이트는 자신이 정말 반항적이고 다루기 힘들었던 십대였다는 사실을 인정한다. 열네 살 때부터 그녀는 안 해 본 것이 없었다.

틈만 나면 가출을 했고 엄마 차를 훔치기도 했으며, 집을 나가 일주일 동안 학교에 나오지 않고 술을 마시며 마약을 하고 섹스를 하기도 했다.

"전 완전 대마초에 찌들어 있었어요. 동네 패거리들하고 어울렸는데요, 다들 '세상은 우리의 적이야.' 뭐, 이런 삐딱한 정신 상태를 가진 애들이었죠." 그녀는 자신의 청소년기 시절을 이렇게 말한다.

몇 번이나 자살을 시도했지만 결국 정신병원에 가는 걸로 끝이 나곤 했다. "솔직히 진짜로 죽고 싶은 적은 없었어요. 하지만 한 번씩 그럴 때마다 관심은 끝내 주게 받았죠."

그녀의 엄마는 웨이트리스로 일하며 살림을 꾸려 가는 싱글맘으로, 딸이 말썽을 부리지 않아도 충분히 힘겨운 나날을 보내고 있었다. 엄마는 막 나가는 딸을 건드리지도 못했다. "그 앤 항상 분노에 차 있었어요." 케이트의 엄마인 로라 고웬은 이렇게 말했다.

케이트는 열다섯 살 때 문제아들을 위한 대안학교에 가게 되었다.

하지만 두 달 만에 다른 아이에게 칼을 뽑아 들어서 퇴학당했고 몽고메리 카운티 소년원으로 보내졌다. 판사는 그녀에게 집에서 근신하며 지내도록 명령했지만, 그녀는 몇 시간도 지나지 않아 집에서 도망쳤다. 그러자 판사는 그녀에게 22일 구금형을 내렸다.

검은 눈동자에 검은색 머리를 길게 늘어뜨린, 호리호리한 몸매의 케이트는 왜 그렇게 매사에 분노가 치밀었는지 자기도 알 수가 없었다. 그녀는 아빠를 한 번도 본 적이 없지만 그래도 어린 시절에는 교외에서 평범하게 자랐다.

그녀는 말한다. "난 그냥 내 이미지를 제멋대로에 거친 여자애로 그리고 싶었던 것 같아요."

열여섯 번째 생일이 지난 지 한 달 뒤인 2002년 할로윈 때 그녀는 자신이 임신했음을 알았다. 3주 정도 절망과 고민에 빠져 있었는데 거의 모든 사람이 낙태를 권했다. 케이트는 결정을 내렸다.

"그런데 이런 식으로 아기를 죽이면 내가 살 수가 없을 것 같았어요. 또 아홉 달 동안 뱃속에서 키우다가 포기한다는 것도 있을 수 없었고요. 그래서 키우기로 했죠."

하지만 그녀의 임신은 인생을 훨씬 좋은 쪽으로 변화시킬 수 있는 장소로 그녀를 인도했다. 바로 포트 워싱턴에 있는 십대 미혼모들을 위한 비영리 사립학교인 레이크사이드 임신 육아 센터였다.

서른 명의 학생들이 다니는 작은 학교였기에 이곳의 카운슬러와 교사들은 그녀에게 온전히 관심을 기울일 수 있었다. 그들은 진심으로 관심을 가져 주었고 필요한 기술을 가르쳤으며 매달 산부인과 의사에게 데려다 주었고 공부도 더 잘할 수 있도록 적극적으로 지지해 주었다.

그들이 한 것은 그저 그녀를 믿어 준 것뿐이다.

"케이트는 굉장히 똑똑한 아이예요. 아이큐로 따지면 정말 천재나 다름없죠." 그 학교의 교장인 낸시 케인 선생님이 말했다.

7월에 도노반이 태어난 다음부터 케이트는 '180도 방향 전환'을 해야 했다. 케이트는 엄마 역할을 하면서 학교생활도 충실히 했다. 한때 고등학교를 중퇴할 뻔했던 그녀는 다시 제자리를 찾았고 그해 6월에는 노스 펜 고등학교 졸업을 앞두게 되었다.

케이트는 임신 사실을 안 다음부터 마약이나 술은 입에 대지도 않았고 아홉 달 후 건강한 아이를 출산했다는 것에 대해 스스로 매우 뿌듯해했다.

그녀는 예전에 사귀었던 질 나쁜 친구들은 멀리하고 자기와 같은 십대 엄마들과 친해졌다고 한다. 졸업 후에는 간호사 공부를 할 생각이다.

인생살이가 쉽지만은 않다. 하지만 우리에게 새로운 목표가 생겼을 때, 새로운 기쁨과 용기가 생기기도 한다.

"아들은 나를 앞으로 이끄는 힘이에요. 아이는 제 목숨과도 바꿀 수 없는 제 전부예요. 아이 때문에 무덤 아니면 감옥으로 갈 뻔한 십대에서 이렇게 존중받는 인격체로 변할 수가 있었죠."

그녀는 머리 위로 아이를 들어 올리며 말했다. "난 우리 아들한테 빚진 게 참 많아요. 이제 열심히 일해서 아이한테 어울리는 인생을 선물해야죠."

아들의 열정을
되살리는 엄마

한 아이의 엄마이자 교사인 크리스틴 데트윌러가 랜스데일 근방에 있는 노스 펜 고등학교의 학생들 앞에 서서 왜 자기가 사비 100달러를 걸고 백일장을 여는지 설명하고 있었다.

"내 아들 벤도 이 학교 학생이었어요." 그리고 지난 13년 동안 연습해 온 차분하고 담담한 목소리로 덧붙여 말했다. "하지만 고등학교 2학년 때 죽었지요."

1991년 10월 26일 밤이었다. 열여섯 살의 벤은 친구와 309번 국도를 따라서 노스 웨일즈의 몽고메리 몰까지 걸어가고 있었다. 벤은 몰의 한 상점에서 시나몬 롤을 굽는 아르바이트를 하고 있었다.

몰까지는 1.5킬로미터 남짓밖에 남지 않았고 아이들은 도로에서 어느 정도 떨어진 풀밭에서 걸어가고 있었다. 그러나 위험한 상황과 거리가 멀어 보이는 이 두 가지 사항도 결국에는 사고를 막지는 못했다. 한 음주운전자가 도로에서 벗어난 채 차를 몰았던 것이다. 벤은 그 차에 치여 그 자리에서 숨지고 말았다. 그 여성 운전자는 유죄가 인정되어 3년형을 선고받았다.

인생은 크고 작은 아이러니로 가득하다. 벤의 엄마는 아이가 혹시라도 음주운전의 위험에 노출될까 봐 일부러 열여덟 살까지 운전대를 잡지 못하게 했다. 벤은 그래서 걸어간 것이었는데, 아마 그 점이 크리스틴에게는 평생의 한으로 남을 것이다.

하지만 노스 펜 학군의 초등학교 교사인 데트윌러는 학생들 앞에서는 이런 가슴 아픈 사연을 자세히 이야기하지 않는다. 그보다는 이상주의자이자 행동주의자였고 사색가였고 토론하기를 좋아했던 재담가 아들의 모습에 대해서만 강조하려 한다.

"또 우리 아들은 글도 굉장히 잘 썼어요." 그녀는 학생들에게 말했다.

더 나은 세상을 만들기 위하여

크리스틴은 아들이 죽은 후에 바닥이 보이지 않는 깊은 우물 같은 슬픔에 빠졌다. 그러다 조금이라도 그 슬픔을 긍정적인 방향으로 표출하기 위해서 학교의 2학년 학생들을 대상으로 벤 데트윌러 백일장을 기획하게 되었다. 한때 벤은 자신의 목표는 더 나은 세상을 만드는 것이라는 글을 쓴 적이 있었다. 그래서 벤의 엄마는 이 백일장의 주제도 그것으로 정해서 지금까지 13년간 계속 열어 오고 있다.

그녀는 이 이벤트의 유일한 후원자였는데, 나중에 말하길 그렇게 해서라도 아들에 대한 기억을 잊지 않고 아들의 뜻을 조금이라도 기리고 싶었다고 한다.

"젊은 청년들이 자신이 사는 세상에 대해서 보다 적극적으로 생각해 보았으면 좋겠어요. 벤은 그러고 싶어도 이제 그럴 수가 없으니까요."

벤은 평범한 또래들과는 약간 다른 청소년기를 스스로 만들어 간 아이였다. 벤은 나이에 비해 덩치가 작았고 운동도 잘 못하는 편이었는데, 고등학교에 들어가자 갑자기 펑크록 광팬이 되더니 머리를 칠흑색으로 물들이고 옆을 싹 밀고 위만 뾰족하게 세우는 모호크 헤어스타일을 고집하기도 했다. 코를 뚫고 검은 가죽 재킷을 입고 록 밴드에서 기타를 연주했다.

그의 이런 외모 때문에 다른 아이와 부모들은 그를 가까이 하면 안 될 문제아라고 생각했다. 이렇게 따돌림을 당하면서 벤은 편견과 인습에 대해 일찍부터 많은 것을 배우게 되었다. 또한 이로 인해 전혀 기대하지 못한 인물과 각별한 인연을 쌓을 수 있었는데 바로 이 학교의 교장인 후안 본이었다. 그는 아프리카계 미국인으로 주류 사회에서 환영

받지 못하는 기분을 너무나도 속속들이 알고 있는 사람이었다. 이 두 사람은 방과 후에 많은 시간을 대화하고 토론하면서 서로를 존중할 수 있게 되었다.

고통 나누기

"인정받지 못한다는 것, 그것은 벤에게 적지 않은 상처가 되었어요." 현재 워싱턴 D. C.의 부교육처장으로 재직하고 있는 본은 이렇게 말했다. "사람들이 내면은 보려고도 하지 않고 오직 외모만으로 평가하는 것을 그 애는 견디기 힘들어했어요. 언젠가는 이런 말도 하더군요. '본 선생님, 그게 어떤 느낌인지 아시죠?' 그럼요. 예전에도 알았고 지금도 알지요."

전 교장 선생님은 벤의 엄마가 그의 이름으로 된 백일장을 매해 열고 있다는 소식을 듣자 매우 기뻐했다.

"키는 작았지만 포부는 큰 학생이었어요. 세상을 바꾸고 싶어 했죠. 그래서 나는 그에게 작은 것부터 바꿔 보는 것이 좋겠다고 이야기했죠."

그리고 다시 새로운 해가 찾아왔다. 벤이 죽었을 당시에는 유치원에 다녔을 노스 펜 고등학교 2학년 학생들이 벤과 같은 열정을 품고 세상을 자기의 것으로 만든다.

그들은 전쟁과 가난에 대해 글을 쓰거나, 또 어쩌면 자신과 같지 않은 사람들을 받아들여야 한다는 이야기를 쓰고 있을지도 모른다.

벤의 동급생들은 이제 성인이 되어 직업을 갖고 결혼을 하고 아이를 낳았을 것이다. 그들은 계속 앞으로 나아가고 벤의 엄마 역시 최선을 다해 앞으로 나아가고 있다.

하지만 그녀의 가슴 한 구석은 아들이 고등학교 2학년이었던 가을에 영원히 고정되어 버리고 말았다. 그녀는 여전히 자신의 아들을 꿈이 크고 이 세상에서 자신의 자리를 찾기 위해 애쓰던 상처받기 쉬운 십대의 모습으로 기억한다.

"살아 있다면 지금은 스물아홉 살이겠네요." 그녀는 이제 슬픔이 굳은살처럼 박혀 버린 엄마의 목소리로 말한다. "그래도 나한테는 늘 열여섯 살인 아들이지요."

아버지와 아들의
이상하고 멋진 여행

열두 살 아이의 마음은 너무나 이상하고도 아름답다.

얼마 전 열두 살짜리 아들과 알레그헤니 국립공원으로 4일간의 캠핑을 떠나기 위해 새벽녘에 차를 출발시켰을 때, 나는 이 세상 어떤 부모보다 더 아이를 가까이 느낄 수 있는 기회를 갖게 되었다. 엄마도 없었고 남동생도 여동생도 없었다. 오로지 우리 둘뿐이었다.

아이는 한 시도 입을 다물지 않고 쉴 새 없이 재잘댔다.

사실 나는 여섯 시간이나 운전해야 하는 지루함을 참아 내기 위해 신중하게 고른 음반을 몇 장 챙겨 온 참이었다. 아, 물론 아들이 좋아하는 노래 말고 내가 아끼는 것들로만. 하지만 아들은 계속해서 볼륨을 낮추고 내 귀가 아플 때까지 수다를 떨었다.

나는 급기야 불평을 터뜨렸다. "너 방금 지미 헨드릭스 음악 소리 줄였지. 지미 헨드릭스의 음악을 줄이는 건 감옥에 갈 중죄야."

"아빠, 근데 아빠가 너무 크게 트니까 그렇죠."

"아니야. 절대 아냐." 순순히 당하고 있을 내가 아니었다.

아들이 다시 볼륨을 줄였다. 아이는 그 즉시 대답을 해 줘야 직성이 풀리는 질문을 줄줄이 사탕처럼 늘어놓았다.

"근데 아빠, 화성이 궤도를 벗어나서 지구와 충돌하면 어떤 일이 생길 것 같아요?"

"그건 불가능해." 내가 말했다.

"아니, 그러니까 만약이라고 했잖아요. 그렇게 된다면요, 그러면 어떻게 되냐고요?"

"아무 생각 없는데. 하지만 한 가지 확실한 게 있지. 넌 핑계 대고 숙제 안 하려고 할 걸!"

다음 질문. "만약 아빠가 독약을 먹어야만 한다면 어떤 것을 고르겠어요?"

"난 절대 독약을 먹지 않을 거다. 너도 먹어선 안 되고!"

"하지만 만약에 꼭 그래야만 할 상황이라면요?"

나는 어떤 아버지도 유독성 물질을 인정해서는 안 된다는 근거를 들어 대답을 거부했다. 하지만 아이도 물러서지 않았다. 결국 나는 이

렇게 말했다

"글쎄, 나라면 말이야. 헴록(Hemlock, 미나릿과의 독초─
옮긴이)?" 소크라테스도 그걸 먹고 죽었으니 나한테도 효과
가 있지 않을까?

이상한 것과 악한 것

"아빠는 이제까지 본 것 중에 가장 이상했던 게 뭐예요?"

"너?"

"아이 참, 하나도 안 웃기거든요?" 2초 후, "그러면
역사상 가장 악한 인물은 누구예요?"

"그거야 쉽지." 내가 말했다.

"히틀러는 안 돼요."

"나 히틀러 말하려고 했는데."

"그 질문에는 하나같이 다 히틀러라고 대답하잖
아요. 히틀러 빼고 다른 사람!"

그렇게 긴 자동차 여행은 지나갔다. 나는 녀석의
조동아리에 청테이프를 붙이고 싶은 걸 간신히 참
았다. 이미 우리 주(州)에서 누군가 선례를 만들
어 놓은 신선한 체벌 방법 아니겠는가. 정

말 나는 시도했을지도 모른다. 아이가 열두 살이고 아직까지는 자기 아빠가 이 세상 모든 수수께끼의 정답을 알고 있다고 생각한다는 점만 아니라면. 내년에 아이가 열세 살이 되면, 즉 공식적인 십대가 되면 아마 우리 둘 사이도 많이 달라질 것이다.

열세 살쯤이면 이 아이는 나를 곰팡내 나는 노인네와 연못 위를 떠다니는 쓸모없는 해조류 정도로 여길 것이다. 할 수 있을 때 요런 재잘거림을 받아 주어야겠다는 생각이 들었다. 또 제가 알아서 말을 할 때라도 충분히 마음껏 하도록 내버려 두어야 한다고 생각했다. 얼마 있지 않으면 알아서 입을 꾹 다물어 버릴 테고 그때 가서 후회해도 소용없을 테니까.

그래서 나는 차창을 내리고 시골 들판의 건초 냄새와 소똥 냄새를 들이마시면서 이 심문이 계속 진행되도록 내버려 두었다.

그 아이의 마음은 호기심이 아무 데나 튀는 펄펄 끓는 냄비나 마찬가지다.

"역사상 가장 끔찍했던 재난은 뭐였어요?" "가장 무서웠던 범죄는요?" "가장 쿨한 발명품은요?"

정치와 대통령

"아빠가 가장 좋아한 공화당원은 누구예요?"

“이제까지 중에?”

“네.”

“에이브러햄 링컨.”

“가장 좋아했던 민주당원은요?”

“해리 트루먼.”

“그러면 이제까지 만난 사람 중에 가장 유명한 사람은요?”

“프랭크 자파(미국의 괴짜 록 가수).”

“그 사람이 누군데요?”

“너무하네. 진짜 요즘 애들은 왜 이리 아는 게 없냐.”

“다른 유명한 사람 없어요?”

“아주 옛날에 아버지 조지 부시를 인터뷰한 적 있어.” 내가 말했다.

“정말요? 그분 어때요? 괜찮아요?”

“그럼 점잖지.”

“아빠 되게 떨렸겠다.” 아이가 물었다.

“약간.”

“와아, 진짜 짱이다!” 아이가 말했다.

이런 식의 질문과 대답은 깊은 숲 속까지 하이킹을 할 때도, 물살이 빠른 개울가 앞 바위 턱에서 저녁을 먹을 때도, 장작불이 허연 잿더미 속에서 마지막 불길을 깜빡거릴 때까지도 끊이지 않고 계속되었다.

나는 완전히 뻗어 버렸다. 하지만 절대 아이를 말릴 수는 없었다. 이제 1년만 지나면, 아니 한 달만 있어도 아버지가 한참 잘나가던 시절에 죽은 록 스타나 전직 대통령을 만났었다는 이야기에 열광하지 않을 것이기 때문이다. 하지만 지금 아이는 귀를 바짝 세우고 듣는다. 그리고 아빠는 짱이다. 그러니까 그냥 받아 주자.

나무 사이로 희고 창백한 달이 올라오자 나 또한 어렵게 질문 하나를 꺼냈다. "근데, 아들. 우리 그만 자지 않을래?"

당신은 우리에게
여전히 '선물'입니다

그녀의 이름은 밀리다.

그녀는 55년 전에 건강하고 통통한 까만 머리 아이로 태어났다. 그녀의 가족들은 그때도 그녀를 사랑했고 그 모든 것에도 불구하고, 아니 어쩌면 그 모든 것 때문에 지금은 그녀를 더욱더 사랑한다.

밀리 레이놀즈는 단어를 말하지도 못했고 웃어 주지도 않았다. 그녀의 첫 번째 걸음마는 마지막 걸음마가 되고 말았다. 1950년 첫돌이 되기 바로 전 그녀는 뇌수막염에 걸렸고 계속되는 고열로 인해 뇌손상을 입고 말았다.

의사들은 기관에 보내는 것이 최선이라고 입을 모았지만 밀리의 부모는 듣지 않았다. 그들은 뇌손상을 입은 아이를 필라델피아 올니의 집으로 데리고 와서 사랑과 정성을 다해 키웠다. 의식 못하는 딸을 아기에서 어린이로, 어린이에서 청소년으로, 그리고 어른으로 성장시켰다.

그렇게 또 세월이 흘렀다. 이제 챌튼햄에 있는 어느 집의 2층이 그녀의 세상이다. 오빠인 찰리 레이놀즈와 새언니 수잔 레이놀즈가 부모님이 돌아가신 후 그녀를 맡아 24시간 돌보고 있다. 지난 17년간 이들 부부는 자신들의 인생을 바쳐 누이동생을 돌봐 왔지만 후회하지 않는다고 말한다.

"그녀는 영원히 우리의 아기예요." 수잔 레이놀즈는 예수님 사진 밑에 눈을 커다랗게 뜨고 누워 있는 밀리를 지그시 내려다보며 말한다. 정말 밀리는 아기 같다.

그녀는 기저귀를 갈아 주고 하나부터 열까지 챙겨 주어야 한다. 씹는 능력이 떨어져서 급식 튜브를 꽂기 전인 4년 전만 해도 우유병에 우유를 타서 입에 넣어 주고 이유식을 만들어 숟가락으로 떠먹이기도 했다.

아이의 얼굴

밀리는 눈도 보이지 않고 목 아래부터 완전히 마비되어 있다. 손은 허리 바깥으로 꼬여 있고 척추는 최근 몇 년 사이에 굽은 산등성이처럼 더 구불구불해졌다. 몸무게는 18킬로그램 정도밖에 안 나가고 피부가 곱고 머리가 새카매서 그런지 정말 십대 소녀, 아니 어린아이 같기만 하다.

가족들에게 물었다. 그냥 튜브를 떼고 밀리를 아픈 육신의 감옥에서 벗어나게 해 주는 것이 더 의미 있지 않겠냐고. 하지만 그들은 그저 웃기만 했다.

"밀리는 하나님이 저희에게 주신 선물인 걸요." 초등학교 3학년 교사인 수잔 레이놀즈는 말한다. "그녀는 우리 가족에게 축복을 가져다 주었어요." 그러자 가구 판매업을 하는 남편이 덧붙인다. "우리한테 생명의 소중함을 가르쳐 주었으니까요."

이 부부는 독실한 가톨릭 신자로 밀리를 돌보면서 모든 생명, 이렇게 부스러질 듯 여린 생명도 귀하다는 신념이 더욱 강해졌다고 한다.

밀리는 그들에게 관용, 인내, 무조건적인 사랑을 가르쳐 주었다고 말한다. 그녀는 인생에서 과연 무엇이 가장 중요한가를 보여 주었다. 가장 중요한 것은 이제 장성한 그들의 세 자녀들이 밀리 고모를 통해 이 세상에서 가장 큰 선물, 동정심과 사랑을 배우며 자란다는 점이다.

차라리 죽는 것이 여러 사람 편하게 해 주는 수많은 인간들보다 확실히 낫지 않은가.

그래서 그들은 그녀에게 사랑을 주고 정성을 다해 보살피고 있다. 담당 의사는 54년 동안 누워 있었던 밀리가 한 번도 욕창에 시달리지 않았다는 점에 깜짝 놀란다. 그 사실을 이 부부는 아주 자랑스럽게 말했다.

누가 결정하는가?

레이놀즈의 가족은 전 세계적인 이슈가 된 테리 시아보 안락사 논란(2005년, 스물여섯 살에 사고로 뇌손상을 입고 15년 동안 누워 있던 여성의 남편이 그녀도 존엄하게 '죽을 권리'가 있다고 주장해 법정까지 갔던 사건. 결국 안락사를 인정받았다.—옮긴이)을 흥미롭게 지켜보았지만 실망을 하기도 했다. 테리 시아보는 헌팅던 밸리에 살았던 뇌손상 환자로 2005년 3월 18일 튜브를 뽑아도 된다는 판결을 법원으로부터 받았다.

그들이 생각하는 과정에서 빠진 것은 아주 간단하지만 근본적인 질문, 즉 한 생명이 살 가치가 있느냐 없느냐를 결정할 권리가 누구에게 있느냐는 것이다. 인간이 다른 인간에 대해 그런 결정을 내릴 수 있다고 생각하는 걸까?

레이놀즈 가족은 그렇지 않다고 믿는다.

의학 윤리학자들이 무슨 말을 하건 간에 그들은 밀리가 꽂고 있는 튜브가 생명을 연장시키는 인공적인 장치라기보다는 밀리가 보다 편안하고 안전하게 필요한 영양분을 공급받는 의학적인 도구라고 믿는다. 튜브를 꽂기 전에는 음식이 허파로 잘못 들어가 곧잘 폐렴으로 번지기도 했었다.

밀리가 떠날 때가 오면 —밀리는 매년 몸이 약해지고 있다— 그들은 생명을 더 연장하기 위해 일부러 또 다른 장치를 달지는 않을 생각이다.

하지만 자연스럽게 다가오는 시간을 더 줄일 생각도 없다. 그러한 결정은 오직 밀리와 더 높은 곳에 계신 분이 하는 거라고 믿기 때문이다.

"우리의 믿음과 사랑, 그게 우리를 이끄는 거죠." 수잔 레이놀즈는 이렇게 말한다.

그녀가 이 말을 할 때 영원한 이 집안의 아기는 머리를 양쪽으로 흔들고 혀는 약간 내민 채 초점 없는 눈을 저 멀리, 우리 같은 사람들은 절대 이해하지 못하는 세계로 보내고 있었다. 이곳과 영원한 나라, 그 중간쯤 되는 어디인 것 같았다.

철없는 아빠,
과속 딱지 떼던 날

차창을 열고 시골길을 드라이브하고 싶게 만드는 환상적인 봄 날씨가 계속되던 날이었다. 햇살이 아름답게 비추고 하늘은 구름 한 점 없이 파랗고 땅이 깨어나는 냄새가 공기 중에 달콤한 향기를 흩뿌리고 있었다.

나는 아이들에게 말했다. "야, 다들 올라타. 우리 차타고 떠날 거야!"

물론 특별히 갈 곳도 없고 목적도 없는 드라이브다. 얼굴에 시원한 바람을 맞으며 연둣빛 새싹이 돋아나는 단풍나무와 흐드러지게 핀 벚꽃을 구경하는 것 외에는.

우리는 이제껏 많은 화가들이 그렸던 벅스카운티의 전원적인 시골길을 마음껏 달렸다. 또 소떼와 헛간과 목장 옆을 지났다. 선루프를 열어 놓고 창문도 내렸다. 카스테레오에서는 스티브 원더의 노래가 빵빵하게 나왔다. 아, 천국이 따로 없었다.

바로 그때 나는 백미러를 슬쩍 보았다. 그 순간 천국은 물 건너가고 말았다. 경찰차가 라이트를 깜빡이고 사이렌을 요란스레 울리면서 내 뒤를 바짝 쫓아오고 있었다. 그 순간과 딱 어울리는 욕이 내 입술을 비집고 나오려는 찰나 애들이 뒤에 타고 있다는 것을 떠올리고 나는 조그맣게 중얼거렸다. "이런, 된장!"

콩닥콩닥 뛰는 가슴을 진정시키며 차를 세웠다. 물론 나는 제한속도를 지키기에는 너무나 신명나게 달리고 있었다는 것을 잘 알고 있었다. 하지만 경찰은 나를 쓰윽 지나쳐 내 앞에 가고 있던 픽업트럭을 세웠다.

'히유, 살았다. 내가 아니었군.' 나는 안도의 한숨을 내쉬며 생각했다.

하지만 내 행운은 수명이 짧았다. 알고 보니 그 공권력의 화신은 병 살타를 만들려는 것뿐이었다. 그는 나를 보며 픽업트럭 뒤에 차를 세우라고 손짓했다. 나는 그에게 내 운전면허증을 건넸다.

"그로건 씨, 무슨 바쁜 용무라도 있으세요?" 그가 물었다.

"아뇨, 없는데요." 내가 대답했다.

그럴듯한 변명은 없다

나는 그에게 말하고 싶었다. 봄 날씨가 너무 좋아서 어쩔 수가 없었다고. 하늘이 너무 파래서, 나무에 새싹이 돋고 대지가 깨어나서 그랬노라고. 내 얼굴에 느껴지는 바람과 이렇게 춥지도 덥지도 않은 완벽한 날씨에 선루프를 열고 스티비 원더를 듣는, 순도 100퍼센트의 쾌감을 이야기하고 싶었다. 마치 천사가 특별히 전해 주고 간 선물을 풀어 보는 기분이었다고. 하지만 나는 이 '삶의 환희(Joie de vivre)' 따위의 궤변이 절대 통하지 않으리라는 사실을 알고 있었다.

"그로건 씨는 방금 시속 65킬로미터 구간에서 100킬로미터로 달리고 있었습니다." 그리고 그는 우리 모두에게 크게 한방을 먹였다. "게다가 아이들까지 뒷자리에 태운 채 말입니다!"

그의 말투에는 노골적인 경멸과 우려가 드러나 있었고 그가 말한 단어들은 나의 정곡을 찔렀다. 대체 아버지라는 인간이 어떻게 금쪽같은 아이들을 뒤에 태우고 커브 길에서 과속을 한단 말인가? 그나마 나에게 유리하게 돌아간 것 하나는 앞에 있던 픽업트럭 운전자도 과속을 했으며 그 역시 아이들을 태우고 있었다는 점뿐이다.

나의 지각없는 폭주족 흉내에 대한 벌은 160달러의 벌금과 운전 점수 3점 감점이었다. 하지만 이것은 내가 뒷자리에 앉아 있던 여덟 살짜리 딸의 얼굴을 보았을 때 나를 기다리고 있던 벌과는 비교가 되지 않았다. 열두 살짜리 아들은 곤경에 빠진 아빠를 보며 쌤통이다 싶은지 웃음을 참고 있는 중이었지만 딸은 달랐다. 콜린은 바짝 얼은 표정이었다.

나는 아이들의 아빠였다. 초등학교 2학년에게 있어서 그 말은 내가 딸의 영웅이고 나침반이며 단단한 바위고 선의 수호자라는 의미다. 나는 아이를 안전하게 보호해 주는 사람, 그리고 경찰은 나쁜 사람들을 혼내 주기 위해 늘 우리 곁을 지킨다고 말했던 사람이다. 나는 규칙을 지키고 옳은 일을 하라고, 비록 아무도 보고 있지 않더라도 그렇게 하라고 아이들에게 가르치고 때로는 나무라기도 하는 사람이었다.

그런데 내가 거기 있었다. 법의 반대편에 서서 경찰에게 잡힌 채로.

기본에서 벗어나다

그래, 그냥 과속 딱지 한 장이다. 유난 떨 건 없다. 하지만 나는 자기 아빠가 완벽하지 않다는 사실을 서서히 직감하던 딸아이의 얼굴을 보았고 그것이야말로 범죄에 가까운 것이 아닐까 생각했다.

경찰도 딸아이의 표정 변화를 보았는지 조금 더 부드러운 목소리로 말했다. "저희는 모든 운전자의 안전을 위하는 차원에서 이러는 겁니다." 그리고 콜린에게도 말을 붙였다. "너희들이 모두 안전벨트를 해서 정말 다행이구나!"

그러자 아이의 표정이 금세 밝아졌다. 봐라, 응. 이 몸이 그렇게까지 빵점 아빠는 아니란 말이지!

나는 경찰에게 감사하다고 말했다. 솔직히 왜 그랬는지 나도 잘 모르겠다. 그리고는 일요일에 예배를 마친 후 집으로 돌아가는 할머니의 심정으로 조심스럽게 운전을 했다.

나는 항상 아이들이 지겨워 죽을 만큼 모든 행동에는 결과가 따른다는 설교를 반복해 왔다. 이번엔 내가 그 사례의 주인공이 되었다.

나는 아이들에게 말했다. "오늘 아빠가 중요한 걸 배웠구나. 규칙에는 다 이유가 있는 거야. 근데 아빠는 그걸 어겼어. 그리고 나는 그 대가를 치러야 한단다."

가족이란 참 이상한 것 같다. 우리는 일생의 절반은 부모님을 실망시켜 드리지 않기 위해 잘못을 숨기느라 보내고, 나머지 절반은 아이들을 실망시키지 않기 위해 잘못을 숨기며 산다.

가슴 시리도록 아름다운 어느 봄날, 나는 숨을 곳이 없었다. 나의 작은 게임은 이렇게 끝이 났다.

과속한 아빠는 명백히 유죄였다.

누구도 대신할 수 없는 선물, 대니

금요일은 수잔 해거티가 일주일 내내 조마조마하며 기다려 온 날이다. 그녀가 커밍아웃을 하게 될 날이었다.

수잔은 잔뜩 긴장한 채 4학년 아들이 다니는 메이플 글렌의 성 알폰서스 초등학교로 들어섰다. 잭은 교실 문에서 엄마를 맞아 준 다음 다시 반 친구들 사이에 앉았다.

잭 또한 이 순간을 기다리고 있었다. 사실 벌써 알고 놀리는 아이들이 있었다. 소문이 이미 퍼진 것이다. 이제 사실을 밝혀야 할 시간이 왔다.

엄마는 반 아이들 앞에 서서 잠시 숨을 고르고 말했다. "잭한테는 형이 있어요. 잭의 형은 자폐증이랍니다."

그렇다. 드디어 말을 하고 말았다.

사실 해거티 부인이 이 사실을 일부러 숨긴 것은 아니었다. 하지만 살다 보면 꺼내기 힘든 말도 있는 법이다. 사실 이렇게 많은 사람들 앞에서 아들의 자폐증을 밝힌 적은 이번이 처음이었다.

그녀는 아이들에게 자폐증이란 단어의 뜻을 아는지 물어 보았다. 안경 쓴 어떤 여학생이 손을 번쩍 들더니 말했다. "가끔씩 몸을 조절할 수 없는 그런 것 아닌가요?"

"뇌에 문제가 생기는 것입니다." 다른 아이가 대답했다.

"너희들 책을 많이 봤구나." 엄마가 그 여학생을 칭찬했다.

수잔은 아주 간단한 몇 문장으로 대니에 대한 이야기를 하기 시작했다. 대니는 정말 예쁘장하게 생긴 아이였고 어디 하나 부족한 것이 없는 완벽한 아이였다. 하지만 키우다 보니 다른 아이들과 조금씩 다른 점들이 발견되기 시작했다. 대니는 다른 아기들처럼 울지 않았고 옹알이도 하지 않았다. 뒤집기나 앉기, 걷기와 같은 발달단계를 거쳐야 할 때도 그냥 지나갔다.

다른 드러머

1998년, 대니가 두 살이었을 때 엄마 아빠는 정식 진단을 받아 보기로 했다.

엄마가 이 자리까지 온 이유는 대니 같은 아이는 평범한 아이와 다를 뿐이지 두려워할 필요는 없다는 것을 알리고 싶어서다. 그런 아이들은 혼자 중얼거리기도 하고 박수를 치기도 하고 얼굴을 상대방 코앞에 갖다 대기도 하며 눈도 잘 맞추지 못한다. 하지만 아무런 해를 끼치지는 않는다.

"사실 그런 애들을 두려워하지 않으면 그 애들이 무척 착하다는 것도 알게 될 거예요. 그 애들도 친구를 사귀고 싶어 하거든요." 엄마는 아이들에게 말했다.

사실 자폐아를 둔 부모들의 이러한 커밍아웃은 아이들만을 위한 것이 아니라 부모 본인들을 위한 시간이기도 하다. 그녀는 아이들에게 두 장짜리 편지를 나눠 주며 집에서 읽어 보라고 했다. 편지 안에는 해거티가 마음속 깊이 간직한 영혼의 말이 담겨 있었다.

"우리도 다른 부모님들처럼 아이에 대해 평범한 걸 기대했고 꿈도 갖고 있었어요. 하지만 그날(대니가 자폐증 진단을 받은 날) 남편과 내 세상은 완전히 변하고 말았죠."

그리고 그녀는 다른 이야기도 했다. 대니는 집안의 유일한 자폐증 환자가 아니라는 것이다. 막내아들인 일곱 살의 윌도 경미한 증상을 보이고 있다고 말했다.

그녀는 만약 우리 아이들이 일요일 교회에서 예배시간에 다른 사람에게 피해를 준 적이 있다면 사과한다고 말했다. "우리는 우리가 여러

분의 인내와 친절에 얼마나 감사하는지 알려 드리고 싶어요." 그녀는
이렇게 편지를 맺었다.

분리와 구별

해거티 부인이 작은 강연을 끝내고 아이들이 우르르 몰려 나가자 부
인은 나에게 자폐아의 부모가 되는 일이 얼마나 외롭고 소외감이 느껴
지는 일인지 솔직히 이야기했다. 다른 가족들과 어울릴 수 있는 기회는
아예 없다고 보면 된다. "자꾸 단단한 껍질이 생기는 것 같기도 해요."

하지만 그녀와 남편은 이제는 무엇이 정말 중요한지 알고 있다. 그
리고 그것들 대부분은 가족이란 울타리 안에 존재한다는 사실도 안다.

그녀는 기대하지 않았을 때 놀라운 선물이 깜짝 패키지로 찾아오
기도 한다고 말한다. 그들은 애끓는 마음으로 그 선물을 잘 포장해 놓
는다.

성 알폰서스 초등학교에서 금요일에 아이들을 만나기 전에 해거티
부인은 그곳에서 몇 블록 떨어져 있는 다른 초등학교로 나를 데리고
갔다. 메이플 글렌 초등학교에서 나는 대니라는 선물을 만났다.

그는 팔을 펄럭이면서 엄마에게 눈을 고정시키고 교실을 가로질러
뛰어오더니 엄마 입술에 자기 입술을 비볐다.

그는 촉촉이 젖은 파란 눈을 가진, 양 볼에 주근깨가 난 귀여운 소

년이었다. 그 애가 두 단어나 세 단어로 된 문장을 말할 때마다 엄마는 아들이 자랑스러워 입이 귀까지 걸리곤 했다. 몇 달 전만 해도 대니는 한 단어로 된 말밖에 하지 못했기 때문이다.

이제 집에 갈 시간이 되었다는 것을 아는 그가 말한다. "책가방 쌌어. 배 꼬르륵."

그 애는 자기가 몇 살인지(그는 아홉 살이다) 내게 직접 말하지는 못했다. 하지만 집에 가서 무엇을 할지는 아는 것 같았다. 매일 똑같은 일을 하는 것 같았다.

"되감아." 아이가 소리를 질렀다.

그게 바로 그가 매일같이 반복해서 하는 일상이었다. 비디오테이프를 되감는 것. 그것이 돌아가는 소리를 들으면 그는 안정이 된다. 엄마는 웃으며 아이를 꼭 끌어안는다. 그는 말처럼 껑충껑충 뛴다.

잭의 형제들에게는 자폐증이 있다. 이 가족은 이제 그것을 세상에 알리고 있다.

이상하고 멋진 풍경, 아빠와 딸

그들은 단박에 눈에 띄었다.

비가 주룩주룩 내리던 화요일 오후, 수더톤의 한 패스트푸드점에서 내 앞에 줄 서 있던 그 부녀는 이내 사람들의 시선을 끌었다.

사실 그들을 잘 모르는 사람 입장에서 처음 봤을 때, 그 두 사람이 한 집에서 살 것 같아 보이지는 않는다.

여자아이는 여섯 살에서 일곱 살 정도로 밝은 금발 머리가 어깨 위에서 찰랑이는 연약하고 예쁘장하게 생긴 아이였다. 파란색과 초록색의 아가일 체크 점퍼에, 안에는 새하얀 셔츠를 받쳐 입고, 발목까지 오는 흰색 양말과 에나멜 검정 구두를 신고 있었다.

그 여자아이 옆에 있는 서른다섯 살 정도 되어 보이는 남자는 낡고

헤진 청바지를 입고, 소매가 없는 티셔츠에 야구 모자를 뒤로 쓴 채 그 위로 두건을 두르고 있었다. 사내의 양 팔에는 커다란 문신이 새겨져 있었고 얼굴은 코밑수염과 턱수염으로 지저분하게 덮혀 있었다. 그의 외모는 그가 만만치 않은 인생을 살아 왔음을 보여 주고 있었다. 게다가 말투도 거칠고 문법에 맞지도 않았다.

이런 곳에서 어린 소녀와 같이 줄 서 있는 모습은 불협화음처럼 느껴졌다. 그는 할리 데이비슨에 올라타고 있어야 더 어울릴 법한 모습 아닌가.

사실 그 남자가 소녀의 진짜 아빠가 맞는지 아닌지는 확실히 모른다. 하지만 그들을 지켜보면 지켜볼수록 부녀 사이가 맞을 거라는 확신이 생겼다. 그들 사이에는 아빠와 딸 사이에만 존재하는 편안한 기운이 감돌고 있었으니까.

그들은 대화를 하지 않고 조용히 줄을 서 있었다. 근육질의 팔을 카운터에 올려놓은 그 남자에게 아이는 편안하게 기대고 있었다. 그는 음식을 주문하면서 이 말을 덧붙였다. "하나는 그거 뭐더라, 얼은 걸로 주세요." 물론 아이를 위해서였다.

편안한 침묵

그들은 나와 몇 테이블 떨어진 곳에 앉아서 대체로 묵묵히 먹기만

했다. 하지만 아주 편안하고 느긋한 침묵이었다. 그는 팔을 뻗어 아이의 치즈버거의 포장을 벗겨 주었다. 아이는 햄버거를 우물거리면서 테이블 밑으로는 다리를 들었다 내렸다 하고 있었다.

나는 아이가 햄버거를 다 먹을 때까지 얼린 디저트를 열지 않고 있는 그의 모습을 흐뭇하게 지켜보았다. 그는 그런 다음 아이가 한입 먹을 때마다 그 위에 토핑을 조금씩 뿌려 주고 있었다.

어쩌면 나의 이런 관심은 거칠게 생긴 블루칼라 노동자가 부모라는 기준에 맞지 않으리라는 나의 편견과 틀에 박힌 사고를 반영하는 것일지도 모른다. 만약 이 남자가 면바지에 페니 로퍼(가죽 단화)를 신었다면 내가 이들을 두 번 이상 쳐다보았을까?

아마 그랬을 수도 있다. 저렇게 아빠와 딸, 단 둘 사이에서만 존재하는 유대감은 우리 인생에서 가장 덜 알려진 즐거움 중에 하나이기 때문이다. 그래서 더욱 마음 흐뭇해지는 광경이었다.

우리 집 딸아이가 유치원에 다닐 때 나는 가끔 출근을 하기 전에 아이를 데리고 아침을 먹으러 나갔다. 우리 둘이서만 말이다. 엄마의 잔소리 같은 건 없었다. 우리는 손으로 음식을 집어 먹고 빨대 하나로 음료수를 나눠 먹었으며 아무 때나 트림을 하기도 했다.

내가 이 아빠와 딸을 보며 놀란 것은 이들이 아무 노력 없이도 서로 완벽한 교감을 나누었기 때문이다. 그는 아이를 칵테일파티에 참석한 꼬마 어른처럼 대하며 '가치 있는 시간' 운운하는 교양 있는 부모의 부류와는 분명히 달랐다.

그는 그저 아이 곁에 있어 주었고 아이는 아빠 옆에 있었다. 이것은 눈여겨볼 만한 소소하지만 예쁜 그림이었다.

인생의 작은 교훈

아이가 다 먹고 나자 남자는 아이를 화장실로 데리고 갔고 나올 때까지 문 앞에서 기다렸다. 아이는 아빠가 비누 냄새를 맡을 수 있도록 코앞에 손을 내밀었다. 자기가 손을 확실히 씻었다는 뜻이리라.

주차장으로 나가는 문 앞에서 아이는 문을 잡아당겼다. "밀어야지." 그가 말했다.

아이는 밀었다. 문은 쉽사리 열렸다. 그리고 아이는 아빠가 세상에서 가장 똑똑한 사람이라는 듯이 존경의 눈빛을 담아 올려다보았다.

그들이 밖으로 나간 후, 어쩌면 부모 노릇을 하는 데 대단한 학문이 필요한 것은 아니라는 생각이 문득 스쳐 지나갔다. 아이를 훌륭하게 양육하기 위해서 박사 학위를 받을 필요는 없다. 가끔은 그저 잡아당기지 말고 밀라고 말해 주는 것처럼 간단한 것일 뿐이다.

이 세상에는 너무나 다양한 크기와 모양을 가진 아빠들이 있고 한 가지 틀에 딱 들어맞는 아빠는 별로 없을 것이다. 하지만 좋은 아빠들에게는 몇 가지 공통분모가 있다. 그중에서도 가장 윗자리를 차지하는 것이 자녀 곁에 있어 주는 것이다. 옆에서 지켜 주고 바라봐 주는 것이다. 물론 중요하고 거창한 이벤트를 함께할 수도 있겠지만 비오는 오후 웬디스에서 햄버거를 같이 먹어 주는 이런 일상적인 순간도 있을 수 있다.

그들은 차양 밑에 잠시 서서 빗물로 철벅철벅해진 주차장을 바라보

았다. 아이는 새로 산 구두를 내려다 보았고 아빠도 그 신발을 보았다. 그러고는 아무 말 없이 몸을 구부리더니 문신이 새겨진 그 근육질의 팔로 아이를 가볍게 안아 올렸다. 아이는 양팔을 아빠의 목에 두르더니 복숭앗빛 뺨을 부숭부숭한 털에 갖다 댔고 두 사람은 젖은 아스팔트 위를 걸어갔다.

아이는 아빠의 팔에 높이, 안전하게, 뽀송뽀송한 채로 안겨 있었다. 체크무늬 점퍼를 입은 작은 꼬마 여자애에게 이보다 더 좋은 것이 있을까?

고독의 리듬

1977년 여름, 불쌍한 우리 엄마는 거의 뒷목을 잡고 쓰러질 뻔하셨다. 내가 뉴잉글랜드 지역을 혼자 히치하이킹 하면서 캠핑을 떠나겠다고 선언했기 때문이다.

"너 혼자? 안 돼, 절대 안 돼!"

"엄마," 나는 '이번에는 엄마가 질 걸요'식의 강경한 목소리로 말했다. "저는 갈 거예요."

엄마가 왜 안 되는지에 대한 이유를 조목조목 말하려고 했을 때 아버지는 엄마의 눈을 바라보셨다. 한 마디도 하지 않았지만 아버지는 표정으로 모든 것을 말해 주고 계셨다. '아직 당신 눈에는 아이인 걸 다 알아요. 당연히 걱정되겠지. 하지만 이 애는 더 이상 아이가 아니라

오. 우리는 보내 줘야 해.'

아버지는 피 끓는 청년의 가슴에 무엇이 웅크리고 있는지 잘 알고 계신 분이었다. 그는 남자라면 자신을 찾기 위해 가끔은 모험을 해야 한다는 것도 알고 계셨다.

나는 그때 막 대학 2학년을 마쳤고 여름 아르바이트를 하기 전까지 몇 주 정도 시간이 있었다. 나는 전에도 친구와 히치하이킹을 하면서 무전 배낭여행을 한 적이 있었다. 내가 무엇을 증명하려 하는지 사실은 나 자신도 몰랐다. 하지만 이번만은 꼭 혼자 여행을 해야 했다.

아버지는 스무 살 때 홀어머니와 두 동생을 돌보면서 홀로 대학 공부까지 마치신 분이다. 대학 졸업 후에 남태평양에서 항공모함까지 타셨다. 사실 자신이 얼마나 독립적이고 의지력이 강한지를 증명하기 위해서 굳이 혼자 여행을 떠날 필요는 없었는데도 그런 여행을 하신 것이다. 아버지는 나에게도 그런 시간이 필요하다는 것을 이해하고 계신 듯했다.

"그래. 네가 그렇게까지 원한다면 보내 줄게. 하지만 자주 전화한다고 약속해야 돼, 알았지?" 엄마는 다른 많은 부모들이 그렇듯이 결국 아들에게 졌다.

나는 혼자 먹고 자고 할 수 있도록 철저히 준비해 떠났다. 하지만 첫날밤부터 나는 백기를 흔들고 절뚝거리며 집으로 돌아갈 준비가 되어 있었다.

나는 서부 매사추세츠의 애팔래치아 트레일에 도착해서 산 속을 걷기 시작했다. 밤은 순식간에 찾아 왔고 나는 캠프를 치기 전에 몇 킬로미터 정도 더 산행을 했다. 그리고 텐트를 치지 않고 그냥 나무 밑에서 별을 보며 자기로 했다. 어둠이 점점 깊어지자 사방에서 코요테들이 목청껏 울부짖기 시작했다. 짐승들이 풀숲 속에서 부스럭거리는 소리가 다 들렸다.

그리고 비가 쏟아졌다. 나는 방수 외투를 뒤집어썼고 이 정도면 젖지 않을 거라고 생각했다. 하지만 한 시간 정도 지났을 때 완전히 비에 젖은 생쥐꼴이 되고 말았다. 빗물이 방수 천 위에 고여 있다가 안으로 흘러 들어왔다. 나는 머리부터 발끝까지 흠뻑 젖었다.

제발 새벽이 가까웠기를 바라며 시계를 꺼내 보았다. 시계의 형광 바늘은 고작 밤 11시 20분을 가리키고 있었다. 너무나도 긴 밤이 될 것 같았다.

새벽 여명이 밝아오자 나는 일어나 푹 젖은 슬리핑백의 물을 힘껏 짜낸 다음, 내 옷에 젖은 물도 짜내고 다시 걷기 시작했다. 점심 즈음에 해가 났고 나는 젖은 옷가지와 침구를 나무에 널어 말렸다. 하지만 정신은 여전히 축축하게 젖은 상태였다. 가파른 지형을 다니다 보니 숨이 턱까지 찼고 사지가 욱신욱신 쑤셨다. 발에는 물집이 잡혔다. 죽어도 인정하고 싶지 않았지만 너무 불행해서 미칠 것만 같았다.

하지만 계속 그렇게 한 발 한 발 나아가 매사추세츠를 지나 버몬트까지 하이킹을 했다. 하루하루 지날수록 근력과 자신감이 자라나는 것이 느껴졌다. 나는 이제 규칙적인 일상을 만들어 가고 있었다. 해가 뜰 때 일어나 해가 약간 기울어질 때까지 걷다가 쉬면서 수영을 하고 불을 피운 후 저녁을 해 먹고 자연의 소리를 벗 삼아 잠이 들었다.

예전에는 너무나 무서웠던 고독의 리듬이 차츰 편안하게 다가왔다. 혼자 있다는 것이 곧 외로움은 아니라는 것을 나는 서서히 배워 가고 있었다.

그리고 내가 걷고 싶을 때까지 충분히 걸은 다음에는 엄지손가락을 들고 히치하이킹을 해서 뉴잉글랜드 근처의 아무 마을이나 대학가에 내렸고 결국 보스턴까지 돌아왔다.

차를 얻어 타면서 낯선 이들을 수없이 만났지만 이상한 사람은 딱 한 명 있었다. 이상하리만치 말이 없던 남자로, 그는 나를 태우고 달리다가 내가 내릴 때가 되자, 만약 사진을 찍을 수 있도록 포즈를 좀 취해 주면 32킬로미터를 더 데려다 주겠다고 말했다. 내가 헛기침을 하자 그는 단지 차 옆에서 자연스럽게 서 있는 사진 몇 장이면 된다고 했다. 그래 까짓것 하지 뭐. 나는 뭘 모르는 애송이였다. 그가 왜 젊은이의 사진을 모으려고 하는지에 대해서는 별 생각이 없었다.

그리고 또 폭스바겐 마이크로버스(60년대 인기를 끌었던 작은 버스로 히피족들이 많이 타고 다니기로 유명한 차)를 탄 젊은 히피 아가씨가 차를 태워 주기도 했다. 우리는 야채 샌드위치를 나누어 먹고 맥주도 같이 마셨다. 앰허스트에서 만난 한 대학원생은 저녁으로 든든한 스파게티를 사주고 자기 집 거실에서 묵게 해 주었다. 황량한 길에서 애처롭게 엄지손가락을 세우고 있는 나를 발견한 경찰은 일부러 유턴을 해서 관광객들이 많은 곳까지 나를 태워다 주기도 했다. 시골 마을의 주민들은 배낭 멘 나를 볼 때마다 어김없이 시원한 음료수를 건네주었다.

너무나 끔찍한 일들이 일어나고 있는 세상이지만 나는 사람은 기본적으로 선하고 친절하고 자애롭다는 근본적인 진실을 배워 가고 있었다. 일단 사람들을 기대하고 믿어 보면 대부분은 우리의 믿음을 저버리지 않으리란 사실을 아마 당신도 알게 될 것이다.

그해 여름, 나는 고독의 매력과 동행의 기쁨을 동시에 깨달았다. 나는 자연의 일부가 되는 것과 본능을 믿는 법을 배웠다. 그리고 가장 중요한 것은 내가 이 모든 것을 포함하는 인간 본성의 선함을 믿게 되었다는 점이다.

이 정도면 청년의 여름 여행이 그리 손해나는 장사는 아니었지 않은가?

2부

동물, 또 하나의 가족

얄밉고, 성가시고, 사랑스럽고, 못 견디게 그리운

bad dogs have more fun

기러기들에게 최고의 환경이란?
바로 우리!

나는 요즘 틈만 나면 기러기들에게 말을 붙인다.

"얘들아, 너희들 대체 뭐가 문제니? 겨우 이 정도밖에 안 되는 거야? 지금쯤 플로리다의 멋진 골프장 호숫가에서 따뜻한 햇볕에 등을 말리고 있어야 하는 거 아니냐고?"

그들은 마치 나를 무슨 사기꾼(quack : 오리 같은 새가 우는 소리라는 뜻도 있고 돌팔이, 사기꾼이란 뜻도 있음 ─ 옮긴이) 보듯 쳐다보았고 자기들끼리 항상 하는 말을 했다. 끼룩끼룩.

이 애들은 캐나다 기러기다. 이 크고 포동포동하니 아름다운 새들은 미국의 교외 풍경에는 어김없이 등장하는 이른바, 유비쿼터스한 존재들이다. 나는 쇼핑몰 안으로 걸어 들어갈 때, 차를 타고 묘지 옆을 지나갈 때, 아이들을 운동장까지 데려다 줄 때, 대학 캠퍼스와 공원을 걸을 때, 우리 동네로 진입할 때 단 한 번도 예외 없이 이 녀석들을 본다.

이 기러기 떼들은 내 사무실 바깥의 잔디밭을 점령하고서 바로 몇 발자국 옆에서 지나가는 사람들은 본체만체하며 얼어붙은 잔디를 질 경질경 씹고 있다.

도무지 이해가 안 되는 점은 이 새들이 왜 하필 여기 있느냐는 것이다. 필라델피아 교외는 대체적으로 살기 좋은 곳이다. 하지만 물새 떼의 자연친화적인 서식지로 본다면 전국에서도 최하위권이라 할 수 있다. 특히 3월 중순까지도 눈발이 흩날리고 호수는 얼고 스웨터를 껴입고 다녀야 하는 이런 날씨가 그들에게 좋을 리가 없다.

나는 여러 가지 방식으로 그들과의 소통을 시도했다. 하지만 그들은 내 말을 일부러 더 무시하고 있었다. 보나마나 사춘기인 것이 분명했다.

나는 기러기들에게 또 한 번 말했다. "잠깐만 얘들아, 내가 만약 공짜로 뉴올리언스까지 날아갈 수 있다면 지금 푸석거리는 언 잔디를 먹으면서 질척질척한 눈밭에 서 있을 것 같니? 이보세요들. 날개 뒀다 뭐에 쓰려고 그래? 제발 좀 사용해 보셔!"

끼룩끼룩!

남쪽으로 가라, 멍청아

"나 좀 봐봐. 내가 진짜 쉬운 방법 가르쳐 줄게. 내가 손가락으로 어떤 방향을 가리킬 테니까 너희들은 그쪽으로 나는 거다. 그렇게 안 어렵지? 남쪽은 바로 저기야. 그냥 그쪽으로 쭉 가기만 하면 돼. 디즈니랜드가 보일 때까지. 알겠지? 제발 좀 가라. 훠이 훠이!"

끼룩끼룩!

"그래, 뼈대 있는 집안의 기러기라면 겨울이 됐다고 해서 조상 대대로 살아온 고향을 버리고 남쪽으로 날아가지 않는다 이거구나. 그렇다면 적어도 밸리 포지(필라델피아의 독립전쟁 마지막 전쟁터로 넓은 잔디가 펼쳐져 있음)나 뭐 그런 넓은 야외에서 노는 건 어떨까? 여기는 스쿨킬 근처의 산업지구야. 정말 여기가 너희들이 생각하는 명당이라 이거냐?"

아무 소용없다. 기러기 귀에 바이올린 연주하기다. 그 아이들은 계속 잔디를 씹고 뛰고 우물거리고 자기네들끼리 부딪칠 뿐이다.

나는 이 문제에 대해서 물새 전문가에게 고견을 들어야만 했다. 야생생물 전문가이자 러트거스 대학의 야생생물학과의 조교수로 있는, 이름마저 참 이 분야에 잘 어울리는 도널드 드레이크 교수를 찾아갔다.

"드레이크 교수님, 일단 확실히 짚고 넘어가지요. 진짜 본명 맞으세요?"

"물론이지요." 그가 여러 번 확인시켜 주었다.

"대체 왜 이 멍청한 기러기들이 힐튼 헤드 섬(사우스캐롤라이나의 동남쪽 끝에 위치한 섬)에서 나른한 햇볕을 쪼일 수 있는데도 뭐가 좋다고 필라델피아의 얼음 바닥을 끝까지 떠나지 않는 걸까요?"

드레이크 교수는 빙빙 돌리지 않고 답변을 해 주었다.

"일단 우리 주변의 기러기들은 철새가 아닙니다. 이들은 그 철새들의 사촌쯤 되는 카우치-포테이토(게으르고 비활동적인 사람)들로, 일 년 내내 집을 벗어나지 않고 사는 자기들의 생활방식에 무척 만족하고 있죠. 평생에 단 하루도 다른 곳으로 이동하지 않을 수도 있어요." 드레이크 교수는 말했다.

그리고 이 기러기들이 겁 없어 보이는 건 평생 겁먹을 일이 없기 때문이란다. 교외는 기본적으로 기러기들의 천적도 없고 사냥도 이루어지지 않으며, 기러기들은 교외 주민들이 절대 자기를 해칠 리 없는 순한 인간들이라는 것도 안단다. (오, 그래? 그렇다면 우리가 퇴근할 때 SUV를 얼마나 거칠게 모는지 한번 보여 줄까?)

이상적인 서식지 만들기

우리는 참새 같은 날개 달린 먹보들을 쫓아내기 위해 보더콜리(뉴잉글랜드산 콜리종의 목양견)나 폭죽 등을 사용하며 연간 수만 달러를 쓰고 있다. 하지만 기러기한테는 손도 대지 않는다.

드레이크 교수는 우리가 기러기들이 요구하는 모든 것을 제공해 주고 있다고 지적했다. "우리 미국인들은 원래 잘 깎은 잔디밭에 집착하는 경향이 있잖아요." 드레이크는 말한다. 그리고 브란타 카나덴시스(캐나다 기러기의 학명)는 이 점에 대해 우리에게 감사를 표하고 있다고 한다.

교외 어디에나 펼쳐져 있는 너른 잔디와 축구장 잔디는 맛이 있을 뿐만 아니라 짧고 깨끗하게 정리되어 있어 벌레들이 기러기에게 기어오를 일도 없다. 또 우리는 종종 뒷마당을 파서 우물을 만들고 동네마다 배수용 호수를 하나씩 파는데 기러기들은 이것 역시 참 고마워한다고 한다. 또 우리는 이 새의 천적들을 알아서 쫓아 준다. 또 우리 중 몇몇은 그들에게 빵도 던져 준다.

말하자면 우리는 케이블 텔레비전 딱 하나만 빼고는 기러기들이 달라는 대로 다 갖다 바치고 있는 셈이다. 생각해 보자. 더 똑똑하다고 자부하는 쪽이 어디였더라?

"이 애들은 일생을 풀을 뜯어 먹고 그냥 한가로이 돌아다니면서 보내죠. 그런 말이 있지 않습니까? '개 팔자가 상팔자다.' 하지만 제가 보기엔 말이죠. 캐나다 기러기의 팔자야말로 상전 팔자라고 할 수 있겠네요." 드레이크 교수가 말했다.

맞다. 그거다. 죄송하지만 잠시 여러분께 양해를 구해야겠다. 밖에 나가서 그 기러기님들께 뭐 음료수 필요하신 거 없냐고 물어 봐야 하니까.

비행기에서 잃어버린 고양이

펠릭스는 '행불(missing in action, 전투 중 행방불명된 병사)'이다.

행방불명이란 뜻이다. 물론 이라크 전투 중 행방불명이란 뜻은 아니고 필라델피아 국제공항의 깊숙한 구석 어딘가에서 행방이 묘연해졌다.

펠릭스는 고양이다.

가슴에 손바닥만 한 흰색 무늬가 들어간 검은 고양이 펠릭스는 3월 4일 볼티모어에서 출발해 런던의 주인을 찾아가던 중 사라졌다. 필라델피아를 경유할 때까지만 해도 있었다. 그러나 그때 이후 고양이의 흔적을 본 사람은 아무도 없다.

고양이를 운송 중이던 U. S. 에어웨이(Airways) 항공사는 공항 곳곳에 사료와 물을 내어 놓기도 하고 구석구석 대청소도 해 보았으며 펠릭스의 사진을 게시판에 붙여 놓기도 했고 고양이의 냄새를 맡게 하기 위해 비글(다리가 짧은 토끼 사냥개)을 앞세운 추적 팀을 고용하기도 했다. 하지만 모두 헛수고였다.

고양이의 주인들은 고양이 실종 사건이 신문의 톱 뉴스감은 아니라는 것 정도는 알았지만 고양이를 애타게 기다렸다. 무작정 앉아서 기다릴 수만은 없었던 그들은 고양이를 찾기 위해서 대서양을 건너오기까지 했다.

이 이야기는 볼티모어에 살던 영국출신 유모 레베카 스미스와 그녀의 미국인 남편인 이벤트 기획자 데럴로부터 시작된다. 올해 초 이 부부는 레베카의 부모님 곁에서 살기 위해 영국으로 이주하기로 결정했다.

레베카와 세 살짜리 딸은 1월에 이미 런던으로 건너갔다. 데럴과 고양이 펠릭스가 뒤따라가기로 했다. 데럴은 무사히 도착했다. 하지만 '살아 있는 동물'이라는 커다란 스티커를 붙이고서 애완동물 캐리어 안에 갇혀 있던 고양이 펠릭스는 그렇지 못했다.

U. S. 에어웨이 항공사측은 자기들의 실수를 인정했다. 항공사 대변인인 에이미 쿠드와는 말했다. "우리는 그 고양이를 찾기 위해 부지런히 노력하고 있습니다. 하지만 지금 이 시점까지 고양이는 아직 발견되지 않은 상태입니다."

엉뚱한 컨베이어 벨트

수화물 담당자는 펠릭스를 화물 구역에 데리고 가서 음식과 물을 먹인 다음 갈아타는 비행기를 기다려야 했다. 하지만 수화물 담당 부장은 스미스란 직원에게 펠릭스의 캐리어를 컨베이어 벨트에 놓아도 된다고 말했고 그렇게 해서 고양이는 어두운 지하의 수화물 통과 구역으로 들어가고 말았다.

다른 직원들이 캐리어를 발견했을 때는 이미 문이 활짝 열려 있었고 고양이는 보이지 않았다. "20분 정도면 다닐 수 있는 구역 안에서 8킬로그램이나 나가는 고양이를 잃어버렸다는 것이 너무 황당해요." 멀리 영국에 살고 있는 서른네 살의 레베카 스미스는 내게 전화로 이야기했다.

실종된 지 3일 후 U. S. 에어웨이 항공사는 부부를 필라델피아까지 모셔와 호텔숙박비를 대 주면서 수화물 구역에 꼭꼭 숨어 있는 이 부끄럼쟁이 고양이를 주인이 직접 구슬려 보게 했다. 건물에 있었는지 아닌지 모르겠지만 어쨌건 펠릭스는 주인 목소리라는 미끼에도 걸려들지 않았다.

"그 여행은 완전 시간 낭비였어요. 고양이를 찾기만을 바랐죠. 제가 바란 건 그것뿐이었어요. 하지만 이제는 포기해야 할 것 같아요. 잃어버린 지 벌써 한 달이 넘었거든요." 데럴 스미스는 말했다.

항공사가 계속 수색을 하고 있다고 주장하긴 하지만 스미스의 직감은 다르다.

"이제 항공사는 더 이상 이 문제에 대해 신경을 쓰고 있지 않는 것 같아요." 데럴 스미스는 말했다.

스미스 부부는 항공사가 펠릭스의 항공료인 257달러를 환불해 주면서 고양이의 가격을 알 수 있는 영수증을 보내 달라고 했다고 말한다.

레베카 스미스는 말했다. "우린 그 고양이를 생후 2개월 때 보호소에서 데려왔어요. 돈으로 따진다면 그 고양이는 아무 값어치가 없는 거죠."

충실한 벗

하지만 그 가족에게 있어서 펠릭스는 값어치를 따질 수 없는 가족이었다. 이 커다랗고 게으른 고양이는 레베카가 미국에서 영국을 그리워하며 향수병에 걸렸을 때도 곁에서 위로가 되어 주었고, 이 부부의 딸인 도미니크에게는 더없이 정다운 친구가 되어 주었다. "마치 고양이가 우리 아이를 지켜 주는 것 같았어요." 레베카는 말했다.

"만약 우리가 옷가지나 뭐 그런 걸 잃어버렸다면 상관하지 않아요. 옷이야 얼마든지 다시 사면 되니까요." 그녀는 말했다. 그러다가 전쟁 사상자들이 넘쳐 나는 이 시대에 고양이 한 마리 때문에 너무 유난떠는 철없는 사람처럼 비춰질 거라 생각했는지 다음과 같이 말을 이었다. "그래요, 고양이를 키워 보지 않으신 분들은 이해하지 못할 거예요."

아니 적어도 애완동물을 키워 봤다면 이해할 것이다. 물론 우리는 분별력이 있다. 하지만 그래도 우리는 애완동물을 진짜 우리 아이처럼 키운다. 가끔은 너무 오냐 오냐 길러 버릇도 나쁘게 하고, 별것 아닌 것 때문에 걱정하고, 세상을 떠났을 때에는 진심으로 가슴 아파한다.

이 부부는 이제 자기 고양이에 대해 이미 과거 시제로 말하고 있었다. 하지만 이 부부와 U. S. 에어웨이 사이의 관계는 악화될 대로 악화되었다. 스미스 부부가 포기하지 않고 계속해서 고양이의 행방을 확인하자 급기야 항공사 직원들은 짜증스러운 반응을 보이기 시작했다고 한다. 항공사 대변인인 쿠드와 씨는 세부 사항에 대해서는 언급을 회피했지만 고소는 두려워하고 있는 듯했다. 하지만 스미스 가족은 고소까지 할 생각은 없어 보였다.

그러나 이 부부는 여전히 7년 동안 한 가족처럼 지내 온 고양이를 찾을 수 있다는 희망의 끈을 놓지 않고 있으며 이제 필라델피아 주민들에게 간곡히 부탁하고 있다. 가슴에 하얀 털 뭉치가 붙은 검은 고양이를 목격하신 분은 꼭 신문사에 전화해 주시길 부탁한다.

대서양 건너편에 사는 한 가족이 이 고양이가 다시 집에 돌아오기를 간절히 소망하고 기도하고 있다.

충성스러운 친구에게 보내는 작별인사

어슴푸레한 새벽, 나는 창고에서 삽 하나를 꺼내서 언덕을 내려가 잔디밭의 끝에 나무가 서 있는 곳으로 갔다. 그리고 커다란 체리 나무 밑으로 가 땅을 파기 시작했다.

다행히 흙이 푸석푸석하고 얼지 않아서 일이 순조로웠다. 말리 없이 이렇게 뒷마당에 나와 있으니 기분이 묘했다. 말리는 우리가 키웠던 래브라도 리트리버로 장장 13년 동안 하루도 빠짐없이, 토마토를 딸 때건 잡초를 뽑을 때건 편지를 가지러 갈 때건 모든 야외 활동에서 내 곁에 꼭 붙어 있었던 개다. 하지만 지금 나는 혼자서 말리의 무덤을 파고 있다.

"말리 같은 개는 아마 다시는 없을 거다." 아버지는 내가 이 늙은 녀석을 이제 그만 재워야겠다는 소식을 전할 때 이렇게 말씀하셨다. 이 것은 말리가 들은 모든 말 중에 그나마 가장 칭찬에 가까운 말이었다.

이 세상 누구도 말리를 훌륭한 개라고 부르지 않았다. 아니 착한 개 라고 한 사람도 없었다. 말리는 밴시(아일랜드의 전설에 나오는 저승사자) 처럼 설치는 데다 황소처럼 기운이 셌다. 말리가 하도 요란 벅적지근 하게 삶을 즐기는 바람에 녀석이 지나간 곳은 한바탕 자연재해가 휩쓸 고 지나간 자리 같았다.

말리는 애견 훈련 학교에서 쫓겨난 내가 아는 유일한 개다.

말리는 소파 씹기 대장에, 방충망 뜯어내기 전문가에, 축축한 침 흘 리기 도사에, 쓰레기통 뒤엎기의 일인자였다. 기골은 어찌나 장대했던 지 네 발을 바닥에 고정시킨 채로 식탁을 그 자리에서 씹어 먹을 수도 있었다. 그리고 우리가 보고 있지 않을 때마다 그렇게 했다.

말리가 뜯어 버린 매트리스와 파 버린 벽이 도대체 이제까지 몇 개 인지 나는 일일이 세지도 못한다. 대부분은 그의 천적이었던 천둥 번 개 때문에 발광하다가 생긴 일이었다.

귀엽지만 멍청한

말리는 몸무게가 45킬로그램이나 나가는 커다란 개로 출렁이는 근

육질의 몸이 황토색 윤이 나는 털로 뒤덮인 아주 잘생긴 녀석이었다. 머리는 얼마나 좋았냐고? 음, 그저 죽는 날까지도 자기 꼬리를 물려고 뱅뱅 돌았다는 것 정도만 말해 두겠다. 말리는 그것이 개과의 동물이 반드시 통과해야 할 가장 큰 난관이라고 여기는 것이 확실했다.

　꼬리 이야기가 나왔으니 하는 말인데 말리는 단 한 번의 꼬리치기로 커피 테이블을 간단히 엎어 버릴 수도 있는 탁월한 재능을 소유하고 있었다. 또 말리가 삼켜 없애 버린 것들도 무지 많은데, 그중에는 아내가 아끼던 금목걸이도 있었다. 우리가 우여곡절 끝에 그것을 다시 회수했을 때는 말리의 위액 덕분인지 못 알아볼 만큼 반짝이고 있었다. 언젠가는 말리를

고급스런 야외카페에 데리고 가서 너무나 무거워 손으로 절대 밀 수 없던 철제 테이블에 묶어 놓은 적이 있다. 하지만 얼마 지나지 않아 이것은 큰 실수로 밝혀졌다. 말리는 귀여운 푸들을 발견하자마자 펄쩍펄쩍 뛰어올랐으며 자기가 묶여 있던 테이블 또한 그대로 끌고 갔다.

하지만 그럼에도 불구하고 말리는 마음씨만큼은 누구보다 상냥하고 순수했다.

우리의 첫째 아이가 유산되고 난 다음 아내를 병원에서 데리고 왔을 때 이 거친 야수는 아주 부드럽게 자기의 단단한 머리를 아내의 무릎에 갖다 대더니 여주인이 자신을 껴안고 울 수 있도록 얌전히 있어 주었다. 그리고 아이들이 하나씩 우리 집으로 들어올 때는 이 아이들이 얼마나 특별한 존재들인지 미리 알고 있었던 것처럼, 아이들이 자기 몸을 타고 올라가고 귀를 잡아당기고 작은 주먹으로 털을 한 움큼씩 뽑아도 가만히 내버려 두었다. 낯선 사람이 우리 아이를 잡으려고 한 적이 있었는데, 우리는 그때 처음으로 언제나 밝고 맑고 명랑하기만 했던 말리에게도 우리가 절대 상상하지 못한 야수의 공격성이 숨겨져 있다는 것을 알게 되었다.

친구이자 가족에게 배운 삶의 교훈

사람은 개를 통해서 아주 많은 미덕을 배울 수 있다. 하물며 우리 집에 살던 천방지축 못난이 개에서도 배울 점이 있다.

말리는 하루하루를 충만함과 환희로 채우는 법을 가르쳐 주었고 순간을 즐기는 법과 마음 가는 대로 사는 것이 무엇인지 가르쳐 주었다. 말리는 숲 속에서의 산책, 소복소복 쌓이는 눈, 겨울 햇살이 들어오는 창가에서의 낮잠 같은 사소하고 단순한 일상에 진심으로 감사할 수 있는 여유를 가르쳐 주었다. 나이가 들어 몸이 쇠약해졌지만 여전히 역경을 희망으로 대하는 법을 가르쳐 주었다.

나는 말리에게서 조건 없는 우정과 이타심을 배웠고, 무엇보다도 흔들리지 않는 충성심이 무엇인지 알게 되었다.

지난 주 말리의 마지막 시간이 다가왔을 때였다. 내가 말리 옆, 동물 병원 바닥에 무릎을 꿇고 앉아서 그의 회갈색 입을 살살 쓰다듬고 있는데 수의사는 조심스럽게 화장(火葬) 이야기를 꺼냈다. 나는 이렇게 대답했다. "안 돼요. 그건 안 합니다. 전 말리를 집에 데리고 갈 겁니다."

다음 날 아침 우리 가족은 내가 판 구덩이 주위에 둘러서서 마지막으로 이 충성스러운 친구에게 안녕을 고했다. 아이들은 옆에서 말리를 끌어냈다. 내 아내는 우리 모두를 대신해 이렇게 말했다. "엄마는 이 개가 많이 보고 싶을 것 같구나. 이 멍텅구리 같은 녀석."

하지만 나는 의사가 다시 돌아오기 전에 몇 분 정도를 말리와 함께 할 수 있었다. 그리고 말리를 안고 지난 13년을 되돌아보았다. 망가진 가구와 엉뚱한 짓거리와 침 범벅인 키스와 순수한 헌신을 말이다. 되돌아보니 그리 나쁘기만 한 것은 아니었다.

나는 말리가 자기가 한 나쁜 짓만 떠올리며 이 생을 마감하는 것을 보고 싶지 않았다. 그래서 말리의 이마에 손을 올리고 조용히 말했다.

"말리야, 너는 정말 훌륭한 개였단다."

못 말리는, 그럼에도
사랑할 수밖에 없는 그들

휴, 진짜로 나는 우리 개가 세상에서 가장 나쁜 개인 줄 알았다.

내가 13년 동안의 인생의 동반자였던 노이로제 구제불능의 래브라도 리트리버 말리에게 작별인사 글을 남긴 후부터, 내 메일함은 한 편의 텔레비전 토크쇼장이 되고 말았다. 오늘의 주제는 '나쁜 개, 그리고 그들을 사랑한 인간 이야기'다.

내가 말리의 죽음에 대해 쓴 이후 전국각지의 애완동물 주인들에게서 수백 통의 메일을 받았다. 그들은 대체로 진심이 담긴 애도를 전하기도 했다. (고맙습니다, 여러분.) 하지만 대부분은 내 묘사나 표현의 정확도에 대해 반발하고 싶어 견딜 수 없어 했다.

나는 말리가 '세계 최악의 개'라는 내 정의가 틀렸음을 이 자리에서 공식적으로 인정하는 바이다. 내 섣부른 판단에 대한 사람들의 반응은 대체로 이런 식이었다. "말리는 절대 최악이 될 수 없어요. 왜냐, 세계 최악의 개는 바로 우리 개니까요." 그리고 그들은 자신의 논지를 입증하기 위해 갈기갈기 찢긴 소파와 습격당한 찬장과 침 범벅 공격에 대해 아주 자세한 묘사를 곁들였다.

이상하게도 이런 이야기들은 열에 아홉은 모두 말리 같은 커다란 리트리버와 관련이 있었다.

아빙턴 타운십의 샌디 채노트의 이야기를 들어 보자.

"우리는 알렉스를 약간의 주의력 결핍 장애가 있는 '혈기왕성한 래브라도'라고 불렀답니다. 알렉스는 가죽 신발과 수첩은 다 씹어 먹었고 카펫까지 우걱우걱 씹어 먹었답니다. 또 우리가 현관에 들어설 때마다 항상 입에 뭔가를 물고 있었어요. 그때마다 주인을 몇 년 만에 처음 만난 것처럼 흥분해서 뛰어들고 안기고 난리였답니다. 단 하루도 빠짐없이요. 꼬리로 커피 테이블에 있는 것을 죄다 쓸어 버리기도 일쑤였고요. 맞다, 우리 개도 애견 훈련 학교에서 쫓겨났답니다." 당신네도요? 오호, 친구 만났네.

졸업장을 따다

드렉셀 힐에 사는 라인 메이저와 린 램프맨이 키우는 골든 리트리버 그레이시는 애견학교를 어찌어찌 졸업은 했다고 한다. 그 개는 자신이 졸업한 사실에 어찌나 감격했던지 학교를 나오자마자 자기 졸업장을 낚아채 갈기갈기 찢어 공중에 휘날렸다고 한다. 메이저는 말한다. "정말 사랑스러운 강아지였어요. 살짝 미쳐서 문제였지만."

어퍼 다비의 로이스 피네간은 우리 집의 조증 기질이 있는 개는 분리불안증에 시달리는 자신의 래브라도 집시에 비하면 아무것도 아니라고 했다. "한 번씩 발광하면 정말 공포 그 자체였어요. 커튼을 물어뜯고 커튼 봉까지도 씹었으니 말 다했죠, 뭐. 러그나 화초 같은 건 한 입거리였고요. 덧문까지 한 방에 해치웠답니다."

다른 이들도 자기네 개가 비치 타월, 스펀지, 고양이 상자, 스페어 타이어, 또 다이아몬드 반지까지 단번에 삼켰다고 글을 올렸다(이 정도면 말리의 금목걸이 취향은 새 발의 피라고 할 수 있겠다).

포츠타운의 마이크 케이시는 이 모두를 단번에 제압하는 개를 알고 있었다. 이제는 세상을 떠난 개 제이슨은 리트리버와 아이리시 세터의 잡종이었는데, 150센티미터나 되는 진공청소기 호스와 돌돌 감겨 있던 줄을 모두 우적우적 씹어 먹고 트림 한 번 하지 않았다고 한다.

웨스트 고센의 엘리사 버크는 자기 개(그렇다. 또 하나의 천재 래브라도다!) 모가 2층 창문에서 뛰어내렸을 때 최악의 상황이 생겼을 거라고 짐작했다. 하지만 모는 다친 구석 하나 없었을 뿐만 아니라 새로 찾은 출구에 아주 만족한 것처럼 보였다. "그나마 모는 관목 위에 떨어져서 충격이 적었나 봐요." 버크가 설명했다.

낸시 윌리암스는 말리에 대한 내 칼럼을 오려 두었는데 자기가 키웠던 못 말리는 리트리버인 그레이시와 너무나 닮았기 때문이었다. "이 칼럼을 부엌 식탁에 놔두고 가위를 치우기 위해 돌아섰어요. 다시 돌아보니 아니나 다를까 그레이시가 그 칼럼을 맛나게 먹어치웠더군요."

나는 이걸 칭찬으로 여기기로 했다.

콘크리트에 빠지다

하버타운의 르네 웍은 '돌대가리 누렁이 래브라도 클랜시'를 키우고 있었다. 이 개는 옆집에 새로 깐 콘크리트 속으로 뛰어들면서 절대 잊을 수 없는 첫인상을 남겼다. "클랜시는 울타리를 뛰어넘더니 곧바로 무릎까지 닿는 콘크리트에 푹 빠지더군요."

그리고 해이돈이라는 개도 있다. 근육질(brawny)의 —머리가 좋은 (brainy)와 혼동하지 마시라— 이 래브라도 개는 강력 본드의 뚜껑을 삼켰다고. 제미손에 사는 주인 캐롤린 에서링턴이 말한다. "하지만 우리 개의 전성기는 누가 뭐래도 차고 문틀을 통째로 떼어 버렸을 때죠. 거기다 끈으로 묶어 놓은 제가 바보였어요." 그녀는 또 이렇게 말했다. "그 시절에 우리는 수의사의 전화번호를 단축키에 저장해 놓아야 했답니다."

야들리의 팀 매닝은 초콜릿으로 만든 테이블 장식을 냉장고 위에 안전하게 올려놓고는 자기가 누런 래브라도 랄프보다 역시

한 수 위라고

생각했다고 한다. "랄프는 냉장고 옆의 찬장을 여는 법을 알아내서 그걸 사다리로 이용해 타고 올라갔어요. 서랍 속 물건들이 바닥에 다 흩어져 있는 걸 보고 랄프가 그랬다는 걸 알았죠. 물론 냉장고 위에 있던 초콜릿에도 랄프의 잇자국이 선명하게 남아 있었답니다."

상식적인 사람들이라면 이런 일련의 이야기를 듣고 분명 이렇게 물을 것이다. "아니, 그렇게 사람을 힘들게 하는 애완동물을 왜 키우시는 거죠?"

야들리의 샤론 듀리베이지는 말한다. "그들은 사랑과 충성심을 아낌없이 베풀거든요. 그리고 우리가 힘든 하루를 보냈을 때, 기분이 개떡 같고 괜스레 울적할 때 아무리 투정을 부려도 묵묵히 받아 주는 넓은 마음 씀씀이를 갖고 있기 때문이죠."

동물 애호가라고?
글쎄, 깡패겠지!

벅스 카운티의 고지대는 아직도 오래전, 단순했던 시절의 흔적을 지니고 있다. 소들이 전원에서 풀을 뜯고 트랙터가 시골길을 덜컹거리고 다니며 수천 에이커의 농지가 지평선까지 뻗어 있고 집집마다 갈색과 초록과 금색의 퀼트 이불이 있다.

그곳은 지하실이 휴대전화 송신소보다 많으며, 석조 농가는 BMW를 소유한 은행가의 별장이 아니라 존 디어스(미국의 유명한 농기계 브랜드)를 모는 농부들의 살림집이다.

뻔뻔스러운 테러리스트들의 공격과는 전혀 어울리지 않는 적적하리만치 조용한 시골 마을이라 할 수 있다.

하지만 바로 이곳, 리치몬드 타운십의 전원 마을 한가운데에 테러리스트들이 마수를 뻗쳤다.

물론 알카에다나 자살 폭파범은 아니다. 동물의 권리 보호를 주장하는 극단적인 행동주의자들이다.

그들이 내세우는 대의는 동물 실험 반대다.

그들의 만행에 의한 순진한 피해자는 식물, 특히 희귀하고 값비싸며 영묘한 아름다움을 뽐내는 중국 작약이다.

나는 212번 도로에 차를 세우고 포니 랜드라는 이름의 화원에 들어갔다. 안에서 처음 발견한 것은 들판에 줄지어 피어 있는 꽃나무였다. 꽃향기가 공기 중에 기분 좋게 감돌고 있었다. 강렬한 색깔의 꽃들이 마치 화가의 팔레트에 풀어 놓은 유화 물감처럼 들판을 수놓고 있었다.

풍부한 아이보리 빛깔

그리고 나는 보았다. 화원 창고에 스프레이 페인트로 휘갈겨진 기분 나쁜 글귀를. "(입에 담지 못할 욕) 영장류, 그리고 (입에 담지 못할 욕) 우리한테 당해 봐라."

이것을 쓴 야만인들은 '동해전(ALF)', 즉 동물 해방 전선(Animal Liberation Front)이라고 자신들을 밝히고 있었다.

이 테러의 대상은 포니 랜드 주인인 마이클 추와 그의 부모인 차오와 수잔 추로, 이들은 19만 평방미터의 땅에 500마리의 원숭이 실험을 위한 연구소를 지을 계획이었다.

깡패들은 차량 두 대에도 페인트 글씨를 휘갈겨 놓았고 이 농원의 여러 건물에도 스프레이 페인트칠을 했다. 하지만 이것은 둘째 치고 이 가족들의 마음을 산산이 부숴 놓은 것은 정성을 다해 키우던 꽃나무들의 처참한 모습이었다. 이 파괴자들은 비닐하우스 안에 있는 매우 섬세하고 여린 고급품종의 작약 나무들을 전부 짓이기고 밟아 놓았다.

"저는 어떻게 사람들이 이렇게까지 할 수 있는지 이해가 안 됩니다. 우리 건물에 스프레이 페인트칠을 하고 벽에 낙서를 하는 것과는 또 다르잖아요. 이건 생명이 있는 꽃들입니다. 우리가 하는 일과는 아무 상관이 없는 애들이라고요." 마이클 추가 말했다.

나 또한 포니 랜드를 닥치는 대로 파괴한 범인들도 처음에는 이런 것까지 의도하지는 않았을 것이라 믿는다. 하지만 그들은 놀라운 아이러니를 남기고 떠났다. 살아 있는 생물을 구한다는 명목하에 또 다른 살아 있는 생물을 무자비하고 무차별적으로 파괴해 버린 것이다. 식물을 죽이고 영장류를 살린다고? 동물군은 한 차원 위고 식물군은 한 차원 아래라 이건가?

아마 마음이 꼬인 사람에게는 그것도 충분히 말이 되는가 보다.

또 하나의 이해할 수 없는 아이러니가 있다. 추의 가족이 수입하려한 영장류들은 언젠가는 에이즈나 암 같은 치명적인 질병의 치료법의 연구 개발에 중요한 역할을 할 수도 있다. 생화학 테러에 대항할 수 있게 해 줄지 누가 아는가. 혹 추 가족의 표현대로 이들이 '수명을 늘리고 수백만 명의 인류를 구하게' 될지 어찌 아는가.

암살단들의 기술

추 가족이 이 동물들을 인간적으로 대하겠다고 아무리 설득했어도 스스로를 동물 애호가라고 부르는 극단주의자들의 귀에는 들리지 않았다.

한 인터넷 웹사이트의 익명 게시판에 올라온 글을 보면 포니 랜드의 만행에 책임이 있는 집단들이 살인자, 테러리스트, 깡패들이 자주 애용하는 기술, 즉 협박을 아주 잘 활용하고 있음을 알 수 있다.

"영장류의 감옥을 만들고 싶다면 꿈을 포기해라. 아니면 우리가 너희 인생을 지옥으로 만들어 주겠다. 계획을 계속 밀고 나간다면 우리 또한 당신네 사업을 망쳐 놓겠다. 또 당신네 인생까지 망쳐 놓겠다." 게시판의 글은 이런 식으로 막 나가고 있다.

추 가족의 말대로 운이 너무 나빴던 이 가족은 농장 안에 원숭이 실험실을 세우려던 계획을 철회하고 말았다. 추는 그들의 결정이 협박과는 전혀 관련이 없으며 자신들의 계획이 카운티가 제안하는 부지 활용 요건에 맞지 않았을 뿐이라고 말하고 있다.

물론 그럴 수도 있다. 하지만 그와 나는 그 농장을 공격한 범죄자들이 지금쯤 승리의 만세를 부르고 있을 것이라는 사실 정도는 안다.

물론 이성적인 사람들이라면 의학 실험에 동물을 사용하는 것에 원천적으로 반대할 것이다. 하지만 그러한 의견 차이를 조율할 수 있는 합법적인 토론회라는 것이 분명히 있다. 그것은 자유 민주주의 사회가 우리에게 부여한 소중한 기회이기도 하다.

밤의 어두움을 틈타 사유 공간을 침범하고 익명 게시판을 이용해 공포를 심고 협박을 일삼는 사람들을 가리키는 단어가 하나 있다. 비겁자. 그리고 추의 가족들이 이렇게 쉽게 자기들의 결정을 번복해 버렸으니 그 비겁자들이 더 신나게 활개치고 다니게 될까 두렵다.

다음 무대는
＊스테포드 테리어입니다

　나는 지난 일요일, 모든 것이 오직 개들에게로 집중되는 세상, 그야말로 완전한 개천지에 푹 빠져 있다가 왔다.

　온 천지 사방으로 개털이 날아다녔다는 내 말을 꼭 믿어 주길 바란다.

　개털은 날아다닐 뿐만 아니라 빗으로 빗겨지고 묶여지고 고정시켜지고 가늘게 나눠지고 드라이기로 말려지고 세워지고 부풀려지고 있었다. 내가 가장 최근에 그렇게 지나친 몸단장에 열을 올리는 광경을 본 것은 메인 라인의 고급 미용실을 지나갔을 때뿐이었다.

　이 행사가 뭐고 하니, 바로 지난 주말 포트 워싱턴 엑스포 센터에서

＊ 로봇 같은 아내들이 나오는 〈스테포드 와이프〉란 영화 제목에서 패러디했다.

2일 동안 15라운드로 열린 '캐널 클럽 필라델피아 도그 쇼'다. 이 행사는 상상할 수 있는 모든 모양과 크기의 순수혈통의 개 2,700마리와 완벽함에 사로잡힌, 상상할 수 있는 모든 모양과 크기의 개 주인들이 참여하는 전국적인 이벤트다.

15,000마리의 개 애호가들은 이 대단한 개들을 향해 "우우, 워워!" 감탄사를 연발했다. 나는 그 광경을 보며 미스 아메리카 대회가 이 대회의 흥분과 열기를 더도 말고 딱 10분의 1만 유지했어도 요즘처럼 그렇게 한물간 행사가 되지는 않았을 거란 생각을 하고 있었다.

무대 근처에서 개 주인들은 자신의 견공 주변을 불안 초조하게 서성이고 있었고, 반면 개들은 주인보다 훨씬 점잖은 표정으로 심사위원 앞에서 준비해 온 포즈를 뽐낼 순서를 기다리고 있었다. 이 개들 중 대부분이 전국의 도그 쇼에 빠짐없이 참가하느라 수많은 시간을 길에다 뿌리고 있었다. 한 관객이 허스키의 머리를 쓰다듬었는데 그러자마자 옆에 서 있던 조련사가 빗을 꺼내더니 조금 헝클어진 부분을 곱게 빗었다.

개가 상전인 세상

나는 화장실을 찾다가 남녀 화장실뿐만 아니라 개 화장실이 따로 있는 것을 보고는 정말 딴 세상에 와 있다는 사실을 절감했다. 실제로 개들은 이곳에서 사람보다 더 나은 대우를 받았는데 얼룩 하나 없이 깨끗한 화장실에는 은은한 삼나무 향마저 풍기고 있었다.

무대에서 조련사들은 조금도 움츠리지 않는 개 옆에 서서 엄격한 심사위원 앞을 원을 그리며 깡충거리고 뛰어갔다. 이어지는 라운드에서도 구보를 계속했으며 대체 어디로 가는 건지 모르겠지만 참 열심히도 뛰어다녔다.

놀라운 것은 생각보다 훨씬 많은 조련사가 십대 소년 소녀였다는 점이다. 그들은 분명 개에게 수백, 아니 수천 시간을 기꺼이 쏟아 부었을 것이다. 이 아이들의 정체는 과연 뭘까? 지금 집에서 비디오 게임이나 하고 있어야 할 애들 아닌가?

개들 또한 보통이 아니었다. 조금도 흐트러짐 없는 자세로 똑바로 줄을 서 있었다. 그들의 코는 앞에 줄을 선 개의 꼬리와 겨우 몇 센티미터 간격만 떨어져 있었다. 그런데도 단 한 마리의 개도 움찔하지 않았다. 갑자기 앞으로 돌진하지도, 앞 강아지의 엉덩이를 킁킁거리지도, 발에 투명 스프링이 달린 듯 공중으로 뛰어오르지도 않았다. 큰 개들이 작은 개들에게 으르렁거리는 일도 없었다. 앞 다리 들고 뒷다리로 춤을 추는 개도 보이지 않았다. 마치 예의범절 칩이 내장된 털북숭이 로봇 군단을 보고 있는 것만 같았다.

그런데 정말 이 쇼의 스폰서는 누구일까? 강아지 프로작(우울증 치료제의 한 상표명) 제조회사?

'말썽꾸러기 개 연합회'의 비공식적인 정신적 리더로서 솔직히 조금 질투가 났다는 사실은 인정한다. 나는 이제는 저 세상으로 간, 그다지 잘나지 않았던 우리 래브라도 리트리버 말리가 이 대회를 쑥대밭으로 만드는 데 과연 몇 초나 걸렸을지 상상하지 않을 수 없었다. 일단 심사 위원 앞에 있는 테이블보를 쓸어 오는 것부터 시작했겠지.

캐널 클럽이 만약 소파 물어뜯기 종목을 포함시켰다면 우리 개는 두말할 것 없이 챔피언을 먹었을 것이다.

명령은 따르고 싶은 것만

현재 그로건 가족의 집에 거주하고 있는 래브라도는 "이리 와!"라는 말을 갈까 말까 한참 동안 숙고한 다음에 우리에게 와도 된다는 제안쯤으로 알고 있는 개다. 이 암컷 개는 굴러다니는 모든 나뭇잎을 전부 자기가 말 걸고 짖고 갖고 놀아야만 하는 대상으로 알고 있다.

모든 개들은 각자의 장기가 있는데, 그레이시에게 주어진 독특한 재능은 눈과 입 공동 작업이다. 우리 개는 우리가 말을 하려고 막 입을 떼는 바로 그 순간 우리 얼굴에 주둥이를 들이댈 줄 아는 정확성을 뽐낸다. 그리고 개의 혀가 들어가서는 안 되는 부분에 혀를 집어넣는 것이다. 우리는 이 개를 공포의 프렌치 키스쟁이라 부르고 있다.

물론 우리 개는 참 착한 녀석이다.

나는 사실 이 쇼에 오면서 어쩌면 상 받는 개들도 애견 훈련 학교 퇴학생인 우리 개와 뭔가 비슷한 특징을 공유하지 않을까 내심 기대하고 있었다.

나는 이들의 번드르르한 갑옷에 조금이라도 빈틈이 있길 바라며 이 선수들의 일거수일투족을 뚫어져라 지켜보았다. '야, 애들아. 너희들 왜 그래. 딱 한 번만 부탁한다, 응?' 나는 속으로 제발 침 한 번만 흘려 달라고 빌었다. 하지만 그런 일은 없었다. 그 애들은 구보하고 껑충거리고 포즈를 취했다. 한 박자도 틀리지 않았다. 그러다 푸들 한 마리를 보았는데 정말 어찌나 완벽한 정자세를 취하고 있던지 과연 이 개가 숨을 쉬고 있는 건지 몇 번이나 살펴봐야 했다.

"아무리 그래도 이건 아냐." 결국 나는 중얼거렸다.

물론 내가 이 놀라운 상급 개들을 약간 부러워하긴 했지만 그들에게, 그리고 우리 사람들에게 인생이란 완벽이 아니라 수많은 타협과 실수로 이루어진 것 아닐까 생각해 본다.

좋은 개는 리본을 받는다. 그건 부정할 수 없는 사실이다. 하지만 말썽꾸러기 개가 더 재미있게 산다.

『말리와 나』에 관한 숨은 진실

최근 베스트셀러 작가 제임스 프레이는 자신의 마약 중독 회복 과정을 그린 자서전 『백만 개의 조각들(A Million Little Pieces)』에 과장과 허위가 다소 포함되어 있다고 전격적으로 시인했다. 이 스캔들과 관련해서 온라인 파수꾼인 '담배피는개닷컴(SmokingCanine.com)'은 최근 베스트셀러 상위에 오른 또 다른 회고록의 진실 여부도 감정에 들어갔다고 한다. 우리는 이제 여기서 충격적인 진실을 공개하려 한다.

필라델피아 통신은 「인콰이어러」지의 칼럼니스트 존 그로건이 자신의 베스트셀러 주인공으로 내세워 전국적으로 유명해진 래브라도 리트리버 말리의 온갖 악행과 말썽은 크게 과장된 것이라는 증거가 발견되었다고 한다.

그의 회고록『말리와 나: 세계 최악의 말썽꾸러기 개와 함께한 삶 그리고 사랑』에서 존 그로건은 현재는 사망한 개 말리를 구제 불능에, 노이로제에, 매너는 꽝에, 늘 가스를 발포하고 침을 흘려대는 개로 표현했다. '담배피는개닷컴' 조사 팀은 전혀 아름답지 않은 이런 묘사가 사실이라는 증거가 별로 발견되지 않았다고 발표했다.

예전에 이 가족의 이웃집에 살던 베티 바칼로 씨는 '담배피는개닷컴'에 이렇게 진술했다. "말리가 얼마나 착한 개였는데요. 저는 말리가 치와와를 구하기 위해 찻길에 뛰어드는 걸 두 눈으로 똑똑히 목격한 사람이에요. 하지만 그런 시시한 이야기가 책이 되겠어요?"

예전에 이 집 아이들을 돌봐주었던 유모도 이렇게 말한다. "예, 맞아요. 집 여기저기가 좀 훼손된 건 사실이에요. 하지만 그로건 씨에게 어쩌다 그렇게 됐는지 물어봐야 하지 않겠어요? 사실 솜씨 없는 집주인이 연장 들고 설치다가도 그렇게 될 수 있는 거죠."

얼음을 깨고 침 흘린 범인

익명의 제보자 진술에 따르면 그로건 씨는 말리의 짓으로 보이기 위해 일부러 얼음 깨는 송곳으로 나무로 된 물건들을 몇 차례씩 찍었다고 한다.

그로건 씨의 아내인 제니 또한 책과는 약간 다르게 이렇게 말했다고 한다. "솔직히 말해서 우리 집에 침 흘리는 문제를 갖고 있었던 사람은 말리가 아니라 저희 남편이에요."

그로건 씨는 현재 자기 집 개가 흘렸다고 주장한 침의 양이 솔직히 과장되었다고 인정했다. "제 말 믿어 주세요. 가끔은 정말 몇 갤런의 침을 흘리는 것 같았다고요." 그는 최근의 인터뷰에서 말했다.

그로건은 책에서 말리가 "죽는 날까지 자기 꼬리를 쫓아다녔다."고 말했다. 하지만 담당 수의사인 앤도버 요캐시는 그 주장이 "말이 되지 않으며 웃기지도 않는다."고 말했다. 또 그는 이런 말도 했다. "물론 말리 입에서 온갖 집안 살림을 꺼내기 위해 병원에 자주 오긴 했지만 저는 한 번도 말리가 자기 꼬리를 물려고 뱅뱅 도는 걸 보지 못했습니다."

말리가 자주 갔던 것으로 알려진 강아지 공원에서 자기 이름을 '프리츠'라고만 밝힌 한 로트와일러(독일산으로 경비견·경찰견으로 활약함)는 이 책은 처음부터 끝까지 과장으로 점철되어 있다고 말했다.

통역사를 통해 개는 이렇게 왈왈거렸다. "전 말리가 푸들 엉덩이를 킁킁거리는 걸 본 적이 없어요. 그리고 만약 그랬다고 해도 그게 뭐 그렇게 큰 잘못인가요?"

프리츠는 덧붙였다. "전 말리를 알아요. 말리는 제 친구였거든요. 그 책에 나오는 개는 말리가 아니라고요."

한때 이 누렁이 래브라도와 사귀었던 것으로 밝혀진 더치스라는 이름의 코기(웨일즈산의 가축을 지키던 작은 개)는 이렇게 말한다. "그로건 씨는 말리의 엉뚱한 행동에서만 많은 이야기를 끌어냈더군요. 하지만 말리는 그렇게 유별나지 않았어요. 그 친구는 평범한 수컷 래브라도일 뿐이에요. 아시잖아요. 수컷들이 어떤지."

'담배피는개닷컴'은 문자 그대로 수백 명의 래브라도 리트리버의 주인들이 그로건 씨가 '세계 최악의 말썽꾸러기 개'라고 표현한 부분은 사실이 아님을 강력히 주장했다고 보고했다.

말리에 관한 소문들

그중 한 사람은 이렇게 말한다. "전 말리가 절대 세계 최악이 아니란 걸 알고 있습니다. 말리가 우리 개 벙키처럼 2층 창문에서 뛰어내린 적 있대요?"

그로건 씨는 말리가 단지 1층 창문만 깬 적이 있다고 인정했다.

아직 확증은 없지만 말리가 사실은 죽지도 않았고 현재 플로리다 보카 라톤의 개 보호시설에 격리되었다는 소문도 조심스레 나돌고 있다.

"이 개가 그 개라고 확실히는 말 못하겠네요. 하지만 우리 시설에 있는 '할리'는 그 겉표지에 나온 개랑 쌍둥이 같긴 합니다. 제가 아는 건요, 그 책이 출간되기 바로 전 선글라스 쓴 남자 두 명이 나타나 개를 놓고 갔어요. '방문자도 사절하고 특히 언론 인터뷰는 불가하다'는 강력한 조건을 내걸고서요." 그 보호시설의 관계자가 말했다.

'할리'를 추적하려는 시도는 실패로 돌아갔다.

그로건 씨는 이 책의 원제목이 사실은 『나의 말리: 내가 꿈꾸던 개』였다는 주장에 대해서는 진술을 거부했으나, 그의 에이전트가 이런 원고는 절대 서점가에서 먹히지 않는다며 "주인에게 충실한 개 어쩌구하는 래시풍의 이야기는 한물간 지 오래거든요."라고 말한 직후 전격적으로 제목을 바꾼 것으로 전해진다.

최근 『백만 개의 조각들』의 추천을 철회했던 오프라 윈프리는 말리에 관한 논쟁에 대해서 한 마디만 해 달라는 부탁에 전화 응답을 해 주지 않았다고 한다.

동물원의
집단 히스테리

　최근 필라델피아 동물원에서 접근금지 명령을 당한 동물권리 보호 극단론자인 마리안느 베세이를 그냥 정신이 약간 이상한 사람으로 보고 애초에 상대를 하지 않는 편이 더 쉽긴 할 것이다.

　그녀가 너무도 열성적으로 ―다른 사람들이 보기엔 히스테릭할 정도로― 옹호하는 이 거대하고 위엄 있는 동물의 눈동자를 직접 볼 때까지는 쉽게 그렇게들 말할 수 있을 것이다.

　이 동물원에 갇혀 있는 코끼리의 눈을 들여다 볼 때까지만 말이다.

　그 눈에는 뭔가가 있다. 그 코끼리가 온순한 존재라는 사실 그 이상을 더 알 수 있다. 그 눈에서는 지능이 보인다. 그것도 대단한 지능이. 이 점에 대해서만은 의심할 여지가 없다. 동물원의 홈페이지에도 그

동물이 유난히 머리가 좋다는 이야기들이 속속 올라오고 있으니까. 그렇지만 그 눈에 슬픔이 깃들어 있다는 건 나만의 상상일까?

슬픔과 그리움일까?

베세이는 이 동물원에 있는 네 마리 코끼리들에게 자유를 주어야 한다고, 그것이 안 된다면 적어도 테네시에 있는 1,100만 평방미터의 후피동물(포유류 중 가죽이 두꺼운 동물을 통틀어 이르는 말. 코끼리, 무소, 하마, 말 따위) 보호구역과 비슷한 환경이라도 만들어 주어야 한다고 주장했고 점점 이 일에 집착하게 되었다.

그녀는 정기적으로 이 동물원의 코끼리 우리를 방문해 비디오테이프로 녹화를 하고 동물원을 찾는 사람들이 코끼리를 되도록 가까이에서 구경할 수 있도록 하기 위해 3,000평도 안 되는 공간에 가두는 일은 있을 수 없다고 거듭 주장해 동물원 관계자들의 눈살을 찌푸리게 했다.

"그 코끼리들은 정말 똑똑해요. 그걸 아시면 놀랄 거예요." 그녀는 지난 금요일 전화로 내게 말했다.

'약간 우울한' 코끼리들

현재 변호사로 일하고 있는 베세이는 어린 시절부터 코끼리에 남다른 애정을 가졌다고 한다. "하지만 그 애들이 서커스단이나 동물원에

있는 걸 보면 뭔가 잘못된 것 같은 느낌이 들었어요. 뭐랄까, 마음이 딴 데 있는 것 같다고 해야 하나 약간 우울해 보인다고 해야 하나."

1996년에 그녀는 토착 환경에서 사는 야생 코끼리들을 보기 위해 짐바브웨를 찾았고 그곳의 동물들이 좁은 공간에서 사는 동물들과 완전히 다르게 행동하며 다른 방식으로 상호 활동을 하는 것을 보고 충격에 빠지고 말았다.

그녀의 주장에 따르면 그들의 영리하고 깊이 있는 눈동자가 다른 말을 하고 있었다고 한다. 자기들은 전혀 슬프지 않다는 표정이었다는 것이다.

그녀는 동물원 코끼리들은 야생 코끼리의 '그림자'에 불과하다고 말했다. 작년에 그녀는 네 마리의 코끼리들을 보다 자연에 가까운 보호구역으로 보내야 한다며 관계자들을 압박하기 시작했다. 하지만 이 것은 그녀만의 생각으로 끝날 가능성이 높아 보인다.

그녀는 특히 마흔두 살의 부상당한 암컷 코끼리 둘라리가 8월부터 콘크리트 헛간에 갇혀 있다는 점을 매우 속상해하고 있다.

"당신 아이를 평생 동안 장롱에 가둔다고 생각해 보세요." 그녀는 말했다.

너무도 속상했던 그녀는 이번 달 초, 코끼리 연대라는 사이트의 게시판에 게시물을 올렸다. 그 안에는 필라델피아 동물원 원장인 알렉산더 L. 피트 홉킨스 씨가 '콘크리트 벽장에 6개월 동안 갇혀서 죽는 날만 기다려 보는' 경험을 꼭 해 보아야 한다는, 다소 과격한 내용이 담겨 있었다.

"전 참다 참다 폭발했을 뿐이에요." 그녀가 말했다.

하지만 그녀는 동물원 관계자들이 그 게시판을 확인한다는 사실을 알지 못했다. 그들은 그녀의 표현 수위가 정도를 넘지는 않았지만 분명 협박성이었다고 주장하며 그녀를 고소했다.

누구에게 협박을 한다는 걸까?

가족들이 모이는 공간에서 살해 협박까지 불사하는 과격한 환경 보호 테러리스트들을 허용할 수는 없다. 그렇지 않은가? 그러한 이유로 그 행동주의자는 동물원 접근이 금지되었다.

하지만 나는 대체 여기서 누가 과격하게 히스테리를 부리고 있는 건지 다시 한 번 생각하게 된다.

따질 건 따져 보자. 사실 동물원측은 원장이 생명의 위협을 받아서가 아니라 잘 유지되었던 대외 이미지가 손상될까 봐 두려웠던 것이다. 동물원은 친근한 가족 중심의 공간으로 이곳의 동물들은 모두 행복해야만 한다. 이곳의 코끼리들을 풀어 주어야 한다고 떠드는 사람들을 용납해서는 안 된다.

나는 동물원을 사랑한다. 특히 필라델피아 동물원은 너무 좋아해서 연간 회원권을 끊어 놓고 시간 날 때마다 가는 편이다. 나는 우리 아이들을 그곳에 자주 데리고 간다. 하지만 나 또한 코끼리 우리 근처에 가면 그들의 슬픈 눈과 마주치게 된다.

물론 대부분의 동물원 동물들은 협소한 공간에 사는 것에 그럭저럭 만족하는 것 같다. 하지만 이상하게 코끼리만 보면 나 또한 약간 뭐랄까…… 서글퍼진다. 그것들이 말을 할 수만 있다면 어떤 말이 나올지 짐작이 간다. 그리고 먼지가 풀풀 날리는 네모난 공간에 사람들의 사진 세례를 받으며 멍하니 서 있는 것이 꿈에 그리던 삶은 아니라는 것 또한 알 것 같다.

다른 대형 동물원들은 후피동물들을 보다 자유롭게 뛰어놀 수 있는 보호구역으로 보내고 있다.

일단 동물원에 가 보자. 가서 코끼리들의 깊은 눈동자를 가만히 들여다 보자. 그런 다음 질문을 던져 보자. 이제 우리도 그 추세를 따라야 할 때가 온 것은 아닐까?

유명세와 나

말리가 나를 여기까지 끌고 왔다. 베스트셀러 작가가 된다는 것은 전혀 예상치 못했던 물질적, 정신적 축복이지만 가끔은 과연 그런지 하나하나 따져 보고 싶기도 하다.

정확히 언제 어디서 어떻게 그 느낌을 받았는지 나는 상세히 기억하고 있다. 나의 잔잔하고 평온하고 다소 지루한 소시민적인 일상이 앞으로 판이하게 달라질 것이며 가까운 미래에는 예전과 같아질 전망이 없다는 사실을 직감적으로 알아 버린 순간 말이다.

1월 13일 오전 8시 30분, 나는 뉴욕에 있는 CBS 생방송 스튜디오 대기실에 앉아서 〈얼리 쇼(The Early Show)〉 출연을 기다리고 있었다. 메이크업 담당자가 내 코에 파우더를 바르고 머리에는 스프레이를 뿌려 대느라 내 주변을 바쁘게 움직였다. 프로듀서는 능숙한 손놀림으로 내 옷 앞자락에 마이크를 꽂아 주었다.

나는 전국적인 베스트셀러 『말리와 나』에 대해서, 그리고 무명의 칼럼니스트가 자고 일어나니 어느새 베스트셀러 작가가 되어 있었던 놀라운 사연에 대해서 이야기하기 위해 나와 있었다.

이제까지 이 유명한 30분짜리 아침 방송에 출연하기 위해 나처럼 대기실에 앉아 있던 사람들은 래퍼이자 배우이며 어디를 가나 여왕의 기운을 내뿜는 퀸 라티파, 전 세계가 공식적으로 인정한 할리우드의 마이더스 손 제리 브룩하이머, 또 손수건만 한 천을 걸치고 나와 매혹적인 웃음을 흘리던 '세계에서 유일한 쌍둥이 벨리 댄서' 자매들이었다.

"오직 저희 아침 방송에서만 만나실 수 있습니다." 진행자인 해리 스미스가 생방송이 시작되기 전에 크게 외쳤다. 나는 정신을 차리고 싶어서 고개를 세차게 흔들었다. 이건 너무나 비현실적인 상황이었다. 어제까지 일개 시청자였던 사람이 270만 시청자 앞에서 생방송을 해야 하다니!

인터뷰가 끝난 후 스미스는 내 쪽으로 몸을 살짝 숙이더니 이제 막 사회생활을 시작하는 아들에게 충고하는 아버지처럼 인자하지만 단호하게 말했다. "아직 감이 잘 안 오시죠? 암, 그럴 거예요. 그런데 앞으로 그로건 씨 인생이 아주 많이 달라질 겁니다."

내가 막연하게나마 이해할 듯 말 듯한 사실을 그는 이미 훤히 내다보고 있었던 것이다. 좋은 쪽으로건 나쁜 쪽으로건 '베스트셀러 작가'라는 새로운 위치는 나의 모든 것을 송두리째 바꾸고 말았다. 내 몸의 모든 세포 하나하나가 아무리 저항한다 한들 이 거대한 흐름을 막을 수는 없었다.

나는 어느 날 갑자기 로또에 당첨된 평범한 노동자가 된 것 같았다. 아니다. 말을 하려면 제대로 해야지. 나는 어느 날 갑자기 로또에 당첨된 평범한 노동자였다. 어떤 무명의 칼럼니스트가 별 생각 없이 첫 번째 책을 썼다. 그 책은 입소문과 마케팅과 타이밍의 기가 막힌 작용으로 엄청난 베스트셀러가 되었다. 이건 말 그대로 벼락 맞을 확률보다 더 적은 확률이니 로또 당첨이 아니고 무엇이겠는가.

다분히 '작은 책'이라고 생각하고 집필을 시작한, 우리 부부의 신혼 생활 에피소드와 정신 사나운 래브라도 리트리버 한 마리가 우리 가족에게 남긴 의미를 담은 이 책은 현재 30쇄가 넘게 인쇄되어 200만 부 이상 팔렸다. 「뉴욕타임스」 비소설 베스트셀러 리스트에 무려 34주간 올라 있었으며 그중 16주는 1위를 차지했다.

물론 내 안의 일부는 이러한 놀라운 성공에 어깨가 으쓱하고 무척 흥분되기도 한다. 하지만 내 안의 또 다른 나는 아직까지 이런 상황이 어색하고 믿기지 않는다. 그리고 또 다른 나는 이것이 우리 가족에게 미칠 영향, 특히 내 소중한 아이들, 나의 생활방식, 나의 직업, 나의 인간관계를 어떻게든 변화시킬 것 같아 겁이 더럭 났다.

나는 종종 속으로 이렇게 묻곤 했다. 내가 어쩌다 이런 롤러코스터를 타게 됐지? 여기서 떨어지지 않으려면 뭘 붙잡아야 하는 걸까?

이 짜릿한 여행은 2003년 1월 6일, 「인콰이어러」 지에 칼럼을 하나 실으면서 시작되었다. 그 칼럼은 13년간이나 우리 집을 벌집처럼 들쑤셔 놓은 활동 과다에 구제불능인 래브라도 리트리버 말리가 세상을 떠난 후에 쓴 이별의 편지였다. 상상을 초월하는 말썽꾸러기였으며 자제심이라고는 모르던 막가파 개였지만 마음만큼은 여름 하늘처럼 드넓었던 녀석과 부대끼며 살아가던 그날들을 어떻게든 내 방식으로 기록하고 싶었다.

그 칼럼이 나간 후에 「인콰이어러」 지 독자들은 무수히 많은 편지를 보내 왔다. 대부분은 자신의 애완동물에 대한 지극히 개인적인 사연들이 담겨 있었다. 그 편지들을 하나둘씩 꺼내 읽으면서 내가 애초에 의도했던 것보다 더 보편적인 테마를 건드렸고 잘하면 더 심도 깊게 발전시킬 수 있겠다는 생각이 들었다. 이건 단순히 강아지 이야기가 아니었다. 내 이야기도 아니었다. 인간과 동물이 함께 만들어 나가는 인생 이야기, 두 존재가 서로의 삶에 영향을 주고받으며 성장하게 되는 이야기였던 것이다.

대략 열두 번 정도 거절을 당한 후 마침내 에이전트를 찾았다. 로리 애브케마이어는 내 이야기의 잠재력을 한번 믿어 보기로 했다. 그날 이후, 매일 새벽 4시 반에 일어나서 출근하기 전까지 글을 쓰는 날들이 시작되었다. 그렇게 하루하루가 가고 챕터 한 장 한 장이 완성되었다. 이야기는 마치 최면에 걸린 환자의 중얼거림처럼 깨닫지도 못하는 사이에 거침없이 쏟아져 나왔다.

집필 초반부터 아내인 제니와 나에 대한 이야기, 우리가 부부로 함께 첫발을 내딛던 날들을 쓰지 않고서는 개에 대한 이야기도 할 수 없다는 것을 깨달았다. 이 두 가지 이야기는 톱니바퀴처럼 서로 맞물려 있어 도저히 분리할 수가 없었다. 말 그대로 한 몸이었다.

글은 막힘없이 술술 써졌는데 사실 이런 책을 누가 볼까 싶은 생각이 들어서이기도 했다. 책이 진행되면서 내 에이전트는 뭔가 특별한 일이 일어나는 것 같다고 거듭 말했지만 솔직히 나는 믿지 않았다. 그리고 속으로 되뇌었다. 아니 정신이 제대로 박힌 독자라면 300페이지나 되는 평범한 소시민의 일상과 그 집 개 이야기를 왜 재미있어 하겠는가?

2004년 가을, 원고가 완성되었고 에이전트의 본능이 저자의 본능보다 더 정확하다는 사실이 밝혀졌다. 그녀는 원고를 보내고 며칠이 지난 후 여섯 개의 출판사가 출판제의를 해 왔다는 소식을 전화로 전했다. 『말리와 나』는 윌리엄 모로우 출판사에 팔렸고 2005년 10월 중순에 서점에 배본되었으며 「타임스」 베스트셀러 리스트 10위에 올랐다.

출판사는 서평자들과 미디어와 서점 주인에게 미리 1,000부를 배포하는 등의 공격적인 마케팅과 대대적인 광고로 일단 포문을 열었다.

하지만 명절이 가까워 오면서 뭔가 다른 요소들이 복합적으로 작용한다는 느낌이 들었다. 명절 선물용으로 포장되어 어느 정도 탄력을 받긴 했지만 그 위에는 입소문이라는 더 큰 이유가 있었다. 서점 주인들이 손님들에게 내 책을 권했고, 도서관 사서들이 후원자들에게 권했으며, 무엇보다 독자들이 친구와 친지들에게 추천했다.

책의 사인회 횟수는 기하급수적으로 늘어, 나는 책 발간 후 첫 40주에서 50주 동안에 전국을 돌며 400회 가량의 사인회를 다녔다.

사람들은 책을 한 아름 들고 와서 사인을 부탁하기 시작했다. 크리스마스 직전, 체스터 카운티에서는 한 여성 독자가 내가 가는 곳을 줄줄 따라다니면서 25권의 책에 사인을 받아갔다.

내가 〈얼리 쇼〉에 출연할 즈음, 『말리와 나』는 「타임스」 베스트셀러 3위였다. 몇 주 후 나는 「인콰이어러」 지의 뉴스룸에 앉아서 수요일마다 베스트셀러 목록을 업데이트 해 주는 윌리엄 모로우의 담당 편집자인 마우로 디프레타의 전화연결을 기다리고 있었다.

이번 전화는 뭔가 달랐다. 출판사의 전 직원과 함께 스피커폰을 켜 놓았던 것이다. "존, 당신 거기 있어요?" 그가 물었다. "왜냐면 당신

책이 1위 했거든요."

나는 대답했다. "와우!"

아내와 함께 사우스 플로리다의 저자 리셉션에 참석하고 있을 때 휴대전화로 걸려온 전화를 받고도 역시 재치 있는 대답을 하지 못했다. 20세기 폭스 영화사가 내 책의 영화 판권을 샀다는 이야기였다. 나는 휴대전화를 막고 아내에게 속삭였다. "여보, 있잖아. 우리 책이 영화로 만들어진다네. 진짜일까?"

내 책에 본인의 개인적인 이야기를 얼마든지 쓰도록 허락한 마음 넓은 제니는 웃지도, 울지도 못한 채 나를 바라보았다.

평범했던 일상은 극적으로 변해 갔다. 매주 「인콰이어러」 지의 칼럼을 쓰면서 여러 가지 방송 매체에 얼굴을 내밀게 되었다. 곧이어 다음 책 집필 프로젝트에도 들어갔다.

하지만 나의 성공은 나뿐만 아니라 내 가족에게도 아이러니한 감정을 불러일으켰다. 나는 삶의 소소하고 단순한 기쁨을 노래하는 책을 썼는데, 막상 그 소중한 기쁨을 누릴 시간이 사라져 버린 것이다.

3월 초, 나는 「인콰이어러」 지 칼럼 쓰는 일을 잠시 뒤로 하고 책 홍보 여행을 떠났다. 시카고, 시애틀, 포틀랜드, 샌프란시스코, 로스앤젤레스, 잭슨빌, 뉴욕, 워싱턴 등 전국 각지를 순회했다. 제니는 거의 싱글맘이나 마찬가지였다. 집에 전화를 걸면 처음에는 나를 보고 싶어 하던

아이들도 이제 나 없이도 잘 지내는 방법을 점점 터득해 가고 있었다.

집에 있을 때도 언론사 사람들의 행렬이 이어졌고 며칠에 한 번씩 우리 집 문을 두드리며 인터뷰와 사진을 요청했다. 대부분은 나의 직업을 자랑스럽게 만들어 주었다. 다들 현명하고 재능 있고 편견이 없고 정중했다. 그중 지극히 소수만이 왜 기자들이 그렇게 욕을 먹어도 싼지를 실감하게 했다.

피닉스에 머물고 있었던 2월에는 이런 내용의 이메일을 받았다. "하워드 스턴(외설스러운 라디오 쇼 진행자)이 자기 쇼에서 당신 책에 대해서 언급한 거 아세요?"

'아니야. 이건 아니야. 도움이 안 돼.' 나는 속으로 생각했다. 허풍과 음담패설 전문가인 스턴이야말로 절대 내 책 근처에 가지 않았으면 하는 사람이니까.

하지만 그는 라디오 방송에서 자기가 비행기를 타고 가던 중에 『말리와 나』의 마지막 부분을 읽다가 너무 펑펑 우는 바람에 스튜어디스가 무슨 일이 있느냐고 물어봤다는 내용을 3일이나 반복해서 이야기했다.

그는 청취자들에게 그 책을 읽고 감동받았으며 작가인 나에게 편지를 쓰겠다고 약속했다고 한다. 그냥 해 보는 말일 것이라고 무심코 넘겼지만 정확히 일주일 후 직접 손으로 쓴 네 장짜리 편지가 도착했다. 편지는 너무나 사랑스러웠다. 섬세하고 따뜻한 마음이 그대로 드러나 있었다.

내가 화이트 너클 라이드(세계에서 가장 큰 롤러코스터)를 타고 다니던 날 중에서 가장 내 마음을 기쁘게 한 것은 그 과정에서 만난 사람들이었다. 그중에는 ABC의 〈굿모닝 아메리카〉에서 나를 인터뷰했던 다이안 쇼어나 출간 파티에서 만나 다음 주에 바로 나를 제치고 1위를 차지한 앤더슨 쿠퍼 같은 유명인들도 있었다. 그러나 내가 잊지 못하는 대부분의 사람들은 따로 있다. 그들은 가깝게는 오클라호마 아드모어부터 멀게는 호주에서까지 연락을 해 온 평범한 독자들이며 그들 중 많은 이들이 이제는 가족처럼 느껴진다.

그들은 말리 카페를 만들어서 '말리와나닷컴(marleyandme.com)'에 사진과 사연을 올리기도 하고 사인을 받기 위해 줄 서서 기다리다가 서로 친구가 되기도 했다. 나에게 시를 써 준 독자도 있었고 웃기는 노래를 녹음해 준 독자, 우리의 새 래브라도인 그레이시에게 먹이라며 직접 요리한 고급 강아지 음식을 선물해 준 독자도 있다. 덴버에서는 180명의 이름 모를 독자들이 나에게 생일 축하 노래를 불러 주기도 했다.

한 아마추어 화가는 유화로 말리 초상화를 그려서 보내 주었는데 지금 그 그림은 우리 집 침대맡에 걸려 있다.

매일 아침, 그림 속의 말리는 나를 물끄러미 쳐다보고 있다. 한때 침을 질질 흘리면서 절대 시키는 대로 안 하던 개가 어쩌다가 우리 집

문패가 되었나 하는 내 생각을 꿰뚫어보고 있는지, 나를 향해 '내 그럴 줄 알았어' 하는 식으로 웃고 있다. 말리의 인기는 비단 미국에서뿐만 아니라 전 세계적인 현상이다. 현재 『말리와 나』는 전 세계 24개 언어로 번역되어 있다.

「인콰이어러」 지에 휴가를 내고 떠났을 때 많은 독자들이 이제 앞으로 칼럼을 영영 쓰지 않을 거냐고 물어 왔다. 이 자리에서 고백하지만 솔직히 그럴 생각도 없지는 않았다. 하지만 나는 신문을 좋아하고 특히 이 신문은 아낀다. 나는 칼럼 쓰는 일을 천직으로 생각하며 무엇보다도 내 글을 읽어 주고 반응을 보여 주는 독자들을 사랑한다.

칼럼이 다시 게재되었을 때 여러 환영의 메시지들이 나를 반겼다. "그로건 씨! 돌아오셨군요. 이제 일하셔야죠!"

그렇다. 필라델피아만 한 곳이 또 어디 있으랴.

내 책이 베스트셀러에 올랐다는 것은 대체적으로 말로 다 할 수 없는 축복이지만 우리네 인생이 늘 그렇듯 얻는 것이 있으면 잃는 것도 있게 마련이다.

열네 살, 열두 살짜리 나의 아들들은 튀지 않는 것이 소원인 평범한 십대다. 이 책은 그 아이들을 편안한 그늘에서 억지로 끄집어 낸 거나 다름없다. 그들은 가끔 아버지의 유명세 때문에 힘들어 하기도 한다. 반 친구들과 선생님들 대부분이 이 책을 읽었다. 사람들은 학교 축제나 쇼핑몰에서 그들을 세워 놓고 이런저런 질문을 쏟아 놓고 우리 아이들은 그럴 때마다 빨리 벗어나고 싶어 쭈뼛거린다.

그런 것까지는 막을 수가 없지만 제니와 나는 당분간은 우리 생활에 큰 변화를 주지 않기로 했다. 우리는 그냥 이대로 있기로 했다. 여전히 똑같은 집에서 살고(물론 우리가 늘 꿈꿔 왔던 환상적인 부엌을 만들기는 했다), 이웃들은 여전히 우리 친구며, 동네 학교나 우리 아이들의 세계도 그대로 유지되고 있다. 솔직히 다른 데 가서 살라고 해도 어디에서 살아야 할지 모르겠다.

난 언제나 검소한 생활방식을 유지해 왔다. 고장 난 것이 있으면 직접 고쳐 쓰고 유료 세차장에 10달러를 넣느니 그냥 내 손으로 차를 닦는 것을 좋아하며 벼룩시장에서 쓸 만한 물건 건지는 것이 취미다. 책의 인세와 영화 판권은 꿈꾸지도 못했던 큰 수입이지만 이제 점점 익숙해져야 할 일이기도 하다.

나는 차를 더 좋은 것으로 바꾸었고 빚을 갚았으며 아내가 언제나 갖고 싶어 하던 피아노를 사고 플로리다 키스로 휴가를 다녀오기도 했다. 하지만 대부분의 돈은 미래를 위해 저축하고 있으며 어려운 사람들을 위해 기부하기도 한다. 우리의 천방지축 또라이 개가 우리 세 아이들의 대학 등록금을 대 주고 넉넉한 은퇴 자금까지 마련해 주게 될지 어느 누가 알았겠는가? 말리, 넌 진짜 끝내 주게 좋은 개야!

우리 아이들이 좀 걱정이긴 하지만 지금 같은 소란도 얼마 안 있으면 가라앉을 것이라 생각한다.

얼마 전 밤이었다. 열흘간의 북 투어를 마치고 돌아와 아홉 살짜리 딸을 재우려고 하는데 아이는 나를 올려다보더니 담담하게 말했다. "아빠, 있잖아요. 저는요. 솔직히 아빠 책이 베스트셀러 리스트에서 그만 내려왔으면 좋겠어요."

"그러니?" 내가 물었다.

"그러면 아빠가 다시 집에 있을 수 있잖아요."

나는 살짝 윙크한 후 이제 나도 거절하는 법을 배우겠노라 약속했다. 그런 다음 우리는 지금 커다란 파도를 타고 있는 서퍼일지도 모른다고 말했다.

나는 아이의 어깨까지 담요를 덮어 주었다. "지금은 생각지도 않게 자꾸 파도가 덮쳐서 너무 정신없을 거야. 하지만 걱정 안 해도 돼. 이제 곧 다시 해변으로 돌아오게 될 테니까."

참된 친구를 위해
북극까지 여행하다

때때로 개는 단순한 애완동물 이상의 의미를 가진다.

좋은 시절에는 기쁨이 되고 힘든 시절에는 위로가 되고 언제나 둘도 없는 친구가 된다. 특별한 개들은 한 사람의 일생을 바꾸어 놓기도 한다. 그리고 아주 가끔은 당신을 북극까지 여행하게도 한다.

배리 그린버그에게는 쿠니츠가 바로 그런 개였다.

힘세고 똑똑한 시베리안 허스키 쿠니츠는 11년 동안 그린버그가 삶의 부침(浮沈)을 겪는 동안 늘 곁에 있었다. 쿠니츠는 그린버그가 이혼을 겪고 직업을 바꿀 때도 그와 함께했다. 주인이 새 인생을 시작하고 새로운 사랑을 만나게 되었을 때도 항상 그 자리에 있었다.

그린버그는 현재 퀘벡에 살고 있지만, 쿠니츠가 살아 있던 동안 대부분은 윌밍톤에 살았고 웨스트 체스터에서 생명공학 연구원으로 일했다.

그린버그는 한 번도 겨울에 애착을 가져 본 적이 없었다. 하지만 자랑스러운 북극 유전자를 가지고 있는, 눈을 너무나 사랑하는 개가 주인의 취향 또한 바꾸어 놓았다. 그린버그는 자기 집 근처에 있는 브랜디와인 크리크 주립공원을 매일 쿠니츠와 하이킹했고, 그의 표현대로라면 그 개의 '겨울 사랑'에 자신도 모르게 사로잡히고 말았다.

알츠하이머를 연구하던 이 연구원은 허스키가 정말 원하는 일을 해 주고 싶다는 작은 소망을 품게 되었다. 눈으로 덮인 새하얀 들판을 허스키가 눈썰매를 끌고 달리게 하고 싶은 것이었다.

그린버그는 1996년, 마흔 살에 북부 미네소타로 개썰매 투어를 간 적이 있었다. 그 뒤로 일곱 번을 더 갔고 미네소타의 새하얀 겨울 들판의 개썰매 뒤에서 두 번째 결혼식을 하기도 했다.

그는 지난 주에 내게 이렇게 말했다. "쿠니츠는 아주 오랜 시간 동안 저의 가장 좋은 친구였고, 제 삶의 시련을 모두 같이 겪었어요."

2002년 그린버그가 컨퍼런스로 스웨덴에 가 있을 때 그가 사랑하는 허스키가 발작 후 사망했다는 전화가 왔다. "쿠니츠가 떠나는 길에 마지막 인사를 하지 못한 게 가장 아쉽습니다." 그가 말했다.

그린버그는 쿠니츠를 화장한 재를 쿠니츠가 생전에 시원스럽게 달리던 공원에 뿌렸다. 하지만 그는 특별한 꿈을 안고 약간의 재를 남겨 두었다. 언젠가는 지구 꼭대기까지 개썰매를 타고 가서 그 재를 허스키의 영혼이 절대 죽지 않는다는 만년설에 뿌려 주고 싶었다.

2006년 4월, 그린버그의 꿈은 현실이 되었다. 그는 개썰매 클럽 멤버이자 베테랑 북극 탐험가인 폴 슈르케가 이끄는 북극 탐험에 함께 가기로 한 것이다. 이 그룹은 먼저 노르웨이로 가서 개썰매 장비와 필요한 여러 가지 물품을 챙겼다. 그런 다음 북극에서 위도가 1도밖에 떨어지지 않은 러시아 리서치 캠프로 날아갔다. 그리고 썰매를 끄는 훈련을 받은 개들과 썰매, 기타 장비들을 헬리콥터에 싣고 북극에서 193킬로미터 떨어진 곳까지 가서 11일간의 험난한 여행을 시작했다. 여행 내내 영하 20도 이하로 내려가는 강추위 속에서도 이 탐험대는 강한 바람과 가파른 빙하와 차가운 바다와 언제라도 무너져 내릴 것만 같은 불안정한 얼음을 헤치고 한발 한발 나아갔다. 매일 밤 고된 하루 일정을 마치면 이 아홉 명의 대원들은 네 개의 썰매와 서른두 마리의 개와 함께 얼음 위에 텐트를 치고 잠을 청했다.

그린버그는 쿠니츠가 매고 다녔던 가죽 목끈과 개의 재가 들어간 작은 플라스틱 병을 배낭에 넣고 다녔다. 드디어 탐험 마지막 날인 4월 25일, 그는 배낭에서 개의 목끈을 꺼내 들었다. 걸을 때마다 그 끈에 달린 방울들이 딸랑거렸다. 그 소리를 듣고 있으면 마치 바로 옆에서 쿠니츠가 걷고 있는 것처럼 평화로운 기분이 찾아들었다.

일행은 마침내 오후 6시에 북극에 도달했고 그린버그는 곧바로 자신의 임무를 수행하기 시작했다. 그는 신성한 의식이라도 치르듯 동료들로부터 몇 발자국 떨어진 곳에서 무릎을 꿇고 칼로 플라스틱 병의 뚜껑을 열었다. 뚜껑을 열자마자 강한 바람이 불어와 고운 뼛가루들이 모두 공중으로 뿔뿔이 흩어졌다.

"쿠니츠, 지금 나 너한테 한 약속을 지키고 있어. 넌 정말 착한 아이였어. 앞으로도 영원히 그럴 거고." 그가 속삭였다.

그리고 쿠니츠에게 감사하다고 말했다. 그의 충성심과 우정과 개만의 본능과 따뜻한 심성에 대해서. '생일 축하합니다' 노래를 들을 때마다 목을 길게 뽑으며 짖어 사람들에게 웃음을 선사한 추억에 대해서. 그에게 새로운 삶을 찾게 해 주고 새 아내를 얻게 해 주고 평생 잊을 수 없는 모험을 하게 해 준 개에게 진심으로 그는 고마웠다.

모든 것을 얼려 버릴 듯 세차게 부는 북극 바람 속에서 생각지도 못했던 눈물이 그의 눈시울과 뺨을 적셨고 그는 그 순간 확실히 깨달았다. 동물 한 마리가 인간의 경험을 이다지도 신비롭고 설명할 수 없는 방식으로 풍성하고 성숙하게 할 수 있음을. 그리고 또 한 번 자신의 충성스러운 개의 모습을 그리며 말했다.

"고맙다, 고마워, 쿠니츠."

기본은
아이들에게도 통한다

아내 제니가 '도그 위스퍼러'가 우리를 더 나은 강아지 부모로 만들어 주기 위해 우리 집을 방문한다는 이야기를 했을 때 솔직히 나는 눈을 굴렸다.

이 정도면 나는 충분히 훌륭한 강아지 아빠다. 우리 개들은 끝도 없이 나한테 기어오르고 나는 한없는 인내심으로 그들을 꾹 참아 준다. 그런데 대체 뭐가 문제야?

게다가 이 위스퍼러 머시기 하는 남자는 늦어도 너무 늦게 왔다. 소파 물어뜯기 챔피언이자 침 흘리기 대장인 그 유명한 주의력 결핍 래브라도 리트리버 말리는 이미 저기 저 하늘나라에 있는 커다란 애견 학교로 떠나신 지 오래다. 그의 자리를 대신한 내성적이고 차분한 암컷 강아지 그레이시는 어찌나 착하고 고분고분한지 가끔은 너무 지루해 하품이 나올 정도다.

"음, 그 남자가 나한테 속삭일 거라도 있는 거야?" 내가 물었다.

시저 밀란은 멕시코 태생의 이민자로, 거칠거나 까다로운 개들을 순종적으로 바꿔 놓는 재능으로 서서히 명성을 쌓기 시작했다. 그는 내셔널 지오그래픽 채널에서 인기리에 방영중인 텔레비전 프로그램 〈도그 위스퍼러(Dog Whisperer)〉를 진행하고 있으며, 그가 쓴 개 행동에 관한 책 『시저의 방법(Cesar's Way)』도 베스트셀러가 되었다.

그가 늘 강조하는 메시지는 대개 태도의 변화가 필요한 것은 개가 아니라 그 개를 키우는 주인이라는 것이다. 개들도 많은 사람들처럼 누군가를 따르고 섬기는 본능을 갖고 태어나지만 오직 강력하고 자신감 있는 리더의 말에만 귀를 기울인다는 것이다. 진주만 공격 후의 루스벨트나 9·11 이후의 줄리아니의 강력한 리더십을 떠올려 보자.

밀란의 평생 숙원은 쉽게 가질 수 없는 이 남다른 리더십 기질을 이 세상의 모든 강아지 주인에게도 주입시키는 것이다. 그는 이것을 '조용하면서도 단호한 리더십'이라고 부른다. 그의 주장에 따르면 진정한 리더는 소리 지르거나 고함치지 않고 침착함을 잃지도 않는다. 대신 차분하고 조용하게 자신들의 의지를 관철시킨다.

어느 날 그의 쇼를 보고 있던 제니는 뜬금없이 종종 찾아오는 '우리라고 안 될 거 있나, 하면 되지!'라는 순간을 맞게 되었고, 밀란 쇼의 프로듀서에게 즉흥적으로 이메일을 보냈다. 물론 그 사람들은 미국에서 가장 유명한 개 행동주의 심리학자가 미국에서 가장 유명한 말썽꾸러기 개의 주인을 만나 본다는 아이디어에 눈을 빛냈다. 그들은 우리를 이렇게 불렀다. "그 말리 가족 있잖아."

지난 주 밀란은 일곱 명이나 되는 촬영 스태프들을 동반하고 우리 집을 두 번째로 방문했다.

8월에 처음 왔을 때 밀란은 타고난 순둥이 그레이시를 보고 적잖이 당황했다. 그리고 그레이시는 팩 리더〔시저의 책 『팩 리더가 되자(Be the Pack Leader)』에 나온 개념으로 강한 리더라는 의미 ― 옮긴이〕의 도움이 필요하지 않은 자기만의 세상에 살고 있다는 것을 알아냈다.

"이 개는 당신에게 신뢰와 애정을 갖고 있군요. 하지만 존경하진 않네요." 그가 말했다.

역시, 내 그럴 줄 알았어. 우리 아이들과 똑같군!

그는 몇 분도 채 되지 않아 손을 들거나 목소리를 높이지 않고도 그레이시를 복종하게 만들었다. 그는 또한 우리에게도 조용한 리더 기질을 가르치기 위해 많은 시간을 투자했다. 하지만 우리 개는 그저 '당신이 팩 리더면 나는 마돈나야'라는 눈빛으로 나를 뚱하니 쳐다볼 뿐이었다.

지난 주에 밀란이 돌아간 다음 그레이시는 새로운 존경심을 갖고 우리를 대하는 것 같았다. 그레이시는 우리가 부르면 곧바로 걸어왔고 밖으로 나가기 전 허락을 받기 위해 현관 앞에 쭈그려 앉기도 했다. 도그 위스퍼러는 기뻐했다.

밀란이 개를 조종할 수 있는, 또 개들의 존중을 받을 수 있는 비법을 하나씩 설명할 때마다 나는 계속 이런 생각만 들었다. 이 멍청한 개는 됐다손 치고 우리 집 애들한테나 써먹어야겠다!

물론 부모가 되어 애들의 목에 개 끈을 묶을 수도 없는 노릇이고 아이들이 잘못할 때마다 한 대씩 먹일 수도 없다. 하지만 밀란이 동물에게 쓰는 이 기술을 애들한테 적용하면 어떨까?

만약 우리가 조용하지만 강력한 리더십이라는, 누가 봐도 상식적인 기술을 이용하면 어떨까? 우리가 그저 우리 아들과 딸의 친구가 되지 말고 대신 그들의 …… 뭐랄까 …… 부모가 되면 어떨까?

마지막 날 우리는 맥주를 마시며 농담 삼아 말했다. "우리 집에 같이 사시면서 십대 위스퍼러 하시면 안 돼요?"

밀란이 껄껄 웃었다. 사실 그는 이제까지 많은 부모에게서 그와 같은 제안을 받고 있다고 했다.

열두 살과 일곱 살짜리 아들이 있는 그 역시 자녀 교육에 대해 비슷한 철학을 가지고 있다고 말했다. 그는 아이들에게 심부름을 시키고 운동으로 에너지를 소모할 수 있도록 하며 나쁜 행동에 대해서는 가차

없이 벌을 준다. 그것이 아무리 귀여운 잘못이라고 해도 잘못을 했으면 벌한다.

그는 무언가 지시를 하기 전에 두 번 생각을 한다. 그리고 일단 지시를 하면 본인에게 재고할 여지를 남겨 놓지 않는다. 아이들도 개들처럼 흔들리는 마음을 감지하고 이용하려 하기 때문이란다.

개를 훈련시킬 때와 마찬가지로 아이들한테도 천 번의 잔소리와 약한 협박을 일삼기보다는 한 번 하더라도 기억에 남을 정도로 똑 부러지게 지적을 해 주는 것이 좋다. 다시 말해서 부모가 안 된다고 말할 때는 그 말에 진심을 담아야 한다. 그리고 자기가 뱉은 말을 끝까지 고수해야 한다.

개들은 사실 속이 훤히 들여다보인다. 하지만 아이들이라면, 특히 내 아이들이라면 이야기는 또 달라진다. 하지만 밀란과 그의 스태프들이 차를 타고 우리 집을 떠나는 모습을 바라보면서 나는 왠지 양쪽 다 잘 키울 수 있을 것 같은 생각이 들면서 힘이 솟았다.

물론 그레이시는 나를 이런 표정으로 쳐다보았다. "어휴, 귀찮은 것들 겨우 물러갔네. 아찌. 이제 우리 평소 하던 대로 하고 살죠." 우리 세 아이들도 보나마나 같은 생각을 했을 것이다.

나는 개에게서 눈을 들어 아이들을 바라보고 내가 지을 수 있는 최대한의 '조용하면서 단호한' 표정을 시험삼아 지어 보았다. 바로 내 귀에서 시저가 속삭이는 것 같았다. "당신 자신을 믿으세요. 그러면 그 아이들도 아버지를 믿을 겁니다."

"아이고, 그래도 사람이 너무 갑자기 변하면 탈나지." 결국 나는 이렇게 말하고 있었다.

총은 잠깐 보류,
네 발 달린 경호원

1998년 어느 일요일 밤, 여덟 살의 로라 스태플스의 방에 침입했던 납치범은 한 가지 중요한 사실을 몰랐다.

햇보로에 있는 스태플스의 집에는 그런 범죄를 막기 위한 강력 비밀 병기가 준비되어 있었다는 점이다. 이 무기의 장점은 필요할 때는 치명적인 살상 무기가 될 수도 있지만 실수로라도 가족은 절대 해칠 리가 없다는 것이다.

그 무기는 권총도 공격용 총기도 유탄포도 아니었다. 이것은 글록이나 콜트나 루거 같은 이름을 갖고 있지 않았다.

다만 로키란 이름에만 반응을 하는 이것은, 55킬로그램이 넘는 묵직한 덩치에 탄탄한 몸매와 물결처럼 넘실대는 근육을 자랑하는 로데

시안 리지백(아프리카 사자 사냥용의 개)이었다.

침입자는 로라의 부모인 마이클과 조안이 바로 옆 침실에서 자고 있을 때 로라의 방에 들어와 칼로 위협하며 로라의 손과 입을 꽁꽁 묶었다. "아이는 있는 힘껏 싸워 보려고 했지만 상대가 안 되었죠. 그 나쁜 놈은 로라를 제압한 다음 같이 계단을 내려갔어요." 로라의 아빠는 이렇게 진술했다.

아이는 어떻게든 납치범의 손아귀에서 벗어나려고 계단에서 발버둥을 치다가 발로 벽에 걸린 그림을 떨어뜨렸다.

그 소리는 자고 있는 로라의 부모님을 깨울 만큼 크지는 않았지만 3층, 로라의 언니인 메간의 방에서 ―사실 그곳은 원래 로키가 자는 공간은 아니었다― 자고 있던 로키를 깨우기에는 충분했다.

개는 곧바로 내려와 계단을 가로막고 서서 이빨을 드러내고 으르렁거리며 범인을 공격했다.

"그 나쁜 놈이 로라를 방패처럼 자기 앞에 내세웠지만 로키는 그 정도 술수에 넘어갈 개가 아니었죠. 로키는 그 녀석이 어디 있건 간에 물었을 겁니다." 마이크 스태플스는 말한다.

반박할 수 없는 증거

그 침입자는 로라를 내려놓고 문으로 도망치기 시작했다. 로키는 쏜살같이 따라잡아 커다란 입으로 그 사내의 팔뚝을 꽉 물었다. 과학 수사 팀은 나중에 로키가 남긴 흉터를 결정적인 증거로 제시해 범죄현장 근처에 있던 용의자를 체포할 수 있었다.

로라가 참았던 비명을 질렀을 때 잠에서 깬 아빠는 계단을 내려와 만약을 위해 집에 놓아 둔, 장전된 총을 들고 뛰어갔다. 하지만 놈은 이미 도망간 후였다. 사실 그건 모두에게 잘된 일이었다고 스태플스는 나중에야 인정했다.

그 당시 그는 아드레날린이 솟구치고 심장이 미친 듯이 뛰기 시작했으며 관자놀이도 쑤셨다. 딸의 비명은 집에 울려 퍼졌고 한바탕 소동이 일었다. 깊은 잠에 빠져 있다 일어난 그는 정신없는 와중에 앞으로 가족을 영영 비탄에 빠뜨리게 할지도 모를 흉악 범죄를 막으려 했을 것이다. 경험 많은 사냥꾼이자 총기 사용 찬성론자인 그는 아마 장전된 총을 갖고 생사가 달린 결정을 해야 했을 것이다.

"난 정신이 나갔었지요. 그때 난 마이크 스태플스가 아니라 헐크 호간이었어요. 그 순간에는 아무 고민도 없이 그 총으로 그 놈의 머리통을 날려 버렸을 겁니다." 아빠는 말했다.

지금 이 순간까지도 로키가 아니라 자기가 가장 먼저 계단에 있던 그 유괴범과 마주쳤으면 어떤 일이 일어났을지를 생각하면 간담이 서늘해진다. 그는 총을 갖고 있었고 그 놈은 로라를 붙잡고 있었으니까.

"내가 만약 그 총으로 뭔가 해 보려 했다면 분명 끔찍한 일이 일어
났을 겁니다. 하지만 개는 다르죠. 55킬로그램짜리 개가 계단에서 당
신을 노려보고 있다고 생각해 보세요. 인질극이 일어날 수가 없죠."
그가 말했다.

고마워, 로키

그 끔찍한 일이 일어난 지도 8년이 흘렀다. 아동 성폭행 전과가 있
던 프랭키 버튼은 그 유괴 시도 이후에 감옥으로 보내져 총 118년을
복역하게 되었다. 로라는 현재 열여섯 살로 햇보로 호샴 고등학교 2학
년이며 크로스컨트리 선수이기도 하다. 이후 몇 년간의 상담 치료로
그날 받은 심리적 충격에서 서서히 회복되고 있는 중이다.

줄을 끊고 나가 햇보로의 여러 암캐들에게 수작을 걸어서 여러 번
경찰차 뒷좌석에 실려 집까지 끌려오곤 했던 이 동네 악명 높은 말썽
꾸러기 개 로키는 그날 이후 스테이크를 대접받았고 시민들 앞에서 자
랑스럽게 행진도 했으며 2000년에는 로스앤젤레스 동물 보호협회에
서 주는 전국 영웅 강아지 상도 받았다.

하지만 그보다 중요한 것은 이 개가 가족들에게 영원한 감사와 사
랑을 받았다는 것이다.

3년 전 수의사는 로키에게 암을 선고했다. 로키는 2004년 5월 12

일, 그의 아홉 번째 생일 바로 전날 밤에 세상을 떠났다. "견딜 수 없이 상실감이 컸어요. 이 개는 우리 가족을 살렸잖아요. 로키가 떠난 슬픔을 표현할 단어가 이 세상에는 없는 것 같아요." 스태플스 가족들은 말한다.

이 가족은 이제 새로운 개 한 마리를 입양했다. 그 개의 이름은 주니어로 가끔은 로라의 발밑에서 잠을 자기도 한다.

스태플스 씨는 총 다루는 데 능숙한 스포츠맨이다. 하지만 그는 가정을 보호하려는 이유로 총을 사려는 사람들에게 그 옛날의 경험이 가르쳐 준 중요한 사실을 말하곤 한다.

"저도 총에 대해서 많이 생각했습니다. 그 나쁜 놈이 우리 집에 들어온 다음에 저는 우리 집 총을 상자에 넣고 문을 잠가 버렸어요. 총은 가정에서는 제 역할을 못해요. 사실 개야말로 제 역할을 한다고 할 수 있죠. 그래서 제가 주위 사람들에게 매일 이렇게 말하잖아요. 총은 관두고 대신 개나 한 마리 키우라고."

3부

모험, 인생은 아름다워

다시 일어설 수 있다면 넘어지는 것도 실패는 아닙니다

bad dogs have more fun

교외 생활 광신도의
새로운 시작

독자 여러분께 정식으로 인사드린다. 내가 바로 「인콰이어러」 지에 새로 둥지를 틀었고, 이 동네도 거의 처음이며 앞으로 일주일에 세 번씩 펜실베이니아 교외 지역을 중심으로 일어난 이야기를 주제로 칼럼을 연재하게 될 새 인물이다.

난 유난히 도시가 아니라 교외를 좋아하는, 교외를 떠나서는 못 사는 교외 광신도 중에 하나다. 내 대학 친구들이 모두 검은색 갭(GAP) 티셔츠를 입고 도시 중심가의 콘서트장이나 미술관을 쏘다닐 때 나는 앞마당 잔디밭에 무릎 꿇고 앉아서 민들레가 너무 많아져서 어쩌나 걱정을 하곤 했다.

우리 아이들은 가끔씩 나한테 엉뚱한 질문을 던진다. 지난번에는 우리 집 아홉 살짜리 꼬마가 나한테 물었다. "아빠, 만약 아빠한테 어느 날 10만 달러가 생기고요, 딱 한 가게에서만 그걸 쓸 수 있다면 어디에다 쓸 거예요?"

나는 곰곰이 생각해 봤다. 열심히 평소 갖고 싶었던 것을 떠올렸다. 내 머리에 떠오른 유일한 장소는 그곳이었다. 맞다. 홈 디포(가정용 건축 자재 상점)! 나도 안다. 한심해 보인다는 걸.

내가 가장 최근 주말에 무얼 했는지 알고 싶으신지. 나무 요새를 짓느라 온종일 진땀을 뺐다. 난 고소공포증이 있다. 그런 내가 5.5미터 높이의 흔들리는 ―진짜로 흔들렸다!― 나무에 올라갔다. 놓치면 죽는다 싶어 손가락 관절이 하얗게 될 정도로 나무를 꽉 잡고 못질을 했다. 지켜보던 아이들은 지루한지 벌써 몇 시간 전에 집으로 들어갔다. 대체 여기서 나 혼자 뭐 하는 거니?

그리고 왜 「불레틴(Bulletin)」이 아니고 이 신문일까?

윗분들이 독자 여러분께 내 소개부터 하길 바란다. 내가 무슨 힘이 있나? 잔말 말고 해야지. 우리 아버지는 첼튼 애비뉴에서 한 블록 떨어진 필라델피아의 저먼타운에서 성장하셨다. 아버지는 아직도 위사힉콘 크리크(펜실베이니아 남동부에 있는 강)에서 수영하던 시절 이야기를 하신다. 내가 아버지께 이 일을 맡게 되었다는 소식을 전하자 아버지는 이렇게 말씀하셨다. "「인콰이어러」? 왜 「불레틴」에서 일하지 않

고. 그게 사실 이 동네에서 가장 큰 신문사 아니냐?”

예, 그렇죠. 아버지. 제가 이제 그 고정관념을 깨 드려야 하나요?

내가 세상에 나올 때 즈음 우리 가족은 디트로이트에서 살았다. 좋은 부분만 쏙 빼면 필라델피아라고 할 수도 있는 곳. 나는 래퍼 에미넴이 영화를 찍은 바로 그 골목, 8마일 로드에서 태어났다. 에미넴과 내가 후드티를 입고 같이 어울렸다면 꽤 괜찮은 그림이 될 수 있을 것 같은데. 물론 나이 차가 조금, 아주 조금 있다는 것만 뺀다면. 내가 좀 초서(1342~1400, 중세 영국의 시인)에 가깝다. 그리고 기저귀를 뗄 즈음 교외에서의 내 인생은 시작되었다.

저널리즘 쪽의 일을 하다 보니 미시간에서도 잠깐 살고 오하이오에서도 살고 또 플로리다에서도 살다가 3년 전에는 동남부 펜실베이니아에서 정원 관련 잡지의 편집장으로 일하기도 했다(1년에 한 번씩 무더기로 자라는 잔디 잡초인 왕바랭이에 대해서 묻지만 않는다면 그쪽으로 전화해도 무방하다).

지난 몇 주간 나는 이 지역 이곳저곳을 훑어보았다. 와우, 이곳은 정말 오래된 도시였다. 묘지에는 온통 독립전쟁 참전용사들의 무덤이 가득했다. 내가 6년간 칼럼니스트로 일하고 12년 동안이나 산 플로리다에도 물론 독립전쟁의 참전용사들이 아주 많았다. 다른 점이 있다면 그 사람들이 아직까지 운전을 하고 있다는 것뿐.

이 고장은 그 자체로 스미소니언 박물관 같다. 조지 워싱턴이 잠을 자지 않은 곳이 어디 있나?

지난 밤에는 뉴 호프에 갔었다. 뉴 호프란 동네에서 가장 새로운 것은 보통 200년이 넘은 것들이다. 만약 거기가 뉴 호프라면 대체 올드 호프에는 뭐가 있을까?

이 지역의 개발업자들 또한 새로운 것들을 많이 심어 놓기 위해 나름대로 자신의 역할을 한 것 같다. 필라델피아가 침공을 당한다면 우리는 아마 와와스나 T.G.I. 프라이데이로 요새처럼 둘러싸여 있다는 것을 알고 마음을 놓을 수 있을 것이다(와와스와 T.G.I. 프라이데이 역시 새롭다기보다는 오래되고 촌스러운 체인점이고 이것들이 엄청 많다는 뜻─옮긴이).

모두가 윌리엄을 사랑해

하지만 이러한 역사적인 분위기가 나를 완전히 사로잡았다. 나는 자기들의 집이 원래 300년 전에 윌리엄 펜(영국의 신대륙 개척자, 펜실베이니아 주에 이름을 붙이고 필라델피아를 건설한 역사적 인물)이 지은 것이라고 하는 사람들을 계속 만났다. 윌리엄 펜이거나 펜의 대학 룸메이트인 프랭크 로텐버그 경(1980년대부터 지금까지 국회의원을 하는 정치인으로 너무 오래하다 보니 나이가 많다고 과장한 듯─옮긴이)이 지었다고 주장한다(내가 자꾸 뻥을 치고 있다. 사실 프랭크는 링컨하고 같이 방을 썼다).

그런데 왜 그렇게 윌리엄 펜이 대단하다는 걸까?

그리고 왜 모든 것에 그의 이름이 붙은 걸까? 나 또한 무려 세 마리의 금붕어와 두 마리의 개구리와 래브라도 리트리버를 데리고 이주했는데 아무도 해안도로에 그로건의 상륙지점이라는 이름을 붙여 주지 않았다.

이곳은 곳곳에 역사가 너무나 풍부하게 스며들어 있어서 흔해 보일 정도다. 우리 집 근처의 자동차 부품 상점마저도 대부분의 도시라면 박물관에서나 볼 수 있는 고풍스런 구식 농가의 모습을 하고 있다. 모퉁이의 술집은 267년 동안 끊이지 않고 영업을 해 왔다고 주장하는데 그 말이 확실한 것 같다. 특히 화장실은 267년 동안 청소를 하지 않은 것이 분명했다.

나는 바로 이 지역의 여러 이슈들에 참견하고 싶어 좀이 쑤신다. 괜찮은 기사거리와 사연들이 많을 것 같아서 마음이 들뜬다.

특히 이 리스테리아균(2002년 10월 미국의 유명 식품업체인 필그림즈 프라이드가 펜실베이니아의 식품가공업체에서 생산된 가금류 식품이 리스테리아균에 오염됐을 우려가 있다며 이 업체에서 생산된 식품 2,740만 파운드를 리콜한 사건 — 옮긴이)에 대한 이야기를 듣고 식겁했다. 나는 리스테리아 히스테리가 있기 때문이다.

얼마 전 최근 이 리콜 사태에 대한 기사를 읽으며 아내에게 소리를 질렀다. "여보, 나 어떡하면 좋냐. 나 매일 그걸로 가글했잖아!"

"그건 리스테린(구강청정제)이지. 그로건 씨, 자기 바보지?"

리스테린, 리스테리아, 리즈 테일러. 내가 볼 땐 그게 그거구먼.

진정한 명절의 정신을 나누다

며칠 전 나는 진정한 크리스마스의 정신을 찾기 위해 이 동네를 좀 헤매고 다녔다. 마침내 찾긴 찾았다. 과연 그곳이 어디였을까? J. C. 페니 입구 바로 앞에 있는 킹 오브 프러시아 몰의 2층 코너였다.

이제는 잊어버렸다고 생각한 진정한 크리스마스의 정신은 포장지와 리본과 몇 명의 유대교도 여인들이 바쁘게 움직이는 이곳의 카운터에 숨어 있었다.

이곳에서 일하는 주부들과 남편들은 빛의 속도로 포장지를 자르고 접고 테이프를 붙여서 몰에서 산 상품들을 멋진 크리스마스 선물로 변신시켜 놓고 있었다.

그들은 자신들의 종교에서는 기념하지 않지만 많은 사람에게 기쁨이 되는 이 크리스마스를 위해 무료로 자원봉사를 하고 있는 중이었다. 그것도 몇 시간 동안 다리 아프게 서서, 쾌활하게 웃으며 쉽지 않은 일을 하고 있었다.

그들은 이 일을 지역사회에 보탬이 되는 선행인 미츠바(mitzvah)의 하나로 여기고 있다. 그들은 정신없는 쇼핑객들을 도와주고 —대부분이 나 같은 포장 공포증에 걸린 남자들이었다— 여기서 나온 수익을 가난한 사람들을 위해 모두 기부한다.

이 선물 포장 코너의 팀장인 샌디 하이트너는 이렇게 표현한다. "단돈 1원도 저희한테 돌아오는 건 없어요. 모든 수익은 자선 단체로 보내니까요."

쇼핑객들은 선물 하나당 사이즈에 따라 1달러에서 8달러를 즐겁게 지불한다. 넉넉한 팁을 얹어 주는 사람들도 많다. 한 남자는 6달러짜리 포장에 20달러 지폐를 내면서 말한다. "잔돈은 됐습니다."

이렇게 받은 팁도 모두 기부를 한다.

여기서 도은 돈은 지역 경찰서의 방탄조끼 지급과 소방서의 소방 호스 공급을 돕게 되고 도서관과 양로원과 적십자에 성금으로 기부된다. 또 지역 구급차 팀에도 적지 않은 돈을 기부한다. 또 어퍼 메리언 고등학교와 몽고메리 카운티의 노숙자들에게도 어느 정도의 금액을 기부한다.

덩치 작은 에너자이저

작은 안경을 코에 걸치고 있는 작지만 야무진 에너자이저 하이트너 여사와 그녀의 남편 제리는 연례행사인 이 선물 포장 프로젝트를 10월부터 준비하며 지원자들을 모았다. 이 부부는 브네이 브리스(B'nai B'rith)라는 유대인 문화 교육 촉진 협회의 후원을 받아 오늘밤 문을 닫을 때까지 만 달러를 모으는 것을 목표로 하고 있다.

"이 일은 작은 가게와도 같아요. 그리고 아주 순조롭게 운영되죠. 급하게 선물 포장을 원하는 바쁜 고객들은 늘 있기 마련이거든요."

내가 그곳에 갔을 때는 쇼핑객들이 각각 농구공, 램프, 거울, 잠옷을 들고 줄을 서서 이 자원봉사자들이 마법을 부려 주기를 기다리고 있었다. 직접 거기서 포장하는 것을 지켜보았던 사람으로서 나는 한숨 돌렸다 싶은 표정 속에서 그들의 마음을 그대로 읽을 수 있었다. 밀튼이라는 이름의 남자는 나를 쳐다보더니 짧게 말했다. "돈이요? 한 푼도 안 아깝죠."

3년째 자원봉사자로 나선 콘쇼호켄의 린다 할펀은 쇼핑을 아예 모르는 남자들, 특히 킹 오브 프러시아에 있는 고급 상점들 사이에서 정신 못 차리다가 "그런데 천냥하우스는 어디 있나요?" 하고 묻는 아저씨들을 보면 무척 재미있다고 한다.

체스터브룩에서 온 은퇴한 정형외과 의사인 댄 그로스는 외과의사다운 정확함으로 선물을 포장했다. 물론 선물 포장지에 봉합선은 조금도 보이지 않았다. "좋은 일이라면 뭐든지 하죠. 그리고 푸드 코트에서 공짜로 주는 커피 맛도 나쁘지 않아요."라고 그는 말했다.

정신없이 흘러가는 몇 주

이 쇼핑몰은 무료로 포장 공간을 임대해 주고 알렌타운 사는 포장지와 상자, 리본을 할인 가격에 제공한다. 매일 밤 이 부스가 문을 닫으면 하이트너 부부는 그날의 수입을 계산하고 서랍장을 채워 넣고 다음 날 일하게 될 자원봉사자들에게 전화를 돌린다. 물론 이들이 모두 유대인은 아니다.

"2주 반이 정말 정신없이 흘러가죠." 샌디 하이트너는 말한다.

그런데 대체 왜 이런 일을 하는 것일까? 왜 웨스트 노리톤의 아늑한 집 벽난로 앞에 앉아 편안히 쉬지 않고 매일같이 복잡한 쇼핑몰에 나와 모르는 사람들에게 포장을 해 주고 있을까?

제리 하이트너는 크리스마스를 축하하는 사람들에게 유대인 이웃들이 사실은 '이 명절에 대해 매우 긍정적이고 지역 사회에 보탬이 되고 싶어 하는 사람들'이라는 것을 알리고 싶다고 한다. 그의 아내는 단순히 좋은 일을 하면 기분이 좋기 때문이라고도 말한다.

체스터브룩에 사는 자원봉사자인 첼레 레이바는 엄청나게 큰 노래

방 기계를 포장하기 위해 포장지를 이어 붙이면서 이 포장 일에는 남다른 기쁨이 있다고 말한다. 포장하는 사람이나 쇼핑하는 사람이나 똑같이 최고로 보기 좋은 물건을 보게 된다는 것이다.

"아주 가끔 속으로 생각하긴 하죠. '내가 왜 이렇게 힘든 일을 자원해서 하고 있지?' 하지만 대부분은 재밌게 하고 있어요. 그리고 하다 보면 크리스마스의 행복한 기운이 전해지잖아요. 포장된 선물을 받는 사람들의 표정이 얼마나 들떠 있는데요. 여기에서는 끼어든다고 소리 지르는 사람이 없거든요."

사실 이곳에는 단순히 행복한 기운 그 이상의 뭔가가 있다. 진정성과 의미, 다른 종교적 신념을 가진 사람들도 이기적이지 않은 행동과 유쾌한 응원을 통해 서로를 도울 수 있음을 알게 되는 순간의 기쁨. 이것은 우리가 평소에도 약간 더 많이 나누었으면 하는 정신이다.

예상 밖의
크리스마스 선물

나는 반평생 화이트 크리스마스를 고대하고 또 고대해 왔다. 지난 수요일 나는 마침내 화이트 크리스마스를 맞이할 수 있었다.

빙 크로스비 씨, 부러워 가슴이 미어지시죠(빙 크로스비가 부른 '화이트 크리스마스' 노래를 말함 — 옮긴이)?

나는 지난 15년 중에 12년을 플로리다에서 살았다. 물론 그곳에도 땅에 떨어지는 하얀 물체가 있긴 했다. 마약운반자의 가방에 담겨 있다 누군가의 실수로 터져 버린 허연 마약 가루 같은 것.

하지만 플로리다로 이사 가기 전에도 나는 크리스마스에 눈을 본 적이 거의 없다. 3년 전 우리 가족은 북부인 펜실베이니아로 올라왔지만 아직까지 단 한 번도 화이트 크리스마스는 경험하지 못했다. 사실

크리스마스에 싸락눈이 아주 조금 쌓일 듯 말 듯 온 것도 1998년이 마지막이라고 한다.

나는 새벽에 복도를 요란하게 울리는 발자국 소리에 잠이 깼다. 루돌프와 나머지 사슴 멤버들이 우리 집 근처에서 유턴을 하다 넘어진 것이 분명했다. 아니면 우리 아이들이 벌써부터 일어났거나.

"아빠!" 우리 집 다섯 살짜리 막내가 새된 소리로 외쳤다. "산타 할아버지가 눈을 내려 주셨어요."

"그래, 잘 됐네. 이제 가서 잘래?"

퍽이나! 애들이 잘도 내 말대로 하겠다.

아이는 블라인드를 확 잡아당겼다. 창밖에는 흰색 캔버스가 저 멀리까지 펼쳐져 있었다.

와우, 나도 정신이 번쩍 들었다.

나이가 들고 분별력이라는 것이 생기면서 나는 오늘 같은 날 산타 할아버지가 한 일은 아무것도 없다는 것 정도는 알고 있다. 사실 이틀 전 우리 차에 낀 소금을 닦아 내면서 얼마 후에 큰 폭풍이 올 것을 예상할 수 있었다.

지역마다 적설량은 달랐다. 살짝 흩뿌린 정도로 내린 곳도 있고 함박눈이 펑펑 쏟아진 곳도 있다. 차가 없으면 빠져 나갈 수 없는, 그래서 기후에 매우 민감한 교외지역에도 커다란 눈송이가 하루 종일 쏟아졌다. 칠면조 구이의 냄새가 집안에 퍼질 무렵에는 집 앞에 17센티미터 가량의 눈이 쌓였다.

눈길 운전 겁쟁이

모두가 크리스마스의 저녁식사 계획을 바꾸거나 보류했다. 절대 차를 끌고 나갈 수 있는 상황이 아니었다. 우리 모두가 눈길 운전 겁쟁이가 되었다고나 할까. 우리가 어렸을 적 어른들은 바깥에 아무리 매서운 눈보라가 친다 해도 모델 T(포드사의 초기 자동차)를 끌고 나갔고, 혹시 가다가 양식이 필요할 경우를 대비해 뒷자리에 총 하나를 던져 넣고 다녔다. 하지만 오늘날 우리는 서리가 내리기만 해도 교통이 마비되고 옴짝달싹 못한다.

그렇다. 나는 지금 불평을 늘어놓고 있다. 친척이나 명절에 관련된 일이라면 언제나 '적으면 적을수록 좋은', 소소익선(少少益善)이라는 관점을 견지하고 있다.

명절이면 아직까지 혼자 사는 남동생도 뉴저지에서 우리 집까지 오는데, 이 녀석은 올 때마다 우리 집 세탁기를 위한 선물로 더러운 빨랫감을 한 아름 챙겨 오곤 한다. 우리는 동생을 노총각 삼촌이라고 부른다.

눈이 점점 쌓이자 우리 아이들은 완전히 마음이 들떠서 쪼르르 컴

퓨터로 달려가 스노우보드 게임을 하기 시작했다.

"야, 너희들 뭐해? 밖에 나가면 진짜로 할 수 있어." 내가 말했다.

아무 대답이 없었다. 눈도 깜짝하지 않았다.

"야, 내 말 들려?"

나한테 혹시 음소거 버튼이 장착되어 있기라도 한 걸까?

결국 나는 아이들의 관심을 끌어 모을 수 있었고 아이들을 밖으로 내보냈다. 물론 나가기 전에 진땀을 흘리며 아이들 방한복 지퍼 올리기 분야에서 박사 학위를 따야 했다. 아이들은 이내 '아빠 셔츠에 눈덩이 집어넣기' 게임에 맛을 들이게 되었다.

습기가 많은 눈이라 쌓아올리기에 좋았다. 우리는 험비(지프와 경트럭의 특성을 합쳐 만든 군용 차량)를 막을 수 있을 정도의 요새를 세우며 놀았다. 하지만 아이들은 곧 지쳐 떨어졌고 하나둘씩 핫초코를 먹으러 집으로 들어가 버렸다. 마지막까지 남은 사람은 노총각 삼촌과 나뿐이었다. 남자 어른 두 명만이 무릎을 꿇은 채 적의 눈덩이 공격에 안전한 최전방의 요새를 만든다며 땀까지 흘리고 있었다.

가만 있자, 우리가 같이 눈밭에서 뒹군 적이 언제였더라? 린든 존슨[미국의 제36대 대통령(1908~1973)]이 아직 대통령일 때였던 건 확실하다. 나는 펑펑 쏟아지는 눈 속에서 내 동생을 바라보았다. 몇 십 년 동안 보지 못한 얼굴처럼 낯설었다. 맞다. 쟤가 한때 방을 같이 썼던

열두 살짜리 내 동생이다. 이제 할 일은 단 하나밖에 없었다. 일어나서 이 형의 강력한 눈폭탄 맛을 보여 주는 것!

생각지 못했던 저녁식사 손님

우리 옆집에 사는 스티브가 넉가래로 눈을 치우고 있었다. 그와 그의 아내와 아이들은 원래 로어 벅스에 있는 처갓집으로 가서 크리스마스 저녁식사를 함께하기로 되어 있었다. 하지만 이런 날씨에는 가지 않는 편이 낫겠다고 결정한 것이다.

우리 집에는 누군가 먹어 주어야 할 칠면조가 충분히 있었다. 그리고 그 집에는 누군가 마셔 주어야 할 와인이 있었다. 게다가 이 남자는 방금 우리 차고 앞까지 쓸어 주지 않았는가?

그렇게 해서 크리스마스라고 부르는 날, 기상 이변이라 할 수 있는 겨울 눈보라 속에 오도 가도 못하고 갇혀 버린 두 가족은 함께 저녁식사를 들었다. 노총각 삼촌이 에그노그(달걀과 럼주로 만든 크리스마스 음료)를 만들었다. 그리고 우리는 즉석 파티를 열었다. 아무런 부담도 없고 마음의 짐도 없고 스트레스도 없는 파티였다.

저녁을 다 먹은 후 아이들은 지하실에 모여 놀았고 어른들은 장난감을 모두 다 내려다 주었다. 쏟아지던 눈은 멈췄지만 우리의 작은 세상은 흰색 누에고치 속에 잘 숨어 있었다. 지상에는 고요한 평화가 내려앉았다.

혹시 누가 아는가? 어쩌면 우리 딸의 말이 옳았을지도. 어쩌면 정말로 산타 할아버지가 눈을 뿌려 주고 갔을지도. 늘 앞만 보고 달리는 이 불안하고 냉소적인 시대에 환희와 고요함이라는 작지만 소중한 선물을 몰래 놓고 가신 걸지도.

운전하면서
텔레비전 보기

그날은 평일 오후 5시 20분이었다. 나는 바인 스트리트 고속도로를 질주하다 이제 꽉 막힌 도로로 막 들어서려는 참이었다. 내 앞에 있던 포드 에스코트가 차들 사이로 요리조리 빠져 나가며 갈지자로 나아가고 있었다.

필라델피아의 러시아워에 갈지자로 흔들리는 차라고? 그게 뭐 대수라고. 기자님들 별일 아닙니다. 오지 마세요! 하지만 이 차는 이상하게 내 눈을 사로잡았다. 조수석에서 이상한 푸른색과 회색의 빛이 나오고 있었다. 우주선 주변에서 은은하게 뿜어져 나오는 초자연적인 빛 말이다. 보통 이 우주선에서 외계인들이 나와 당신들의 지도자를 만나게 해 달라고 하지 않는가. 무슨 헛소리냐고? 진짜 이런 거 한 번도 본 적 없으신지?

이 빛은 내 호기심을 점점 더 자극하기 시작했다. 나는 두 대의 대형 화물트럭 사이를 빠져 나가서 옆에 바짝 붙었다. 그리고 나는 그때 보고야 말았다. 한 남자가 차 안에서 텔레비전을 보고 있는 광경을.

차에 탄 다른 사람이 텔레비전을 보고 있는 것이 아니었다. 운전자가 보고 있었다. 복잡한 도로를 요리조리 뚫고 다니면서. 그것도 한창 퇴근 시간에 말이다.

외계인들이여, 어서 와서 이 사람에게 빛을 비추시라!

텔레비전은 손바닥만 한 여행용 미니어처 모델이 아니었다. 부엌 조리대 앞에서나 볼 수 있는 그런대로 큰 진짜 텔레비전이었다.

그것은 어떻게 된 일인지 계기판 위 중앙에 놓여 있었고 자동차 앞 유리의 상당 부분을 가리고 있었다.

서바이벌 속편

나 또한 하루 이틀 운전해 온 사람이 아니기 때문에 이 꼴 저 꼴 안 본 꼴이 없다. 운전하면서 면도하는 사람, 화장하는 사람, 넥타이 매는 사람, 소설 읽는 사람, 메모하는 사람도 부지기수로 봤고, 휴대전화로 한없이 수다 떠는 사람은 수도 없이 보았다. 나는 이것 중에 두서너 가지를 한꺼번에 수행하는, 가히 멀티태스킹의 황제라 할 수 있는 운전자들도 간혹 목격했다.

하지만 이제까지 자기 차를 이동 멀티플렉스로 개조한 사람은 한 번도 보지 못했다. 뭐라고? 그래도 멀티플렉스라 하기엔 레이지넷(Raisinet: 극장에서 팝콘처럼 자주 먹는 건포도가 들어 있는 초콜릿 과자)이 없지 않느냐고?

나는 성실하게 일하고 퇴근하는 이 직장인이 자기 목숨과 주변 사람 목숨마저 내걸고서라도 꼭 봐야만 하는 텔레비전 프로그램이 대체 무엇인지 궁금해 죽을 지경이었다.

보다 안전한 환경에 도착할 때까지 조금만 더 기다렸다가 틀 수는 없었을까? 이를테면 자기 집 차고의 폭발물을 제거하면서는 어떨까? 나는 다시 그 차 옆으로 스르르 다가갔고 스크린에서 무엇이 나오는지 거의 볼 수가 있었다. 어, 저 남자 나왔네!

나는 브레이크를 밟았다. 내 뒤에 오던 트럭도 브레이크를 밟았다. 트럭 뒤를 따라오던 1,300명의 운전자들도 브레이크를 밟았다. 그러나 우리의 텔레토비 씨는 뒤차들은 아랑곳하지 않고 다시 차 사이를 유유히 뚫고 지나갔다. 깜빡이를 켜지도 않았고 주의 표시도 하지 않았다. 진짜 아무 생각이 없는 것 같았다.

나는 안전거리를 유지하면서 이 번쩍거리는 우주선인지 에스코트인지가 바람을 가르며 스쿨킬 도로를 갈지자로 달리다 블루 루트로 들어가는 모습을 지켜보았다. 그가 뉴저지 방향인 276번 동쪽 도로를 타는 바람에 나는 그를 플리머스 교차로 부근에서 놓치고 말았다.

왜 토니 소프라노(드라마 〈소프라노스〉에 나오는 주인공으로 마피아 보스)는 이럴 때 나타나지 않는 걸까?

나는 그 친구가 보고 있던 프로그램이 무엇이었는지 끝내 알아내지 못했다. 하지만 바로 그 운전석에서 자기만의 랄프와 노튼 쇼(1950년대 시트콤 〈허니무너〉에 나오는 인물로 랄프와 노튼은 텔레비전을 서로 보려고 싸운다)를 직접 연출할 수 있었을 것이다.

만일 그가 계속 그런 식으로 한다면 자기만의 또 다른 쇼를 만들 수도 있을 것이다. 그 쇼의 제목은 〈너 고속도로 얼룩이 되고 싶니〉겠지?

범죄와 처벌

후에 나는 경찰 크리스 패리스와 버몬트 바락에서 만나 이야기를 나누었다. "그거 불법이죠, 그쵸?"

패리스 경사는 텔레비전을 보며 운전하는 것은 당연히 불법이라고 확인시켜 주었다. 구체적으로 펜실베이니아 자동차법 제4527조 75항에 따르면 '자동차의 운전석 앞, 혹은 운전자에게 보이는 곳에는 텔레비전을 설치하지 못하도록' 되어 있다고 말했다.

"제가 만약 그 차를 발견했으면 세워서 딱지를 뗐을 겁니다." 패리스가 말했다. 맞아요. 바로 그거예요!

그런데 벌금은 어느 정도인지? 너무나도 터무니없는 금액 25달러가 되겠다(소송비용까지 하면 100달러다).

글쎄, 하지만 중요한 건 벌금이 얼마냐가 아니라 운전자의 생각이 아닐까?

패리스 경사는 운전자가 딱 몇 초만 한눈을 팔아도 ―30분짜리 시트콤은 말할 것도 없고― 아주 치명적인 사고가 일어날 수 있다고 말한다. 그는 아직도 많은 운전자들이 휴대전화를 만지느라, 햄버거를 먹느라, 그리고 내 경우에는 옆 차에 탄 사람이 무슨 프로그램을 보는지 알아내기 위해 잠깐씩 한눈을 판다고 한다.

"시속 90킬로미터면 1초에 25미터를 달린다는 겁니다. 물리적으로 그런 거죠. 그런데 누가 시속 90킬로미터로 운전합니까?"

이제 나도 안다. 그리고 또?

"그리고 운전자의 주의를 빼앗는 모든 활동은 잠재적으로 위험하다고 할 수 있습니다."

알았습니다. 경관님. 이제 다 됐나요?

"당신은 이웃들의 파수꾼이나 마찬가지입니다. 부주의하게 운전하는 건 자신의 목숨뿐만 아니라 모든 사람을 위험에 빠뜨릴 수 있습니다."

그러니까 그 남자가 완전 개념을 상실한 밥통이라 이거죠.

"뭐, 분별이 없다고 할 수 있겠죠."

경관님, 말씀을 참 곱게 하시네요.

알았습니다. 분별을 집에 놓고 오신 분, 제 말을 들어 보세요. 다음에 사이렌 소리를 들으시거든 우리 모두의 부탁 좀 들어 주세요. 길가로 차 바짝 세우세요.

플로리다에서 휴가를 보내는 사람들을 위한 충고

보라! 하늘을 보라! 햇살 사이의 까만 점들은 뭘까? 비행기일까? 광고용 비행선일까? 아니면 점보 사이즈 캐나다 기러기 떼일까?

아니다. 그레이트 노던의 흰머리 멧새(추위를 피한 여행객들을 지칭하는 말로 쓰임)들이 필라델피아 부근의 고향을 떠나 저 얼지 않는 남쪽 나라, 유명한 동화 속 오렌지와 햇살의 나라 플로리다로 이동하는 중이다. 까악까악! 까악까악! 까악까악!

북동부 지역의 기온이 한 자리 수로 떨어지면서 반쯤 얼어 가고 있던 흰머리 멧새들의 휴가의 물결이 연일 이어지고 있다.

증거는 어디에나 있다. 불 꺼진 집, 갇힌 애완동물, 쌓여 가는 우편물, 빈 사무실. 최근 공항에서 장기 주차 공간에 차 세우려 해 본 적이 있는가? 아예 자리가 없다.

이 깃털 없는 흰머리 멧새, 즉 북부의 피한객들은 떼로 몰려서 남쪽으로 향하고 있다. 며칠 동안만 훌쩍 다녀오려는 이들도 있고 아예 봄까지 죽치고 있기로 결심한 이들도 있다. 나는 떠나 가는 이들에게 딱 한 가지만 부탁하려 한다. 여길 마지막으로 뜨시는 분, 저한테 내복 한 벌만 빌려 주지 않으시려는지?

다른 철새들과 달리 창백한 피부의 북부 흰머리 멧새들은 연방법에 의한 보호를 받지 못한다. 나는 이것이 당연하다고 생각한다. 왜냐하면 이들은 비행기 일반석에 알록달록한 옷을 입고 앉아 있는 유일한 조류이기 때문이다.

나는 이 철새들의 정착지인 팜비치 카운티에서 장장 12년 동안이나 살면서 이 창백한 피부의 새들이 이곳 토박이들과 얽히다 당하고 가는 광경을 자주 보았다. 그래서 이쪽으로 이사 온 내가 도움을 주려 한다.

비행을 하기 전에 흰머리 멧새들이 가장 먼저 알아야 할 사실들이 있다. 플로리다 사람들은 생글생글 웃으며 당신의 돈을 빼앗아 간다. 그리고 그 과정에서 한 치의 실수도 저지르지 않고 당신 뒤에서 당신을 비웃는다는 것이다. 이 멧새 죽이기는 이 선샤인 스테이트(연중 따뜻한 햇볕을 쬘 수 있는 플로리다 주의 별칭)에서 가장 재미있는 취미 활동이다. 북부 사람 등쳐먹기 게임에는 한계가 없다.

피한객들이 알아야 할 두 번째 사항은 이곳은 겉으로는 새파란 하늘과 하얀 백사장이 펼쳐져 있긴 하지만 알고 보면 무시무시한 정글이라는 점이다. 이곳 사람들의 티셔츠에는 "쏘지 마세요. 난 여기 살아요."라고 쓰여 있다.

그러니 겨울 철새들이 남쪽 나라에 가서 피해와 비웃음을 당하지 않으려면 몇 가지 피한객 생존 법칙을 명심하시길!

꽉 끼어서 터질 듯한 수영복은 집에다 두고 올 것. 지금 그 수영복은 올림픽 금메달리스트인 수영선수 마크 스피츠가 날리던 70년대에는 아주 인기 만점이었을 것이다. 하지만 세월은 흐르고 유행은 변한다. 피한객들은 이상하게 반대로 한다. 몸이 더 클수록 수영복은 더 작은 것을 입는다. 이 트렌드를 따르지 말고 제발 좀 몸을 가려라.

너무 햇빛에 태워 가지 말 것. 많은 흰머리 멧새들은 3도 화상을 입고 가지 않으면 휴가비를 건지지 못했다고 생각하는 경향이 있다. 랍스터처럼 시뻘겋게 태우는 건 단시간에 피부암에 걸리기 위해 노력하는 위대한 북부 여행객이라는 사실을 만천하에 광고하는 행동이나 다름없다. 촌스럽게 일주일 안에 까맣게 태우고 집에 가서 놀려갔다 온 티를 내려는가? 그런 짓은 절대 금물이다.

자나 깨나 노인 조심할 것. 남부 플로리다의 많은 인구를 차지하는 노인들은 겉으로는 인자하게 미소를 짓고 있지만 그들의 겉모습에 속아서는 안 된다. 나는 주차 때문에 치고 박고 싸우는 노인들을 여러 번 보았다. 11월에는 일흔네 살의 노인이 극장에서 새치기했다는 이유로 난투극을 벌이다 머리에 부상을 입고 사망했다. 용의자는? 예순여덟 살 할아버지였다.

길에서 비명횡사 하지 말 것. 같은 맥락에서, 되도록이면 도로에서 벗어나 있으라고 부탁하는 바다. 평소 필라델피아 사람들이 운전을 험하게 한다고 불평했는가? 플로리다 사람들에 비하면 우리는 전부 다 마리오 안드레티스(미국의 유명 스포츠카 레이서)처럼 일등 운전사다. 게다가 플로리다 운전자들은 그로버 클리블랜드(미국의 22대(1885~1889), 24대(1893~1897) 대통령)가 대통령이던 시절 이후 시력 검사를 한 번도 받은 적이 없다. 나는 그곳에 살면서 수영장으로 차를 몰고 들어가는 사람도 봤고, 가게 창문에 들이받는 사람과 소화전에 들이받는 사람도 봤다. 이 밖에도 이름만 대 보시라. 거의 모든 상황을 봤으니. 미스터 마구(지독한 근시인 만화캐릭터로 항상 사건 사고를 일으킨다)가 이곳 출신이라는 점을 기억하시라. 그리고 그는 델레이 비치에서 뷰익을 몬다.

이 동네 사람처럼 말할 것. 내가 살던 보카 라톤(Boca Raton) 시민들은 유난히 콧대가 높다(아마도 지구상 그 어디보다 성형수술 인구가 많기 때문이리라). 이 도시 이름만 잘못 발음해도 촌티가 줄줄 흐르는 사람으로 찍히게 된다. 그러니 이제부터 나를 따라하시길. 보카 러-톤. 러어타안이 아니다. 러탄도 아니다. 러-톤이다. 이 지역 사람들에게 깊은 인상을 남기고 싶다면 그냥 '보우-카!'라고 말해라.

거짓말은 참을 것. 포트 로더데일에 사는 아주 먼 친척에게 근 10년 만에 전화를 해서 "사촌, 내가 얼마나 보고 싶었는지 모르지?" 하면서 친한 척하지 말자. 그들은 당신 속셈을 훤히 꿰고 있다. 모든 플로리다 사람들은 이런 종류의 술수를 수도 없이 당해 왔다. 당신이 플로리다에 사는 친척을 정말로 사랑한다는 것을 보여 주고 싶다면 꼭 8월에 방문해라. 2월에 공짜 숙소를 구하고 싶다면 노숙자 센터에 연락하는 편이 빠를 것이다.

얼리 버드 스페셜(일찍 온 사람들에게 저렴한 가격으로 파는 식사)에 혹하지 말 것. 플로리다의 대표 명물인 얼리 버드 스페셜은 도저히 먹으러 갈 수 없는 시간에 도저히 먹지 못할 음식을 내놓는 것을 말한다. 실제로 이 동네 사람들은 이 얼리 버드 스페셜을 호환마마 보듯이 하고 있다. 그들과 어울리고 싶다면 당신도 그래야 한다.

이제 눈부신 햇살 아래서 즐거운 시간을 만끽하시기 바란다.

나는 뭐할 계획이냐고? 나로 말할 것 같으면, 이제 얼음낚시나 하러 갈 생각이다.

자존심과 위엄을 파는
모퉁이 가게

마거리트 스피나는 유방암 이야기가 나오면 손님들에게 이렇게 말한다. "나도 다 겪어 봤어요."

13년 전 그녀는 웨스트 체스터에서 아내이자 엄마, 그리고 자동차 보험 전문 손해사정인으로 열심히 1인 3역을 해내고 있었다.

그러다 몸 안의 혹을 발견했다. "그게 결정적으로 내 인생을 다른 방향으로 굴러가게 하더군요." 이 혹 하나는 그녀를 정상적인 삶에서 끌어내 아무도 들어가고 싶어 하지 않는 세상, 의사와 병원과 화학요법과 수술이 있는 어둡고 절망적인 세상으로 들어가게 만들었다.

유방암 치료가 진행되면서 그녀는 머리카락을 잃었다. 왼쪽 가슴도 잃었다. 그리고 다시 정신을 차리고 일어서려고 했을 때 그녀는 남아 있던 자존심까지 모두 잃고 말았다.

그 후 몇 년 동안 여성스러움의 상징인 가슴과 머리카락이 없다는 점이 계속 그녀를 짓눌렀다. 대머리를 가리기 위해 이런저런 가발을 써 보거나 블라우스 속 텅 빈 공간을 채울 실리콘 가슴을 찾는 불편하고 굴욕적인 과정은 견디기 힘들었다. 상점 직원들은 그녀를 불편하게 대했으며 그런 쇼핑 끝에는 늘 그렇듯 자괴감만 커져 갔다.

어느 날 그녀는 약국 옆 한 창고에서 벽에 가득 쌓인 상자를 바라보며 서 있었다. 그녀는 그것들을 열심히 뒤져서 자신에게 맞는 실리콘 가슴을 찾아야 했다.

바로 그 순간 그녀는 이건 옳지 않다고 생각했다. 그리고 딱 한 가지만을 전문으로 하는 상점을 여는 꿈을 갖게 되었다. 여자로서의 자신감을 상실한 채 거친 세상을 헤쳐 나가야 하는 유방암 환자들을 돕는 특별한 가게를 차리고 싶었다.

자꾸만 가고 싶은 가게

"여자라면 2류 손님으로 취급되지 않는 곳에서 쇼핑할 권리가 있어요." 그녀가 말한다.

이제 불그레한 혈색을 가진 쉰여덟 살의 할머니가 되어 있는 스피나는 자신의 꿈을 이루었다. 그녀는 다우닝타운 파이크 961번지에 '노란 수선화 가발 살롱 & 유방절제술 부티크'를 운영 중이다. 물론 이런 상호를 가진 상점이니 오다가다 들르는 손님은 거의 없는 편이다.

그녀의 상점은 의사들에게 추천을 받거나 다른 유방암 환자들로부터 입소문을 듣고 찾아 오는 손님들이 주를 이룬다. 어떻게 알고 오는 건지 전국 각지에서 물어물어 찾아 온다. 저 멀리 뉴저지의 롱비치에서 온 손님도 있었다.

이 상점은 웨스트 체스터와 다우닝타운 사이의 개조한 어느 농가 안에 위치해 있다. 문을 열고 들어서면 고풍스러운 등나무 가구들과 마당에서 딴 신선한 꽃들로 장식된 아늑한 거실이 나온다.

이곳에서 일하는 일곱 명의 직원 중 네 명은 암에 걸렸다가 회복된 이들이다. 이 여성들은 분위기를 가볍고 재미있게 유지하면서 손님들에게 가발이나 모자를 씌워 주거나 속옷과 모조 유방을 골라 주고 있었다. "이렇게 말하시는 손님이 많아요. '이렇게 활짝 웃은 건 정말 병에 걸린 이후 처음이에요.'" 스피나는 말한다.

하지만 이 일은 가슴 아픈 사연들을 늘 가까이서 접해야 하는 사업이기도 하다. 그녀의 고객 중에 적게는 열두 살도 채 안 된 소녀도 있었다. 그리고 지난 달에는 열일곱 살의 풍성한 머리카락을 갖고 있는 소녀가 와서 화학요법을 한 다음 써야 할 가발을 고르기도 했다. 하지만 주요 고객층은 40대에서 50대 여성들이다.

"자기들이 이미 가망이 없다는 사실을 아는 분들이 마지막으로 이곳을 찾기도 해요." 그녀는 말한다.

슬픔과 만족감

그중에서도 잊기 어려운 손님이 한 명 있다. 뇌종양을 앓고 있던 한 여성이 가발을 사러 왔다. 그녀는 스피나에게 "의사들이 둘 중 하나를 선택하라고 했어요."라고 말했다. 치료를 받지 않고 90일을 살 수도 있고, 아니면 방사선 치료를 받고 여섯 달을 살 수도 있다고.

"하지만 그날 이후 그녀를 보지 못했어요." 스피나는 말한다.

그리고 더 가까이는 여기 노란 수선화 상점 내에서 암 소식이 들려오기도 한다. 킴 레저우드는 몇 년 전 암을 이겨 냈고 4년 동안 이 상점에서 없어서는 안 되는 소중한 직원이었다.

하지만 암이 다시 재발했다. "그녀는 1년이 넘게 암과 싸우고 있는 중인데요. 암세포가 계속 퍼지고 있다고 해요."

결국 그녀의 친구는 3주 전에 죽었다. 그녀는 겨우 마흔여섯 살이었고 남편과 어린 두 아들을 남겨 두고 세상을 떠났다.

스피나와 여기서 일하는 여성들은 이렇게 때때로 찾아 오는 깊은 슬픔과 상처받기 쉬운 여성들을 돕는다는 만족감을 잘 조화시켜야만 한다. 이들의 배려와 동정심, 한없는 이해와 따뜻한 포옹에는 어떤 가격표도 붙어 있지 않다.

"우리는 모두 그분들 입장이 되어 봤어요. 일종의 짝꿍 돕기 시스템(buddy system: 수영·캠프 등에서 사고를 막기 위해 둘씩 짝짓는 방식)이라고 해야 하나."

일주일에 평균 열 명가량의 손님을 받는 스피나는 이 일을 해서 많은 돈을 벌지는 못한다. "그냥 한 달 월세나 제대로 내면 고맙죠."

하지만 그녀는 돈 때문에 여기 나와 있는 것이 아니다.

그녀는 인생의 가장 어두운 길목을 통과하는 여성들에게 희망의 등불이 되기 위해 이곳에 서 있는 것이다. "우리는 이겨 냈어요. 그래서 여기 있잖아요. 그러니 당신도 할 수 있습니다."

텔레마케터를 나가떨어지게
만드는 수비 기술

우리 대부분은 텔레마케터들을 지구상에서 가장 안쓰러운 하류 생물, 곰팡이와 균류 사이에 있는 무언가 쯤으로 생각하는 경향이 있다. 이것들과 그들의 유일한 차이점은 그들에게 전화번호를 신속하게 누르는 능력이 있는 것 정도라고 할 수 있겠다.

그들은 저녁 먹을 시간에 전화해서 콘도를 판다. 일요일에 전화해서 신용카드를 판매한다. 이제 막 태어난 아기가 있는 집에 전화해서 대학 등록금 펀드를 권유한다. 죽은 다음에는 납골당을 판다.

그들은 전화하고 전화하고 또 전화한다.

정부는 우리를 보호해 주려고 한다지만, 현실을 직면해라. 문명사회의 법은 하류 생물 행태에 그다지 큰 영향력을 행사하지 못한다. 펜실베이니아의 '불법 전화 금지' 법이 11월 1일부터 효력에 들어갔고 지방 검사들은 3,000건이 넘는 시민들의 불만 접수를 받는다고 한다. 스팸 번호로 등록을 해 놓았는데도 끊임없는 판매 전화 때문에 시달린다는 것이다.

한번 바퀴벌레에게 예의를 갖춰서 제발 우리 집 찬장에 기어 다니지 말아 달라고 부탁해 보시라. 가끔은 그냥 살충제에 손을 뻗어야 할 필요가 있다.

나는 자경주의를 옹호하는 것은 아니다. 다만 우리 집에서는 우리 손으로 직접 법을 집 안으로 끌어왔다. 그로건 씨네 집 텔레마케팅 디펜스 시스템(TDS)의 가장 중요한 성공 비결은 바로 속임수다.

어느 날 밤, 우리가 침대에 비스듬히 기대 책을 읽고 있는데 전화벨이 울렸다. 아내는 약 1분간 수화기를 들고 있더니 다 죽어 가는 목소리로 말했다. "죄송해요. 하지만 안 되겠네요. 남편을 바꿔드릴 수가 없어요. 애 아빠가 작년에 사망했거든요. 흑흑."

그녀는 이 말을 다 끝맺기도 전에 딸각하고 전화 끊는 소리를 들었고 텔레마케터는 곧바로 다음 번 희생자에게 향했다. 이 모습을 보며 당연히 회심의 미소를 지어야 할 것 같았지만 어찌된 일인지 기분이 묘했다. 아내가 내 사망 소식을 전할 때의 표정이 너무나 유쾌하고 명랑해 보였기 때문일까? 이거 내가 걱정해야 하나?

이름 게임

텔레마케팅 디펜스 시스템의 성공 여부는 흡사 군사 작전처럼 선제 공격에 달려 있다. 아내는 결혼 후에도 내 성을 따르지 않았다. 그래서 누가 미세스 그로건을 찾으면 우리는 "죄송합니다. 그런 이름 가진 사람 여기 안 사는데요."라고 대답한다.

이름을 이상하게 부르는 사람도 무조건 아웃이다. 내가 전화를 끊는 걸 듣고 싶지 않다면 나를 '고긴스 씨'라고 부르지 마시라.

또 하나의 중요한 무기는 고전적인 3H 측면 공격 방법이다.

3H 방법이란 여든일곱 살이신 우리 아버지가 고안한 방법이다. 아버지는 은퇴 후 10년 동안 상상할 수 있는 모든 판매 전화를 정중하게 받으시다가 도저히 참을 수 없어 그들과 맞붙기로 결심하신 분이다.

3H(Hello, Hello, Hang-up)는 텔레마케터의 1차 공격 무기인 자동 스피드 다이얼의 급소를 찌르는 것이다. 사실 자동 다이얼로 인해 텔레마케팅은 유탄포 동급의 공격성을 갖게 되었다. 하지만 이것에도 치명적인 약점이 있다. 살아 있는 텔레마케터가 전화에 연결되기까지 아주 짧은 공백이 생긴다는 것.

아버지, 지금부터 아버지만의 기술을 좀 전수해 주시겠습니까?

"그냥 '여보세요? 여보세요?' 하고 물었다가 아무도 대답 안하면 그 즉시 끊는 거지."

개인적으로 나는 콜린 파월 국무장관의 '압도적인 무력(doctrine of overwhelming force)' 정책의 신봉자다. 이 기술은 여섯 살짜리 우리 막내딸이 전화를 받을 때 사용하는 방법이다.

텔레마케터 "존 고긴스 씨 계세요?"

콜린 "산타 할아버지가 크리스마스 선물로 바비의 빵 굽는 오븐을 사 주셨어요."

상대가 멍해진 틈을 타서 우리 딸은 그 다음 20분 동안 컵케이크를 성공적으로 굽는 비밀에 대해 아주 자세히 이야기를 하면서 절대 수화기를 어른들에게 넘겨주지 않는다.

아이는 그들을 녹다운 시키는 데 성공한다.

자신 있다면 말씀해 보시던가

나의 또 다른 비밀 병기는 야심만만한 뮤지션 지망생인 우리 두 아들이다. 한 아들은 트럼펫을, 다른 아들은 바이올린을 배우고 있다.

그 애들은 둘이 같은 시간대에 연습하는 것을 좋아한다. 그것도 같은 방에서, 다른 키로. 이 둘이 동시에 연주하면 우리 강아지는 주변에 고양이가 고문을 받고 있다는 결론에 도달하고 곧 미친 듯 짖어 댄다.

이들의 연습시간에 우연히 우리 집을 방문한 어른들은 우리에게 대체 어떻게 저 소리를 참고 사느냐고 묻는다. 하지만 나는 그 말은 듣는 둥 마는 둥 하고 야비하게 웃으며 텔레마케터들의 전화를 애타게 기다린다.

'제발 전화 좀 해 주라, 아그들아. 오늘 내가 제대로 한 방 먹여 주마.'

나는 이러한 기술들이 제네바 협정의 연합 헌장을 위반하지는 않으리라는 것을 인정하지만 이쪽에서도 할 건 해 주어야 한다.

물론 정직함도 효과가 있다.

몇 달 전 심각할 정도로 거침없는 여성이 나에게 전화해서 '뉴욕시의 재미 만점의 극장가 주변'에 있는 작은 아파트를 팔려고 했다. 나는 그녀의 말을 중간에서 끊었다.

"우리 현실적으로 생각합시다. 난 아이 셋에 개 두 마리에 세 마리의 애완용 새를 키우고 리투아니아 GNP에 맞먹는 모기지론을 갚고 있는 가장이에요. 아내와 나는 애들 떼놓고 우리 둘이 주말에 우유 사러 마트에 갈 수만 있어도 감격하거든요. 그리고 또 대학 학자금 갚아야죠. 그게 얼마나 힘든……."

찰카닥.

이것뿐이냐고요? 난 지금부터 시작인데.

우리를 산만하게 만드는
운전 중 전화

얼마 전까지만 해도 나는 휴대전화 세계에 문도 두드리지 않은 초짜였다. 나는 휴대전화가 없었고 별로 갖고 싶지도 않았다. 사무실에 전화가 있고 집에도 전화가 있으니 내가 연락하고 싶은 세상과는 언제라도 소통할 수 있었다.

휴대전화를 갖는다는 건 곧 더블 에스프레소를 원샷해 버리는 것이라 생각했다. 또한 내 삶을 싱귤라(미국의 이동통신 업체)에 종속시키고 싶지도 않았다.

B. C.(Before Cell) 시절에 나는 잠시라도 고독에 빠지게 되면 세상이 금방 끝장나 버릴 거라고 철석같이 믿는 자기중심적인 수다의 노예들을 남몰래 비웃고 있었다. 나는 그들이 식당에서 쇼핑몰에서 야구장

에서 또 공원에서 주구장창 휴대전화를 귀에 붙이고 있는 모습을 지켜
보면서, 대체 살면서 뭐 그리 중요한 일이 있기에 1분도 안 쉬고 저렇
게 재잘대는지 이상하기만 했다.

이제 나도 그들 중 하나가 되었다. 나 또한 휴대전화 신봉자로 개종
했다. 그리고 더 이상 다른 사람들을 이상하게 생각하지 않는다. 지금
은 내가 어찌 이 물건 없이 살았었는지 상상이 안 된다. 모바일 통신기
기로 무장한 나는 〈스타트랙(Star Trek)〉의 스포크(엔터프라이즈호 함
장)가 된 기분이었다.

하지만 휴대전화를 가지고 있는 다른 모든 사람들처럼 나에게도 문
제가 생겼다. 무서운 속도를 내는 2톤짜리 강철 상자를 타고 고속도로
를 쌩쌩 달리면서도 이걸 쓰지 않고는 못 배길 지경에 이른 것이다. 운
전하면서도 음성 메시지를 확인하고 편집자들과 통화하고 메시지에
곧바로 답장을 해 주지 않으면 직성이 풀리지 않았다.

필라델피아 도심의 꽉 막힌 도로들은 이미 모바일 수다쟁이 부대에
의해 점령된 지 오래라 골치를 썩고 있다. 그 사람들에게 난 이렇게 말
한다. "임무를 말씀해 주십시오, 대장님!"

잘 보이십니까?

이들 부대 중에서도 내가 가장 좋아하는 군사들은 안경잡이 군사들

이다(나 또한 최근에 이쪽으로 징집되었다). 이들은 한 손으로는 운전대를 잡고 다른 한 손으로는 휴대전화를 멀리 잡고서는 작은 키패드를 읽으려 미간을 찡그리고서 당신 차로 돌진을 감행한다.

우리 수다 부대 통근자들은 요리조리 차선을 바꾸고 양쪽 깜빡이를 켜고 클랙슨을 눌러 가며 운전을 한다. 이때도 누군가에게 우리 인생의 온갖 자잘하고 사소한 이야기들을 끊임없이 떠들고 있다.

만일 우리가 가까이 오고 있는 것을 본다면 조심하시길! 우리는 지금 당신을 보고 있지 않으니까.

또 아는가? 혹시 접촉사고라도 당할지. 그러면 적어도 5초 안에 119에 전화는 할 수 있지 않겠는가?

AT&T가 지금 당장 손을 뻗어 그리운 사람에게 연락하라며 광고할 때 사실은 속으로 이런 그림을 그리고 있지 않았을까?

노스캐롤라이나대학교에서 최초로 운전 습관을 연구 조사한 논문이 나왔다. 이 논문은 정신이 딴 데 팔린 운전자들이 어떻게 변하는지에 대해서 놀라운 결과를 발표했다. 연구자들은 필라델피아 도심과 노스캐롤라이나의 운전자들을 비디오로 녹화했는데 30퍼센트의 운전자들이 전화하면서 운전을 한다고 한다. 그리고 전화를 거는 데만도 평균 13초 정도 걸린다고 한다. 차가 시속 95킬로미터로 달린다고 가정할 때, 운전자가 앞이 아니라 휴대전화기를 보면서 거의 400미터나 달린다는 계산이 나온다. 오, 맙소사!

또한 이 논문을 보면 차가 잠시 정차해 있을 때 40퍼센트의 운전자가 무언가를 읽거나 쓴다고 한다. 도대체 차를 뭐라고 생각하세요? 대학교 강의실이었던가요?

그리고 46퍼센트가 운전하면서 몸단장을 하고, 무려 71퍼센트의 운전자는 '패스트푸드'란 단어에 '운전하면서 먹거나 마시는 음식'이라는 뜻을 첨가했다고 한다. 마지막 분야에 대해서는 나 또한 죄가 있다. 내가 만약 앞자리 뷔페에 몇 가지 음식만 더 추가한다면 아마 난 식당차를 차려도 될 것이다.

위기일발

출근하는 길에 나는 이 모든 광경을 보았다. 운전하면서 화장하는 여자들, 면도하는 남자들, 서로에게 수작을 거는 커플까지.

심지어 자기는 운전하면서 기타까지 친다고 자랑하던 남자도 본 적이 있다. 잘 아시겠지만 기타를 치려면 양쪽 손이 필요하다. 즉 핸들을 잡을 손이 남아 있지 않다는 것을 의미한다. 그가 변명하기로는, 차 한 대 지나가지 않는 긴 도로를 느긋하게 운전하고 가다가 가끔 계기판에 세레나데를 들려주었다고 한다. 왜 진작 말하지 않으셨어요, 엘비스 씨?

이 모든 운전 중의 주의산만은 우리들의 안전 문제와 직결된다. 「인콰이어러」지의 매리언 울만이 쓴 지난 주 기사에서, 전미 고속도로 교통 안전국 추정에 따르면 교통사고의 4분의 1은 운전 중 주의산만 때문에 일어난다고 한다.

그러고 보면 상당히 큰 부분 아닌가?

나도 이 자리에서 고백하건대, 휴대전화를 장만하고 나서부터 가끔 통화를 하다가 내가 대체 어디에 있는지 몰라 고개를 두리번거린 적이 있다. 방금 전에 볼티모어에 있었는데 정신 차리고 보니 체스터에 진입하고 있다. 이상하다. 델라웨어를 언제 지나갔지?

그러니 나와 같은 정신없는 통근자들이여, 무슨 말을 하실 건지? 정부가 친절하게 관리에 들어가기 전에 우리가 먼저 자기 통제에 들어가는 것은 어떨까?

일단 시작은 이렇게 하자. 당신이 나에게 전화하지 않는다고 약속하면 나 또한 당신에게 전화하지 않겠다.

재떨이라고, 들어는 보셨나?

운전하면서 담배피우는 분께

당신은 저를 모르시죠. 하지만 저는 당신을 안답니다.

저로 말할 것 같으면 2주 전 금요일 블루 루트의 출퇴근 시간에 당신 뒤에서 운전을 하고 있었던 사람입니다.

기억을 잘 더듬어 보면 아마 그때가 생각나실 겁니다. 도로 사정이 매우 안 좋았죠. 비는 도무지 그칠 생각을 않고 주룩주룩 내리고 차들은 모두 거북이 속도로 기어가고 있었거든요.

우리가 빨간불의 바다를 1인치씩 헤엄쳐 가고 있었기 때문에 당신을 관찰할 시간은 충분했답니다. 사실 당신의 운전 태도가 저를 사로

잡을 만큼 특별한 건 아니었고요. 제가 본 건 당신의 담배였죠.

당신이 팔을 차창 밖으로 내밀고는 담배가 비에 맞지 않도록 손을 동그랗게 오므리고 있는 모습이 제 눈을 사로잡았답니다. 그것을 인테리어가 잘된 당신의 새 차 안으로 가져가 잠시 빨아들이고 다시 창문 밖으로 손을 뻗는 그 방식이 아주 특이하더군요. 또 담배 연기를 내뿜기 위해 고개를 차창 밖으로 내민다거나 30초마다 한 번씩 팔을 밖으로 쭉 뻗어 재를 털면서 신형 도요타 포러너(도요타에서 판매하는 대표적인 SUV차량)를 보호하는 모습이 아주 특이했습니다.

물론 당신은 쾌적한 운전 환경을 바라는 것 같고 그 점에 대해 제가 참견할 입장은 아니죠. 저는 당신을 비난할 수도 없고 비난하지도 않을 겁니다.

하지만 당신의 결벽증에 가까운 지나친 깔끔함이 왜 신경 쓰였을까요? 왜냐하면 저는 그 담배꽁초의 종착지가 과연 어디가 될지 자꾸 걱정이 되었거든요.

"저 남자 그래도 저 꽁초를 밖에다 버리진 않겠지, 설마." 저는 저도 모르게 큰 소리로 혼잣말을 내뱉었답니다.

우리의 자동차에는 다 이유가 있어서 재떨이가 있지 않습니까? 미국 농림부에 따르면 미국인들은 1년에 4,000억 —네, 억 맞습니다—개피의 담배를 피우잖아요. 그리고 대부분이 필터 담배고요.

오래되고 보기 흉한 전통

담배필터는 분해성 물질처럼 보이긴 하지만 실제로는 완전히 분해되는 데 몇 년 아니 몇 십 년이 걸리는 플라스틱 필라멘트로 만들어져 있답니다.

매년 수백 수천만 개의 꽁초들이 차창 밖으로, 베란다 밖으로, 기차 밖으로, 그리고 정원으로 버려집니다. 아, 또 있죠. 이제 걸음마를 배운 아이들이 철퍼덕 주저앉아 작은 손으로 조몰락거리는 해변 모래에 수도 없이 많은 담배꽁초가 묻혀 있습니다.

이 꽁초들은 도시 풍경의 일부로 자리를 잡았을 뿐만 아니라 한번 중독되면 절대 헤어 나오기 어렵다는 그 강력한 독소들은 결국 이리저리 휩쓸려 강이나 호수까지 흘러가게 된답니다.

어때요, 근사하지 않습니까?

그러니까 담배피우는 운전자 양반, 나는 지금 당신의 그 꽁초를 걱정하고 있는 것이랍니다. 꽁초 하나가 뭐 그리 대순가 싶겠지만 그거 곱하기 백만을 해 보세요. 말 그대로 환경 재앙이죠. 당신은 어떤 사람이 되고 싶으세요? 문제의 일부가 되시겠습니까, 아니면 해결책의 주인공이 되시겠습니까?

나는 당신이 아직 끝이 빨간 꽁초를 안으로 갖고 들어가는 것을 보았답니다. 이번에는 마지막 한 모금이라 그런지 갖고 있는 시간이 꽤 길더군요. 이제 진실의 시간이 다가왔습니다. 그것을 당신의 반짝반짝하고 깨끗한 차 안에 있는 재떨이에 비벼 끄실까요? 아니면 바깥세상을 당신의 전용 재떨이로 만드실까요?

나는 당신을 믿고 싶었습니다. 흡연자라고 해서 다 지저분하고 다 지각없는 건 아니니까요. 나는 주머니에 조그만 깡통 모양의 재떨이를 넣고 다니며 꽁초를 모았다가 쓰레기통에 버리는 아주 양심적인 흡연자들을 만난 적이 있거든요. 하지만 그분들이 예외인 거더군요.

대부분의 흡연자들은 길바닥에 버려지는 몇십억 개의 꽁초는 다 별것 아니라고 확신하는 경향이 있더군요. 한 사람이 고작 한두 개의 꽁초를 버리는데 그게 뭐 펄쩍 뛸 일이냐 이거죠.

나는 일부러 신경 써서 전용 재떨이를 갖고 다니는 흡연자들을 매우 존경합니다. 그런데 이분들 중에 간혹 그 재떨이가 가득 차면 그냥 공용 주차장에다가 휙 하고 버리는 분들이 있거든요. 무식쟁이들이죠. 완전 돼지예요.

나쁜 사람은 아니라는 거 압니다

그 와중에 당신의 옆얼굴을 몇 번 보긴 했습니다. 인상이 좋으시더군요. 맡은 일 열심히 하고 세금 잘 내고 리틀 리그 코치까지 하고 있을 것 같은, 성실한 사회인이자 훌륭한 가장의 얼굴이었어요. 교통지

옥을 뚫고 얼른 교외에 있는 집으로 가서 가족들과 단란한 저녁식사를 하고 싶어 하는 것이 눈에 보이더군요.

당신은 자동차 밖으로 음료수 캔이나 패스트푸드 봉지들을 아무렇지도 않게 내버릴, 그렇게까지 저급한 사람은 아닙니다.

하지만 당신은 지금 손가락에 거의 다 타들어 가는 담배를 끼운 채 차를 타고 있습니다. 나는 당신이 엄지와 검지로 담배꽁초를 익숙하게 잡고서는 창문 밖으로 마지막 연기를 뿜어내는 것을 보았습니다. 그리고 우아하게 재를 톡톡 털었죠. 그리고 당신의 꽁초는 어둑어둑해지는 저녁노을 속으로, 빗물이 고여 있는 도로의 갓길 쪽으로 아치 모양을 그리며 멋지게 날아가더군요.

당신의 이 사소한, 칠칠치 못하고 경솔한 행동을 앞으로 25년 동안 증명할 수 있는 우리 모두를 대표해 당신에게 감사를 드립니다. 물고기와 새와 동물을 대표해서, 나무와 꽃과 땅과 물을 대신해서, 우리의 아이들과 손자손녀들을 대신해서. 계속 사라지지 않을 선물을 준 당신에게 특별한 감사를 드리는 바입니다.

미련 또한
지나가리라

후회라 ……. 모든 삶에는 후회가 따르기 마련이고 어떤 삶은 다른 삶보다 더 많은 후회가 존재한다. 최근에 나에게도 후회의 대상이 하나 있었다. 첫눈에 반했지만 다른 주인에게 가 버린 어떤 집이다.

얼마 전 펜실베이니아 남부에서 무작정 집을 보러 다니다가 마치 신의 나침반의 인도를 받은 것처럼 우연히 들어선 거리에서 아주 근사한 집을 보게 되었다. 나는 코너를 한번 잘못 돌았다가 아무 특색 없는 시골길 한가운데에서 완전히 길을 잃고 말았다. 일단 눈에 보이는 가파른 언덕을 죽 따라 내려간 후 참나무 가로수 길을 막 지난 다음이었다.

그곳에 그 집이 있었다.

깎지 않은 잔디가 무성히 자란 나지막한 언덕 위 곧게 뻗은 나무 바로 옆에서 아침 햇살에 천연하게 빛나고 있는 석회암 건물이 보였다. 1840년대 농가였다. 깊은 창턱에 슬레이트 지붕을 얹은 이 고색창연하고 사랑스러운 농가를 바라보다 보니, 이 집을 직접 지었던 원 주인들이 현관에 서서 연합군에 입대하기 위해 무거운 발길을 옮기는 아들들을 배웅하는 모습이 그려졌다.

그 집은 6,000평은 족히 될 듯한 너른 부지 위에 아름다운 봄 풍경과 멋진 전망을 자랑하며 위풍당당하게 서 있었다. 그리고 집 앞에는 '집 내놓았음'이란 표지판이 세워져 있었다. 꿀꺽!

이곳은 아내와 내가 아주 오랫동안 꿈꾸어 오던 집이었다. 우리는 한쪽 마당에는 꽃이 만발하고 한쪽에는 닭들이 '꼬꼬꼬' 돌아다니는 집을 늘 꿈꿔 왔었다. 그리고 나중에 들은 이야기인데 이 집의 가장 환상적인 점은 예전부터 농가로 쓰였던 자그마한 오두막이 마당 저쪽 끝에 그대로 서 있다는 점이다. 집필실로 안성맞춤일 터였다.

나는 곧 아내에게 달려갔고 같이 부동산 중개업자를 만났다. 그녀가 현관문을 열어 주는 순간 우리 가슴은 무너지고 말았다.

그 놈의 돈이 원수

벽이 푹 꺼져 있었다. 바닥은 쩍쩍 갈라지고 천장은 뒤틀려 있었다. 서까래에는 전선이 느슨하게 매달려 있었다. 부엌은 제 기능을 할 수

없는 상태였다. 욕실에 나뒹굴고 있던 접시와 더러운 식기들은 어디에서 요리가 이루어졌는지 말해 주고 있었다.

그 순간 나는 왜 이 집이 이런 가격에 나왔는지 단박에 이해할 수 있었다. 눈에 보이는 모든 것이 대대적인 공사, 즉 상상을 초월하는 청구서를 의미했다. 배관, 배선, 벽마감, 굴뚝, 난방, 지하실 모두가 대대적인 리모델링을 필요로 했다. 이 집을 사람이 살 수 있는 공간으로 만들려면 아무리 못해도 수만 달러가 들어갈 것이다. 그리고 거기에 만 달러가 더 들어가겠지. 그리고 수백 시간을 쏟아 부어야 할 것이다. 그것도 이 집이 그 정도의 투자 가치와 매력이 있다는 가정하에 말이다.

그럼에도 불구하고 약간의 침묵 후에 아내와 나는 계획을 세우기 시작했다.

"이 벽은 떼어 내야겠는 걸." 내가 말했다.

"부엌은 저기 있는 게 좋겠다." 아내가 말했다.

부동산 중개업자는 말없이 서 있었다. 한두 번 본 모습이 아닐 것이다. 꿈에 부푼 젊은 부부가 고풍스러운 석조 건물의 외관에 혹해서 집을 보러 들어오고 그 집을 어떻게 해 보려다가 결국 포기하고 돈만 날리는 이야기.

마침내 부동산업자가 얼굴을 찡그리더니 말했다. "애가 셋이나 있고 또 직장도 옮기셨다면서요. 솔직히 제 양심상 이 집을 권해 드리고 싶지는 않네요." 그녀는 손님 얼굴만 봐도 척하고 계산이 나오는 모양이었다. 우리 예산으로는 집수리는 고사하고 집 구입도 어려웠다. 그리고 나는 확실히 밥 빌라(집 개조와 인테리어 관련 텔레비전 쇼의 진행자)라고 할 수는 없었다.

그럼에도 불구하고 우리는 망설였다. 속이 쓰렸다. 고통스러울 지경이었다. 우리는 앞으로 5년 정도는 우리가 세운 계획에서 벗어날 수 없었다. 결국 우리는 부동산 중개업자의 충고를 새겨들어 설비가 필요 없고 비닐 널빤지와 최신 난방시설이 갖춰진, 우리 수준에 딱 맞는 교외의 이층집을 샀다.

그리고 우리 가족은 그 집에서 행복하게 잘 먹고 잘 살았다. 아니, 거의 그럴 뻔했다. 문제는 어쩌다 보니 우리가 그 석조 주택의 바로 옆에 사는 부부와 절친한 친구가 되었다는 점이다. 우리가 그 집에 놀러갈 때마다 우리의 선택에 의구심을 갖게 되었다. 하지만 그 집은 이후로 몇 달간 계속 비어 있었고 한편으로 안심이 되었다. 가끔은 그 생고생을 자처하지 않은 우리의 현명한 선택에 다시금 박수를 보내기도 했다.

꿈은 이루어진다

하지만 얼마 후 한 젊은 부부가 그 집을 사더니 우리가 꿈꿔 왔던 모든 것을 차근차근 이루어 가기 시작했다. 그들은 잡초를 뽑아내고 차고를 짓고 연못을 팠으며 나무 울타리를 세웠다.

그리고 내 친구네 집에 저녁식사를 하러 간 어느 날 저녁, 우리는 그들을 직접 만나게 되었다. 그들은 우리를 안으로 초대해 집을 보여 주었다. 우리가 본 집이 그 집과 같은 집이라는 사실을 믿을 수 없었다. 벽은 옮겨졌고 벽토는 페인트칠 되어 있었으며 바닥도 다시 깔았고 새 부엌이 만들어졌다. 완벽한 변신이었다.

우리는 그들의 훌륭한 감각과 노력에 대해서 감탄에 감탄을 거듭했다. 하지만 나는 내 아내의 웃음 뒤에 숨겨진 그것을 보고야 말았다. 아내 또한 내 웃음 뒤에 숨겨진 것을 보았다. 우리 마음은 고통과 후회로 일그러지고 있었다.

이곳은 우리가 상상했던 바로 그 집이었다. 하지만 우리 집은 아니었다. 이곳은 우리가 떠나보내 버린 집이었다. 그렇다. 인정하고 싶지 않지만 진한 후회가 밀려 왔다.

나는 이 부부에게 트로피를 주고 싶지 않았다. 솔직히 말하자면 나는 그들을 대놓고 미워하고 싶었다. 하지만 그러기에는 너무나 착한 사람들이었다. 그들은 우리가 가지고 있지 않은 것을 소유했다. 그들에게는 에너지와 기술과 창의력과 그리고 가장 중요한 것, 비전을 끌어내 현실로 만들 수 있는 신념이 있었다.

물론 뭐 돈도 빠뜨릴 수는 없겠지.

나는 그 집을 골칫거리로 보았지만 그들은 그 집의 무한한 잠재력을 보았다.

그들은 트로피를 받을 자격이 있다. 그리고 나는 패자의 선물을 사랑하는 법을 배워야 할 것이다. 비닐 널빤지나 뭐 그냥저냥 그런 이층집, 그런 것 말이지.

낯선 사람의 인생 훔쳐보기

한 달이 지났지만 여전히 그녀의 얼굴은 자꾸만 내 머릿속에 출몰한다.

우리는 서로 다른 세상에서 살다가 아주 짧은 시간을 함께했다. 나는 교외에 사는 백인 중년 가장이고 그녀는 복지 수당을 받는 젊은 흑인 여성이었다.

사실 우리는 서로에게 이름조차 말하지 않았다.

나는 업무차 이제는 쇠락한 웨스턴 펜실베이니아의 철강 도시 존스타운으로 가고 있었다. 그러다 길을 잃었다.

길을 물어보기 위해 가장 먼저 보이는 출구로 빠져나가니 낮은 갈색 건물들이 몇 채 보였다. 작은 임대 주택들이었다. 젊은 청년들이 길가에 앉아서 시간을 죽이고 있었다. 이들에게서 멀지 않은 거리 구석에 한 소녀가 서 있었다.

그 소녀는 짧고 억센 곱슬머리를 하나로 모아 묶고 큰 뿔테 안경을 코에 걸치고 있어서 언뜻 학생처럼 보였다. 나는 창문을 내리고 시내가 어느 쪽이냐고 물었다.

소녀는 길을 가르쳐 주려고 하다가 잠깐 말을 멈추더니 마치 수수께끼 답을 생각하는 듯 하늘을 올려다보았다.

"저기요. 아저씨, 있잖아요. 제가 여기서 지금 한 시간 동안 버스를 기다렸거든요. 근데 30분 안에 시내에 가지 못하면 저 큰일 나는데요." 그리고 그녀가 말했다.

"차 좀 태워 주실래요?"

그녀를 차에 태워도 될까? 그녀의 질문에 대답하기 전에, 단 몇 초 동안 나는 왜 그녀를 차에 태울 수 없는지에 관해 수백 가지의 이성적인 이유를 들 수가 있었다.

우리는 서로를 잘 모른다. 그녀는 내가 믿을 만한 사람인지 모르고, 나 또한 그녀가 믿을 만한 사람인지 모른다. 그 친구는 너무 어렸다. 2003년 미국, 젊은 여자들은 낯선 남자의 차에 함부로 타는 게 아니다. 그렇지 않나? 그리고 생각이 똑바로 박힌 남자는 낯선 여자를 태우려 해서도 안 된다. 그렇지 않나?

불안의 기미

그리고 사람들의 눈이 있다. 나이 많은 남자가 길가에 차를 세웠고 그 구석에는 한참 어린 여자가 서 있다. 그 여자가 차에 몸을 기울이더니 그 차에 탄다. 왠지 이 골목만 돌면 경찰에게 이 일에 대해 구차하게 설명해야만 할 것 같다.

모든 상황이 이건 아니라고 말하고 있었다. 하지만 이 소녀의 분위기와 표정은 그 모든 상식을 뛰어넘어 이 차를 꼭 타야만 한다고 말하고 있었다. "제가 길 알려 드리면 되잖아요."

나는 마지막 순간까지 망설이다가 말해 버렸다. "그래요, 타요."

내가 조수석의 잡동사니들을 치우기도 전에 그녀는 뒷자리에 올라탔다. 그리고 나는 그것이 그녀 나름대로의 수비 자세라는 것을 알아챘다. 되도록 내 자리에서 가장 멀리 떨어져 앉은 것이다.

"직장에 늦었어요?" 어슬렁거리며 우리를 빤히 쳐다보는 청년들을 지나가며 내가 물었다. 하지만 직장 같은 것이 있을 리 없었다.

그녀는 16개월 된 딸을 키우는 스무 살 싱글맘이었다. 그녀는 법원이 문을 닫기 전에 꼭 가봐야 한다고 말했는데 그렇지 않으면 아이 아빠가 양육비를 내지 못했다는 이유로 감옥에 가기 때문이다.

"판사 앞에서 아기 아빠가 좋은 사람이라고 말해야 해요. 진짜 좋은 아빠거든요."

좋은 아빠라는 사람이 아기를 엄마 혼자 키우게 하나? 하지만 그녀는 애 아빠가 감옥에 가봤자 문제해결에는 하등 도움이 되지 않는다고 말했다.

그녀는 자신이 에리에서 부모 없이 이집 저집 옮겨 다니면서 살았다고 말했다. 열여덟 살이 되자마자 그녀는 더 나은 인생을 꾸려 보겠다는 부푼 꿈을 안고 집을 떠났다.

아무 데도 가지 못한 청운의 꿈

"그런데 왜 존스타운에 왔어요?" 내가 물었다.

그녀는 어깨를 으쓱하며 대답했다. "그냥, 에리가 아니었으니까요."

그런데 그녀는 곧 임신을 했다. 열아홉에 엄마가 되었고 정부 보조금 없이는 아이를 양육하지 못하는 처지가 되고 말았다. 나는 그녀가 모든 아이들에게 필요한 아주 기본적인 조건, 즉 안정적인 가정이나 사랑해 주는 부모가 있었다면 그녀의 인생이 얼마나 달라졌을지 생각해 보았다.

이 아이의 가치를 믿어 주는 사람이 한 명이라도 있었다면, 그리고 그 가치를 스스로 깨닫게 도와주었다면 이 친구는 지금 어떤 사람이 되어 있을까?

대학생? 신입 사원? 성공으로 가는 계단에서 꿈을 키워 가는 전문직 여성? 어쨌든 정부 보조금에 기대면서 자기 딸에게 자기가 겪었던 가난을 대물림하지 않기 위해 기를 써야 하는 지금 이 상황만은 피할 수 있었을 것이다. 나는 법원 앞에 차를 세워 주었고 그녀는 차 문을 열었다.

"태워 주셔서 고맙습니다." 그녀가 말했다.

사람은 단 20분 만에 누군가를 좋아하게 될 수도 있다. 나는 이 어린 친구가 참 좋았다. 그리고 그녀에게 지금이라도 꿈을 이룰 수 있다고, 절대 늦지 않았다고 이야기해 주고 싶었다. 그녀는 이제 고작 스무 살이었고 앞으로 창창한 날들이 펼쳐져 있다. 그녀는 지금이라도 더 나은 인생을 꾸려 갈 수 있다. 나는 그녀에게 딸에게라도 더 나은 기회를 줄 수 있어야 된다고 말하고 싶었다.

하지만 나는 그 대신 이렇게 말했다. "행운을 빌어요." 진심이었다.

그녀는 미소 지었다. 그런 다음 길을 건너 웅장한 법원 건물로 쏙 들어갔다. 문 닫을 시간까지 딱 9분이 남아 있었다.

과자가 우리를
갈라놓을 때까지

아이들을 스쿨버스에 다 태울 때까지 기다렸다가 커피메이커 앞에 서 있던 아내에게 어렵사리 운을 뗐다. "여보, 나 고백할 게 있어."

그녀는 최악의 상황을 앞두고 있을 때마다 얼굴에 떠오르는 그 불편하고 어색한 미소를 지으며 나를 쳐다보았다. "여보, 나 한눈팔았어. 미안해."

"당신이 나한테 어떻게 그럴 수가 있어?" 아내가 말했다.

사실이었다. 나는 탄수화물 금욕과 저지방 정절을 어겼다. 나는 다이어트의 팔에서 빠져나와 방황하다가 도리토스 한 봉지의 바삭바삭한 품에 그대로 안기고 말았다. 그 순간을 즐기지 않았다고 말하고 싶지만 솔직히 난 즐겼다. 한입 한입 깨물 때마다 순수한 쾌락과 환희를 경험했다.

하지만 믿어 주길 바란다. 나도 이런 내가 싫다.

아내가 지적했듯이 우리는 이전에 합의를 했었다. 크리스마스 기념으로 디즈니랜드로 간 여행에서 마지막으로 엄청 높은 칼로리의 음식을 먹기로 한 것이다.

"이게 마지막이야." 나는 스페이스 마운틴 밖에서 초콜릿 범벅의 아이스크림을 게걸스럽게 먹으면서 말했다. "나 집에 가서부터 다이어트 할 거야."

나의 짠돌이 유전자는 먹돌이 유전자에 힘없이 꺾이고 말았다. 나는 몸무게를 4.5킬로그램 감량하고 뱃살을 빼거나, 그렇지 못하면 옷을 한 치수 큰 걸로 다 다시 사야 했다.

제니는 체질상 마른 편이다. 제니는 안경이 멋지게 어울리는 얼굴 골격과 밤 11시 이후로는 절대 깨어 있지 못하는 습관과 또 말라깽이 유전자를 할아버지로부터 물려받았다. 하지만 그런 제니조차도 예전에 그랬던 것처럼 칼로리가 저절로 소모되지는 않는다는 것을 요즘 들어 실감하고 있었다.

과자가 우리를 갈라놓을 때까지

"나도 끼워 줘." 제니가 말했다. 그리고 바로 그때부터 우리는 다이어트 서약을 나누었다. 우리는 날씬해진 날이나 뚱뚱해진 날이나, 배부를 때나 배고플 때나 케이크에 환장할 때나 스파게티에 집착할 때나 서로를 아끼고 사랑해 줄 것을 맹세했다.

우리 친구들 중 대다수가 저탄수화물 다이어트를 하고 있었다. 처음에는 별로 대수롭지 않게 여겼다. 어쨌거나 스테이크나 햄같이 맛있는 주인공은 언제라도 먹을 수 있으니까. 자제해야 하는 것은 그 주변을 감싸고 있는 조연, 쌀과 파스타와 빵과 과자들이다. 그게 뭐 그리 어려울라고?

새해 아침이 밝았고 우리는 친구인 마이크와 패티가 연 피자와 맥주 파티에 참석하면서도 그것들을 먹지 않는 것으로 우리의 다이어트의 서막을 열었다. "우리의 새로운 저탄수화물 다이어트를 위하여 건배!" 그렇게 나는 서약을 했다. 그리고 우리는 지켰다.

토스트가 딸리지 않은 계란요리 한 접시와 무설탕 커피를 함께 마시며 가볍게 하루를 여는 것보다 더 큰 행복이 어디 있을까? 물론 아이들은 커다랗고 통통한 베이글을 씹으며 야릇한 미소를 지었지만!

저녁(닭 가슴살과 샐러드였다) 먹을 즈음에는 탄수화물이 너무나 당긴 나머지 마카로니 한 접시를 식탁으로 가져오는 우리 아들을 뒤에서 공격할 뻔했다. 그날 밤 나는 빵에 버터를 듬뿍 발라먹는, 말 그대로 꿀맛 같은 꿈을 꾸었다.

3일째, 하룻밤 정도 빵집에 갇히게 된다면 뭐부터 먹을지 공상하며 하루를 보냈다. 7일째, 창문을 내다보니 따끈따끈한 마카로니 한 접시가 둥둥 떠다니고 있었다. 9일째, 나는 제니에게 말했다. "어쨌거나 옷은 다시 다 사야 할 것 같아."

그리고 10일째 되는 날, 나는 문제의 그 도리토스를 보고 말았다.

욕망에 굴복하다

그 과자는 냉장고 위에 있었다. 그것도 입구를 가릴 생각도 않고 봉지가 뜯겨진 채 속살을 훤하게 드러내고 있었다. 오, 탄수화물에 흔들리는 이 마음이여! 약한 자여, 그대 이름은 남자니!

나는 슬며시 다가갔다. 과자 봉지가 내 귀에 대고 이렇게 말하는 것 같았다. "당신이 날 원하는 거 다 알아요." 그래, 나도 안다. 내 팔은 내 의지를 거역하고 욕망으로 가득한 손을 뻗었다.

"그 손 거두지 못할까!" 어디선가 나타난 나의 다이어트 파트너가 소리를 질러댔다. 딱 걸렸다.

하지만 어차피 내가 넘어가는 건 시간 문제였을 뿐이다. 내 마음은 진작 흔들리고 있었다. 나는 냉장고 옆을 지나갈 핑계를 계속 만들면서 이 작은 가정 파괴범에 끈적끈적한 눈길을 보냈다.

제니와 나는 몇 킬로그램 정도는 빠졌다. 이 다이어트가 아무래도 효과가 있는 모양이었다. 하지만 그러면 뭐하나? 빵과 파이와 칩과 맥주 ―내가 맥주도 끊기로 한 것도 이야기했었나?― 없는 삶이 과연 어떤 의미가 있을까?

그래서 말이다. 나는 일을 저질렀다. 그날 밤 늦게 모두가 쿨쿨 자고 있을 때 손을 봉지 안으로 집어넣었다. 딱 하나만 먹어야지, 그렇게 약속했다. 그것이 두 개가 되고 세 개가 되었다. 그 다음부터는 세지 않았다.

다음 날 나의 처절한 고백이 이루어진 몇 시간 후에 아내가 내 직장으로 전화를 했다. "나 방금 팝콘 먹었어. 버터 듬뿍 발라서."

"하여간 여자들은 꼭 한 술 더 뜨지." 나는 혀를 찼다. "아니, 남편이 아주 잠깐 옆길로 샜기로서니 마누라가 집에 오빌 리덴바처(미국에서 가장 인기 있는 팝콘 브랜드로 창업주인 오빌 리덴바처의 이름을 땄다.―옮긴이)를 들여 놓았다 이거야?"

결국 우리는 지난 일을 수습했다. 다이어트는 잠시 보류하기로 했다. 아마 우리에게는 부부 상담치료가 필요할지도 모른다. 그래도 우리는 이 상황을 이겨 낼 수 있을 것이다.

그리고 혹시 누가 아는가? 이 사건을 계기로 우리 사랑이 더 단단해질지. 물론 어느 날 아침 막 구워 낸 따끈따끈한 빵 한 덩이가 바구니에 담겨 우리 집 문 앞에 나타나지 않는다면 말이다.

위대한 승리

1년 조금 더 전만 해도 토마스 머트는 교외에 사는 평범한 아버지였다. 그는 세 아이들을 위해 청소년 스포츠 팀 감독을 맡기도 했고 월로우 그로브에 있는 성 데이비드 가톨릭 성당에서 교리 문답을 가르치기도 했다. 어퍼 모어랜드 타운십의 행정관이었고 펜실베이니아 주립대학교의 아빙턴 캠퍼스에서 지도교수로도 일하고 있었다. 대체로 순조롭고 편안한 인생이었다.

하지만 2003년 1월 24일, 그의 사무실의 팩스가 뽑아 낸 한 장의 종이는 그 모든 것을 바꾸어 놓았다.

머트가 속한 예비군 부대가 이라크 전장에 파병된 것이다. 24시간도 채 되지 않아 그는 뉴욕의 포트 드럼으로 가는 비행기에 올랐고 몇 주 후에는 사담 후세인의 고향이자 위험지역인 이라크의 티크릿 땅을 밟고 있었다. "작별인사 할 시간도 없이 떠나 버렸어요." 아내인 마리아는 말했다.

이 남자의 평범했던 삶은 그 사막 한가운데에서 특이한 행로로 접어들게 되었다. 그는 혼자 가난에 찌든 수백 명의 이라크 어린이들을 비공식적으로 입양해 아낌없는 지원을 하게 된 것이다. 그렇게 함으로써 그는 미국에게 있어서 가장 큰 싸움, 이라크 국민들의 신뢰 얻기 싸움에서 승리하도록 돕고 있다.

마흔세 살의 어퍼 모어랜드 출신 머트 하사관은 중대장의 보디가드이자 운전병으로 배치되었다. 또한 시골 마을의 민원 일을 돌보고 그 지방의 학교 재건에도 나서게 되었다.

깊은 산마을에 자주 들어가게 되면서 그는 수백 수천의 평범한 이라크인들의 일상을 바로 옆에서 체험할 수 있게 되었다. 물론 이들은 모두 가난에 허덕이고 있었다. 특히 아무 죄 없는 아이들의 커다란 눈망울이 그의 마음을 크게 움직였다. 이 아이들에게는 교과서도 연필도 없었다. 추운 겨울을 나게 해 줄 스웨터는 물론이고 양말 한 짝 없는 아이들도 많았다.

머트는 언제나 불쌍한 아이들에 대해 남다른 동정심을 표현했었다. 1년 넘게 홀로 아이들을 돌보며 가정을 꾸려 가고 있는 아내 마리아는

1989년 그레나다(카리브해와 북대서양 사이에 있는 윈드워드 제도의 가장 남쪽에 위치한 섬)로 갔던 신혼여행을 떠올린다. 머트는 그녀에게는 말도 없이 두 개의 커다란 여행 가방을 가져왔는데 그 안에는 그레나다 고아원에 기부할 옷가지와 장난감이 가득 들어 있었다.

"그런 건 천성인 것 같아요." 그녀는 말한다.

이라크에서 머트는 완전히 다른 차원의 도움을 필요로 하는 세상을 만났다. 그리고 그에게 한 가지 아이디어가 떠올랐다. 그의 전 직장동료와 이웃들은 같이 복무하는 병사들과 나눠 쓰라며 화장품이나 선물들을 보내 주곤 했다.

그는 이들의 마음 씀씀이에 늘 감사했지만 정작 이러한 물건을 보내야 할 곳은 따로 있다고 생각하게 되었다. 그래서 그는 자기가 아는 모든 사람에게 이메일로 친구처럼 가까워진 이라크 아이들의 사진을 보냈다. 그리고 그들에게 헌 옷이나 필요 없는 장난감이나 안 쓰는 문구용품을 보내 달라고 부탁했다.

"미국에서 당연하게 여기는 물건들이 이곳에서는 사치품이랍니다." 그는 편지에 이렇게 썼다.

어퍼 모어랜드와 윌로우 그로브와 햇보로의 지역 사회가 반응하기 시작했고 기증한 물품 상자들이 이라크에 속속 도착하기 시작했다. 군사 화물편으로 이라크에 배송되는 물건들은 모두 머트 앞으로 온 것들

이었다. "그 기지 우편실에서 아주 유명인사라고 하네요." 그의 아내
는 말한다.

펜실베이니아 주립대학 아빙턴 캠퍼스의 동료들은 총 35개의 상자
를 보냈다. 윌로우 그로브의 보이스카우트 336부대는 424킬로그램
분량의 문구용품을 모았다. 세인트 데이비스 학교의 교장인 리타 수녀
님은 학생들에게 장난감 보관함을 뒤져서 안 쓰는 것들을 모아 달라고
부탁했다.

햇보로의 피트 이발소도 팔 걷고 나섰다. 그 밖에 다른 많은 이웃들
도 힘을 모았다. 햇보로 우체국 직원으로 기부 물건을 정리하고 발송
하는 일을 하는 애니 그레이브는 머트가 보낸 맨발의 아이들의 사진이
그들의 마음을 움직였다고 말한다. "그 사진을 보면서 우리 인생에서
과연 무엇이 정말 중요한지 다시 생각하게 되더라고요."

머트는 이웃들의 진심이 담긴 이 선물보따리들은 이라크 아이들과
가족들의 마음도 움직였다고 한다. 이제 많은 이들이 미국인들을 자기
들의 친구로 여기고 있다.

"이곳 아이들과 주민과 함께 일하고 생활하면서 우리가 적이 아니
라는 것을 알려 줄 수 있었어요." 머트는 이렇게 쓰고 있다. 앞으로 6주
에서 8주 후에는 다시 미국으로 귀향하게 되어 있다며 이제 선물을 그
만 받겠다는 내용도 전했다.

승리란 바로 이런 곳에서 이루어지지 않겠는가? 한 명의 군인, 한 지역 사회가 한 명의 시골 아이를 하나씩 도와주는 것 말이다.

이 기부활동에 열렬히 참가했던 어퍼 모어랜드 주민인 케시 러시는 이렇게 말한다. "톰한테는 이런 게 전혀 특별한 일이 아니에요. 원래 항상 이렇게 살아 왔던 사람이거든요. 그 사람은 나누어 줄 줄 아는 사람 가운데 하나인 거죠."

히스테리에 빠진
텔레비전 일기예보

어제 아침 부엌 창문에서 내다보니 눈발이 조금 흩날리고 있었다. 눈발은 바닥에 떨어지자마자 그대로 녹아 버렸고 갑자기 한겨울의 찬 기운이 뼛속까지 스며드는 것 같아 몸을 떨었다.

아이, 이러면 안 되는데. 매서운 추위 때문에 고생했던 겨울 생각이 나서 이러는 것은 아니었다. 내가 걱정하는 건 날씨가 아니다. 사실 날씨는 큰 문제가 없다. 펜실베이니아 날씨 자체가 워낙 이렇게 춥고 을씨년스럽다.

지금 내가 우려하는 것은 날씨가 아니라 날씨를 과장하며 시시콜콜 보도하는 텔레비전 뉴스다. 올해 역시 "우리 모두 죽을 수도 있다고 요!" 하는 식의 히스테릭한 겨울 눈보라 예보가 예견되기 때문이다.

눈이 지붕을 아주 살짝 덮을 정도만 내려도 텔레비전을 틀면 어렵지 않게 이런 지역 방송을 만날 수 있다(장중한 음악이 깔리고 최근 몇 년 동안은 이 지역에서 절대 보지도 듣지도 못했던 거센 눈보라가 몰아치는 배경 화면을 보여 준다).

바람머리 앵커 브렌트 시청자 여러분, 죄송합니다. 방금 들어온 눈보라 관련 속보를 보내 드립니다. 우리 모두가 두려워하던 그것이 오고야 말았습니다. 올해 최대의 기상이변이 될 21세기 최고의 눈보라가 우리 쪽으로 다가오고 있다고 합니다. 이대로 가다가는 사망자가 속출하고 건물이 무너지고 도시가 큰 혼란에 빠질 수도 있다고 합니다.

오두방정 앵커 브렌다 맞아요, 브렌트. 기록적인 폭풍이라고 하죠. 현재 저희 취재 팀이 월트 휘트먼 브리지 밑에 나가 있는데요. 완전무장 버니 리포터, 현재 그쪽 상황이 어떻죠?

완전무장 리포터 버니 예. 저희는 지금 적어도 일곱 개, 제가 일곱 개라고 확실히 말했나요? 네, 정확히 일곱 개의 눈발이 제 뒤쪽에 있는 다리 위로 날리고 있는 것을 제 눈으로 똑똑히 목격했습니다. 이 일곱 개의 눈발은 전부 엄청나게 크다고 하는데요. 만약 계속 이런 속도로 눈이 내린다면 아침에 시민들이 출퇴근하는 데 큰 지장이 있겠습니다. 브렌트, 브렌다 나와 주세요.

바람머리 끔찍하네요, 버니. 주민들은 오늘 같은 날 아예 나가지 말고 저희 폭풍 대책 센터 방송만 듣고 계신 것이 좋겠죠?

완전무장 그렇습니다, 브렌트. 반드시 외출해야 할 일이 아니라면 도로 근처에도 가지 말고 최근 날씨 소식을 계속 업데이트해 주는 저희 방송에만 귀 기울이시는 것이 좋겠습니다.

오두방정 정말 좋은 조언이에요, 버니. 이제 끔찍한 겨울 폭설에도 불구하고 바깥 외출을 한 주민들에게 과거에 어떤 일이 일어났었는지 알아 보겠습니다. 국내 특파원 공포조성 알렉사가 준비했습니다.

공포조성 특파원 알렉사 브렌다, 저는 지금 1846년 서쪽 캘리포니아로 향하던 수십 명의 주민들이 폭설을 만났던 도너 패스(시에라네바다 산맥을 가로지르는 산길, 캘리포니아로 가던 이주민들이 1846년 11월 폭설을 만나 산 동부에서 겨울을 나다가 85명 중에 45명만 살아 남은 사건―옮긴이)에 서 있는데요. 많은 주민들이 눈사태로 인해 산 밑에 갇히고 말았었죠. 우리의 스쿨킬 고속도로에서도 충분히 일어날 수 있는 일 아니겠습니까?

NEWS

오두방정 그렇죠. 그중에 몇 명은 먹을 것이 없어서 식인행위까지
했다는 전설이 있잖아요.

공포조성 슬프지만 사실입니다, 브렌다. 그러니 오늘은 절대 집 밖
으로 나가지 말고 방에 콕 박혀서 오직 저희 방송에만 집
중하시기 바랍니다. 공포조성 알렉사가 도너 패스에서 생
방송으로 전해 드렸습니다.

바람머리 위대한 우리 필라델피아에서는 그런 일이 반복되어선 절
대 안 되겠습니다. 고마워요, 알렉사. 안전 주의하시고요.

오두방정 알렉사는 11시에 다음과 같은 주제로 보도를 해 주실 겁
니다. "눈사태에 대하여 우리가 알아야 할 모든 것." 그
때도 함께해 주세요.

바람머리 벅스 카운티 스파클 세차장에 주민 리포터인 아연실색
데니스가 나가 있는데요. 눈길 안전 운전에 대해서 설명
해 주신다고 합니다.

아연실색 리포터 데니스 지금 제 곁에는 랭혼 주민인 셜리 유제스
트가 함께하고 계신데요. 지난 몇 년 동안 폭설에서 살아
남으셨다고 하죠. 셜리는 오늘 폭설 생존 기술을 직접 보
여 주실 겁니다.

유제스트 (차의 한쪽을 발로 툭툭 차며) 예, 기본적으로 저는요. 항상

차 안에 들어가기 전에 부츠에 붙은 눈을 꼭 텁니다. 간
혹 미리 안 털고 차에 들어가시는 분들이 있거든요.

아연실색 맞아요. 그땐 이미 너무 늦은 거죠! 이 부츠에 붙어 있던
눈 몇 조각이 한 순간에 살인 도구로 변할 수도 있는 거
니까요.

바람머리 아주 근사한 방법이네요. 이제 저희는 가장 최근의 과장
된 일기예보를 전문적으로 전해 주실 기상전문가 어리바
리 알피 '진흙 구덩이' 씨에게 마이크를 돌리겠습니다.

어리바리 **기상 전문가 진흙 구덩이** 하늘에는 온통 짙은 구름뿐입
니다. 여러분, 지금 땅이 젖지 않았다고 해서 안심하시면
안 됩니다. 내일 아침이면 완전히 다른 세상이 될 겁니다.

오두방정 진흙 구덩이 씨, 내일은 회사에 전화해 하루 쉰다고 말하
고 하루 종일 저희 과장된 일기예보 폭설 대책 센터의 소
식에만 귀 기울이고 계셔야 한다는 말로 들리는데요?

어리바리 빙고! 브렌다. 잠깐 실례해도 될까요? 저는 지금 시청률을
보러, 아니 눈발 좀 보러 나가야겠습니다. 안녕히 계세요.

교외에 울려 퍼지는
봄의 왈츠

우리 집에서 내다보이는 창밖 풍경은 마치 인디애나폴리스 500(미국 자동차 레이스)의 한 장면 같다. 교외에 봄이 다시 돌아왔다는 확실한 신호다.

동서남북 모든 방향에서 요란한 엔진 소리가 들리고 거친 숨결이 느껴지며 공격적으로 날을 가는 동작이 반복된다.

그렇습니다. 여러분, 길고 평화로운 겨울이 지나고 사랑스러운 교외 행사가 시작됐어요. 왔습니다아~ 왔어요. 잔디 깎기 시즌이 돌아왔어요!

거의 7월의 날씨를 방불케 했던 지난 주말은 비공식적이지만 첫 번째 잔디 깎기 의식의 날이라는 것을 누구나 인정할 수 있는 개시의 날이었다. 내가 사는 이 동네에서 이건 절대 작은 일이 아니다.

지난 토요일 나는 토로스와 존 디어스의 포효소리에 잠이 깼고 바로 그날이 도래했음을 직감할 수 있었다. 집주인들이여, 엔진을 작동시키자고요!

우리 집의 위아래 도로에서도 똑같은 광경이 펼쳐졌다. 남자 어른(가끔은 여성)들이 밝은색의 잔디 깎는 기계에 올라가 전속력으로 잔디밭을 폭주하고 있었다. 베어낸 잔디가 여기저기 날리고 대기에는 잔디 깎는 기계에서 나는 기름과 짓이겨진 잔디의 엽록소 냄새가 뒤섞여 코를 찌르고 있었다.

솔직히 말해, 무릎을 가슴까지 올리고 잔디 깎는 기계에 올라서 있는 폼이 마치 무슨 결사단 회원들이 유모차에 올라간 것처럼 우스웠다.

그 모습을 보고 웃던 나도 아주 신속하게 반응을 보였다. "준비 탕! 나도 해야지."

남들 하는 대로

온화한 4월 중순의 날씨였고 내 트랙터는 아직 창고의 호스와 접힌 의자 밑에 깔려 있었다. 이번에도 늦었군. 나는 옆집 사람이 여는 포트락(각자 음식을 조금씩 마련해 가지고 오는 파티)에서 제외되고 싶진 않다. 나도 어서 빨리 우리 집 지저분한 잔디를 유순한 놈으로 만들어야 했다.

그래서 주말을 ─하이킹이나 자전거 타기 아니면 그냥 해먹에서 낮잠 자기에 완벽한 아주 아름다운 주말을─ 창고에 쭈그려 앉아서 날을 갈고 벨트를 조이고 오일을 갈면서 보냈다. 그리고 시퍼런 연기와 요란한 소리를 가득 내뿜으며 나 또한 레이스에 나섰다.

잔디 같은 건 키우지 않는, 내 도시 친구는 이런 이웃들 간의 잔디에 대한 집착을 절대 이해하지 못했다. 나 역시 4월부터 10월까지 매 주말마다 두 시간씩이나 이 짓을 하고 있으면서도 나 자신에게 꼭 이해를 시켜야 할 것만 같은 기분이 들었다.

이건 완전 미친 짓인데다 무지하게 비싸기까지 하다.

일단 쓸 만한 중고차 가격을 훌쩍 넘는 기계 값부터 따져야 한다. 또 수리비나 유지비도 적잖이 든다. 가솔린이나 비료나 살충제 비용도 만만찮다. 그리고 시간도 생각해 봐야 한다. 각 계절마다 더 나은 일을 할 수도 있는 수천 시간이 우리 집 마당을 위해 쓰인다. 조금씩 새어 나가는 수백만 톤의 기름과 그로 인한 환경오염 문제도 있다.

도대체 무엇을 위해서? 우리가 절대 먹지도, 팔지도 않고 애완동물에게도 주지 않을 풀 나부랭이를 키우기 위해? 우리가 이런 잔디를 키우는 열성이 얼마나 대단한지 알면 우리 모두가 염소 목장 주인인 줄 알 것이다.

우리는 잔디가 미친 속도로 자라게 하기 위해 비료를 잔뜩 주고 또 이것들을 미친 속도로 깎는다. 그리고 또 뜨거운 태양 아래서 갈퀴로 그것들을 긁어내야 한다. 이렇게 추수한 것으로 무엇을 할까? 우리는 그것을 가장자리에 쌓아 두었다가 돈을 지불해 가면서 치운다.

누가 누구를 이용하는가?

그렇다면 대체 누가 가장 먼저 이것을 시작했는지 묻고 싶을 것이다. 우리 인간들은 우리의 환경을 길들이고 우리 인생을 개선시키기 위해 켄터키 블루그라스(긴 풀 종류)와 김의털(볏과의 다년초. 높이는 30~50센티미터, 잎은 무더기로 나고 바늘 모양)을 키우는 것일까? 아니면 이 잔디들이 나라 전체에 자신들의 영역을 확장시키기 위해 우리를 이용하는 것일까? 생각해 보자. 마지막으로 힘들게 번 돈이 잔디 때문에 빠져 나가면서 우울해졌던 적이 언제였는지를.

몇몇 줏대 있는 사람들은 이런 세상 신조에 맞서 싸우고 있다. 내가 아는 한 부부는 앞마당에 잔디 대신 깎을 필요도 없고, 비료나 살충제를 줄 필요도 없는 야생화를 심었다. 그들의 새로운 마당 풍경을 동네 사람들이 얼마나 반겼는지 알고 싶은가? 그들은 주변 환경을 해치는 주범으로 경찰에 신고를 당했다.

나 또한 나름대로 온건한 방식으로 싸우고 있다. 즉 잔디 가꾸기에 관해서라면 아주 게으른 사람의 지침서를 따르는 것이다. 아주 거칠게

막 키우는 것이다. 비료도 안 주고 살충제도 안 주고 긁어모으지도 않고 쌓아 놓지도 않는다. 나는 그냥 일주일에 딱 한 번씩만 잔디를 깎는다. 그리고 손을 뗀다.

예상한 바대로 우리 집 잔디밭은 진정한 '잡초의 연방공화국'이 되었다. 하지만 이들은 그럭저럭 잘 지낸다. 또 평균 속도로 지나가는 차에서 볼 때 우리는 이 동네에서 쫓겨날 정도까지는 되지 않고 있다. 상류층 교외 잔디와 우리 집의 하류층 잔디가 유일하게 차이 나는 것은 이거 한 가지다. 시속 40킬로미터 이하로 가느냐, 그 이상으로 가느냐.

지구에 사는
쇼핑몰 피플

정부의 스파이 인공위성이 외계 생명체를 찾아 은하수를 배회하다 미확인 행성에서 메시지를 송신 받았다.

브지지지지지지직. 응답하라~

"대장님, 지금 방금 저희 정찰대가 지구라는 별의 답사를 마치고 막 돌아왔습니다."

"오, 그래, 잘했다. 사이곳, 그곳에서 무엇을 발견했지?"

"그곳은 굉장히 이상야릇하고 이해가 불가능한 장소였습니다. 저는 주로 이루어진 연합체에 착륙을 했는데요. 쉰 목소리로 딱딱 끊어지게 말하는 사람들이 사는 조이지(뉴저지를 말하는 듯)라는 동네가 있었습니다. 또 필리라는 동네 사투리는 더 해독하기 어려웠습니다. 하지만 가장 이상했던 건 이 나라 도시 바깥에 스프롤처럼 빵 둘러싼 거대한 왕국, 교외왕국(Surburbia)이었습니다."

"그 교외왕국에서 무엇을 봤는가?"

"오렌지색 옷으로 중무장한 사람들이 숲으로 가서 움직이는 모든 건 날려 버리고, 가끔은 서로를 치기도 하고요. 가끔은 다리가 네 개 달린 생물을 치기도 합니다. 하지만 매일 하루가 끝나면 집으로 돌아와 '치즈스테이크'로 알려진 이상한 에너지 롤을 먹습니다."

"그것 참 신기하군."

"그건 새 발의 피입니다, 대장님. 저는 추수감사절이라는 날에 도착했는데, 그날은 한 해 동안 받은 축복을 생각해 보는 전통적인 명절이라고 했습니다."

"그래, 그들은 이 신성한 날을 어떻게 기념하던가?"

"일단 무지막지한 양의 음식을 먹습니다, 대장님. 바지 단추를 몰래 푸는 사람도 여럿 봤습니다."

"그러면 그렇게 해서 저장한 에너지로 무엇을 하나?"

"잡니다, 대장님."

꼭두새벽의 체류

"겨울잠의 일종인가?"

"꼭 그렇지는 않습니다. 사실 이 만찬은 '크리스마스까지 29일간의 쇼핑 대잔치'라고 부르는 마라톤 대회의 시작일 뿐입니다. 몇 시간 잔 다음에 아직 동도 트지 않은 새벽부터 일어나 회색의 돌 같은 것이 깔려 있는 수천 평의 땅으로 둘러싸인 커다란 건물들로 향합니다."

"아, 그들이 예배드리는 사원이겠군. 그건 나도 알겠네."

"그렇습니다. 그 사람들은 이 사원을 모두 쇼핑몰이라는 이름으로 불렀습니다. 이 경배자들은 그 문 안으로 들어가기 위해 밖에서 몇 시간이나 기다렸습니다."

"일단 들어가면 무엇을 하던가?"

"작은 플라스틱 카드를 가지고 다니면서 절대 필요 없는 물건을 사느라, 돈을 써도 써도 영원히 없어지지 않을 것처럼 썼습니다."

"절대 필요 없는 물건이라고? 그게 뭔가?"

"노동 계급 사람들이 땅을 파서 발견한 투명한 돌 같은 것이었습니다."

"아니, 돌 하나에 그렇게 많은 돈을 쓴단 말인가?"

"네, 특히 남자들이 자기 자손을 잉태하기로 합의를 본 여자들에게 이것을 건네주었습니다."

"아, 다산(多産) 의식이로군! 또 뭐가 있었나?"

"여자들은 의식용의 금붙이를 몸에 걸치고 아까 제가 말한 플라스틱 카드를 넣기 위한 값비싼 가방을 삽니다. 또 얼굴에 바를 페인트도 사고, 발을 감싸기 위해서 여러 개의 가죽 신발도 샀습니다."

"아니, 발은 두 개밖에 없는데 왜 그렇게 많은 신발이 필요하다는 말인가?"

"그 이유는 알 수가 없었습니다, 대장님. 다만 그들의 옷장과 신발장이 이것들로 넘쳐난다는 것만 압니다. 또 남자들은 아주 육중한 개인 운송수단인 SUV라는 것으로 창고를 채우고 있었는데, 이것은 땅에서 나는 유한한 자원을 빨아들여야 하기 때문에 이를 위해 나라들끼리 전쟁하느라 아주 시끄럽습니다."

좀비들의 나라

"그렇다면 이렇게 쓸데없는 물건들을 사라고 명령하는 주체가 누구인가?"

"이들에게 끊임없이 명령하는 설득력의 대가들이 있는데, 이들은 메디슨 에비뉴(뉴욕의 광고회사들이 많은 거리 — 옮긴이)를 점령하고 있습니다. 이 사람들은 대중들이 무엇을 사야 하는지 결정한 다음 전깃줄을 통해 모든 집에 메시지를 내보냅니다. 이 물건들을 사지 않으면 당신들은 개뿔도 아니다는 메시지를요."

"아니, 거기에 사람들이 넘어간다 이건가?"

"예. 이의를 다는 사람도 없습니다. 특히 크리스마스 전 29일간의 마라톤 경주 기간 중에는 더욱 그렇습니다."

"그러면 대체 누가 이 경주에서 이기는 건가?"

"아마 크리스마스 날 가장 많은 물건을 산 가족이 아닐까 싶습니다."

"그러면 어떻게 승리를 축하하지?"

"제가 듣기로는 크리스마스 다음 날 새벽같이 일어나 아까 말한 쇼핑몰 사원으로 돌아가서 마라톤 동안에 얻은 물건들을 다른 물건으로 바꿔 온다고 했습니다."

"그것이 바로 그들이 말하는 크리스마스를 기념하는 방식인가 보군?"

"네, 사람들은 그날을 종교적인 축제라고 했습니다."

"그렇다면 그날은 무슨 날인가? 플라스틱 카드로 얻을 수 있는 것 이상을 상징하는 것 아닌가?"

"예전에는 그랬다고 합니다, 대장님. 하지만 사람들이 쇼핑몰 사원에만 가면 앞뒤 구분 못하는 장님이 되어 버려서 명절의 고유한 의미는 사라진 지 이미 오래라고 합니다."

"사이곳, 자네의 놀라운 염탐 내용은 이상하게 내 속을 불편하게 하는군. 이제 지구의 소비병이 더 심하게 퍼지기 전에 방역 팀에 연락을 해야겠군."

4부

인생, 험난한 여정

그러나 떠날 가치가 있는 아름다운 여행입니다

bad dogs have more fun

변장한 천사를 만나다

필라델피아 국제공항의 그저 평범한 가족 간의 상봉이 어쩌다가 삶과 죽음을 넘나들고 분초를 다투는 시합이 되었을까?

일흔여덟 살의 메리 헬렌 와그너는 캘리포니아 오클랜드에서 비행기에 탑승하여 11월 9일 새벽, 필라델피아 공항에 내렸다. 그녀를 기다리고 있는 사람은 동생인 예순다섯 살의 캐더린(키티) 콜루치와 키티의 남편인 리처드였다. 이들은 애틀랜타 시 근처의 뉴저지 주 리틀 에그 하버에 살고 있었다.

세 사람은 와그너의 가방을 주차되어 있던 콜루치의 차 트렁크에 실으면서 이런저런 이야기를 나누고 있었다.

바로 그때 일이 벌어졌다.

“키티가 갑자기 고통에 찬 신음소리를 지르더니 손을 이마에 얹더군요.” 와그너가 말했다. 그녀는 머리가 깨질 것 같은 두통을 호소하며 구토를 하기 시작했다.

“내 머리, 내 머리. 이렇게 소리 지르기 시작했어요.” 콜루치의 남편이 말했다.

“우리가 얼른 움직여야 한다는 것을 알았죠. 그래서 나는 제부 리처드에게 ‘어서 빨리 응급실로 가요’ 하고 말했어요.” 언니가 말했다.

하지만 응급실이 어디고 어떻게 가야 하지? 셋 중 누구도 필라델피아 지리에 익숙하지 않았고 주변에 물어 볼 사람도 없었다. 그들은 일단 주차장을 빠져나와 주차 요원에게 길을 물었지만 말이 잘 통하지 않아 그의 설명을 알아 들을 수가 없었다.

그들은 무작정 깜깜한 새벽길을 헤치고 나갔다. 물론 길을 헤매다가 낭비하는 1분에 아내의 목숨이 달려 있다는 사실도 알았다. “주위를 둘러봤어요. 앞이 캄캄하더군요. 이 동네가 어디가 어딘지 알아야 말이죠. 난 그때서야 큰일이 났다는 것을 실감했습니다.” 남편인 리처드 콜루치가 말했다.

짧은 만남

그는 엑슨 주유소에 차를 세우고 그곳에 있는 손님을 아무나 붙잡고 길을 물어 보았지만 헛수고였다. 그의 아내는 고개를 차창 밖으로 내밀고 또 구토를 하고 있었다.

바로 그때 와그너가 일반적인 수호천사와는 거리가 먼 수호천사를 발견했다. 그는 이 지역 운전자들이 싫어하는 직업을 가진 사람이었다. 필라델피아의 견인차 운전사였다. 그는 라임 그린 색의 견인차에 가스를 넣고 있었다. 와그너는 그 남자라면 여기서 가장 가까운 병원이 어디일지 분명히 알 것이라고 확신했다.

"그 남자에게 다가가서 도움을 청했어요. 그 남자는 어떻게 해야 하는지 말하려고 했죠. 하지만 그 사람은 내 얼굴에 떠오른 두려움을 읽은 것 같았어요. 그 사람이 다가와 내 어깨에 손을 올려놓더니 말하더군요. '절 따라오세요.'"

견인차 운전사는 노란색 비상등을 깜박이며 앞장서서 러시아워의 교통체증을 뚫고 도시 중심가로 들어가 펜실베이니아 대학병원의 응급실 바로 앞에서 차를 세웠다. 그는 차에서 내려 서성이면서 이 콜루치 부부가 병원에 들어가는 것을 두 눈으로 확인할 때까지 기다렸다.

"그런 다음에 경적을 울리더니 비상등을 끄고 시동을 걸고 가 버렸어요. 우리는 미처 차번호도 못 봤고 이름도 제대로 듣지 못했어요."

그녀가 아는 것 하나는 이 미스터리의 남자의 이름이 제임스라는 것뿐이었다.

그들이 병원에 들어간 후에 그들은 이 낯선 남자가 응급상황에서 얼마나 큰일을 해 주었는지 절감하게 되었다. 그 남자는 뇌동맥이 파열된 키티 콜루치를 병원으로 안내했을 뿐만 아니라 그것도 가장 적절한 병원으로 안내해 주었다.

전국 최고로 꼽히는 펜실베이니아 대학병원에 있던 신경학과 의료진은 콜루치가 병원에 들어가자마자 바로 필요한 치료를 해 줄 수 있었다.

변장을 한 천사

의사들은 이런 환자에게는 1분 1초가 중요하다고 거듭 강조했다. 슈퍼맨처럼 나타나 상황을 해결해 준 견인차 운전사가 없었더라면 "키티는 아마 죽었을 수도 있습니다. 어떤 일이 일어났을지 모르는 거죠." 남편은 말한다.

한 달 정도 시간이 흐른 후에도 그녀는 계속 병원에 입원한 상태였고 회복하는 데에도 오랜 시간이 걸렸다. 하지만 어쨌든 그녀는 살아 있었고 그녀의 남편과 언니는 그 친절한 사람을 절대 잊지 못한다.

"우리가 굉장히 감사하고 있다는 것을 그분이 알아 주었으면 좋겠어요. 저는 항상 생각해요. 우리가 만약 그 주유소에 서지 않았고 제임스를 만나지 못했더라면 어찌 되었을까? 생각만 해도 가슴이 떨리죠." 와그녀가 말했다.

리처드 콜루치는 이건 단지 우연일 수만은 없다고 말한다. "개인적으로 저는 저 위에 계신 분이 우리를 돌보아 주신 거라고 믿습니다. 그 남자 분은 분명한 이유가 있어서 거기 있었던 거죠."

그는 그 운전사를 꼭 찾았으면 좋겠다고 말했다.

"만나면 꼭 안아 드리고 싶어요. 정말 고맙다고, 당신은 우리를 구해 준 천사라고 꼭 말해 주고 싶어요." 콜루치가 말했다.

"좀 유치하고 감상적인가요? 하지만 진심입니다. 우리가 삶과 죽음의 기로에 있었다는 걸 생각한다면 이 마음을 이해할 수 있을 겁니다."

콜루치는 그 기회를 얻을 수도 있을 것이다.

이제 그 미스터리에 쌓인 선한 사마리아인을 소개하고, 내가 그를 어떻게 찾아냈는지도 알려 주려 한다.

제임스 프렛, 견인차를 모는 용감한 기사

그 선한 사마리아인은 더 이상 미스터리의 인물이 아니다.

그의 이름은 제임스 프렛으로 서른 살의 싱글 대디다. 저먼타운 고등학교를 91년에 졸업하고, 독일에서 군복무를 하다가 등 통증으로 제대했다. 그는 현재 콘쇼호켄에서 딸과 함께 살고 있다. "우리 딸은 곧 다섯 번째 크리스마스를 맞게 돼요."라고 그는 말했다.

프렛은 펜실베이니아를 지나는 I-95(미국 동부를 남북으로 가로지르는 긴 고속도로) 구역을 순찰하면서 발이 묶인 운전자들을 돕고 길에 멈춰 서 있는 자동차를 견인하여 교통을 원활하게 하는 일을 담당하고 있다.

그는 11월 9일 근무를 마치고 필라델피아 국제공항 근처의 엑슨 주유소에 차를 세운 후 가스를 넣고 있었다.

바로 그때 그의 인생이 캘리포니아 오클랜드에 사는 일흔여덟 살의 노부인 메리 헬렌 와그너와 와그너의 동생이며 뉴저지의 리틀 에그 하버에 살고 있는 예순다섯 살의 키치 콜루치와 그녀의 남편 리처드와 엮이게 된 것이다.

앞에서 소개했듯이 콜루치 부부는 필라델피아 국제공항에서 내린 와그너를 차에 태우고 있었다. 그때 동생 키티 콜루치가 급작스럽게 끔찍한 두통과 구토 증상을 보이기 시작했다. 그래서 이 세 사람은 절박한 심정으로 병원을 찾고 있었다.

와그너는 주유소에 있던 견인차 운전사에게 다가갔고 프렛은 그들에게 길을 알려 주기 시작했다. 하지만 그는 그들과 이야기하다가 두 가지 사실을 확신하게 되었다. 지금 이 사람들은 단 1분 1초의 시간도 길바닥에 허비해서는 안 된다는 점, 그리고 이 반쯤 혼이 나간 여행자들은 절대 자기들끼리는 그 병원을 찾을 수 없을 거라는 점이었다.

"절 따라오세요." 그는 이렇게 말한 다음 노란색 비상등을 켜고 러시아워의 교통체증을 뚫고 펜실베이니아 대학병원으로 갔고 키티 콜루치는 이후 한 달 동안 그곳에서 계속 치료를 받게 되었다.

콜루치 부부와 와그너는 병원 응급실 문 앞까지 데려다 준 견인차 운전사에게 진심으로 감사하다는 말을 전하고 싶었지만 방법이 없었다. 그는 자기 이름만 남겨 놓고 홀연히 사라져 버렸기 때문이다. 그래서 와그너는 내게 전화했다.

그녀가 알고 있는 얼마 안 되는 정보, 즉 그는 라임 그린 색 트럭을 타고 있었고 터미널 근처의 엑슨 주유소에 있었다는 것으로, 콘쇼호켄의 견인차 회사 사장이자 엑슨 주유소 공항점과 펜닷 고속도로 안전 서비스 패트롤과 계약한 사장 케빈 보우 밑에서 일하는 직원, 제임스 프렛이라는 사실을 알아냈다.

"사실 그 이야기를 듣고 그리 많이 놀라지도 않았어요." 보우는 자기 직원이 어려움에 처한 여성을 도왔다고 말하자 이렇게 대답했다. "원래 성실하고 좋은 친구거든요."

프렛은 자신이 한 일이 별것 아니라며 손사래를 쳤다. 그는 안 그래도 자기가 콘쇼호켄까지 가려고 했었고 병원에 들르긴 했지만 그렇게 많이 돌아간 것도 아니라고 겸손하게 말했다.

"저는 그냥 그분들에게 제가 켠 비상등을 따라오라고만 했어요. 그리고 병원 정문까지 데려다 드린 다음에 제 갈 길을 갔죠. 그 다음에

WRECKER

어떤 일이 있었는지는 전해 듣지 못했습니다.”

내가 그에게 리처드 콜루치가 ‘당신 덕분에 아내의 생명을 살릴 수 있었다고, 크게 감사하고 있다’고 전하자 프렛은 약간 망설이면서 말했다. “그거 정말 잘 됐네요. 저도 알게 되어서 기쁩니다.”

그는 자신의 수수한 행동이 낯선 곳에서 절박한 상황에 빠졌던 이 노인들에게 얼마나 중요한 역할을 했는지 전혀 감을 잡지 못하고 있었다.

견인차 운전사인 그는 대체로 사람들에게 사랑을 받거나 미움을 받거나 둘 중 하나였다. 사정상 도로 한가운데 발이 묶여 그의 구출을 목 빠지게 기다리는 사람들에게는 열렬한 환영을 받았을지 몰라도, 불법 주차 때문에 그에게 끌려가는 차의 주인들에게는 때로 욕설도 들었고 미움도 받았다. “좋은 일이 있으면 나쁜 일도 있다는 걸 받아들여야 하는 직업이죠.”

곤경에 처한 콜루치 부부를 도운 것은 ‘직업상의 조화를 만들어 준’ 좋은 순간 중에 하나였다고 말한다.

그리고 그의 행동은 필라델피아처럼 거칠고 냉정한 도시에, 웬만하면 남의 일에 끼어들고 싶어 하지 않는 세상에서, 대부분의 이들이 “그래서 나한테 뭐가 이익인데?”라고 묻는 시대에, 아직도 우리 중에는 전혀 고민하지 않고 처음 본 사람들을 도울 줄 아는 사람들이 있다는 사실을 상기시켜 준다. 이유는 딱 하나, 그것이 옳고 선한 일이기 때문이다.

"이 세상에는 아직도 착한 사람들이 정말 많다는 걸 알게 되었답니다." 드디어 감사를 표현할 수 있게 된 리처드 콜루치가 말했다.

그때 또 한 통의 전화를 받은 프렛이 전화기에 대고 말했다. "네, 괜찮습니다. 문제없어요. 제가 하는 일이잖아요. 제가 그 일 하려고 여기 나와 있는 거니까요."

정신 나간
제로용인의 법칙

오늘의 문제. 우리 어른들이 어떻게 아이들에게 부모와 부모의 결정을 무조건 존중하라고 강요할 수 있겠는가? 그 어른들이 허구한 날 꼴통처럼 행동하고 있으면서.

우리가 아이들에게 우리의 원칙과 명령을 따르라고 할 수 있을까? 이것이 제 아무리 의도가 좋다 해도 엄연히 잘못된 길로 가고 있는데?

학교의 제로용인(엄격히 적용하여 정상참작이 전혀 없음) 정책을 떠올려 보자. 물론 그것은 이유가 있어서 존재하는 것이다. 무기와 약물이 학교에 있을 이유가 없는 것처럼. 하지만 제로라는 말과 용인이란 말이 결합이 되면 아주 무시무시한 개념이 탄생한다. 상식의 여지를 남겨 놓지 않는 맹목적인 강요가 발생한다.

그리고 그런 일이 일어났을 때 우리에게 남는 것은 무엇인가? 부당한 조치다. 그리고 신뢰를 잃고 지쳐 버린 아이들이다. 이런 식으로 하다가는 아이들이 우리 어른들을 별나라에서 막 착륙한 외계인들처럼 보게 될 날도 머지않았다.

사례 A 진통제를 복용한 학생이 약물중독?

토요일 「인콰이어러」 지에 실린 스테파니 L. 아놀드의 기사에 따르면 하버포드 고등학교의 우등생이었던 한 3학년 학생이 심한 생리통 때문에 양호선생님께 먼저 말하지 않고 약국에서 진통제 ―진통제 알레브와 비슷하지만 브랜드가 없는 약― 를 샀다는 이유로 처벌을 받았다.

그 학생은 열여덟 살이었다. 싸우다 죽을 수도 있는 이라크 전에 참전하기로 결정할 수도 있는 나이다. 그런 친구가 진통제를 잘못 사용하겠는가? 그 친구는 자신의 행동을 숨기려고 하지도 않았다. 약을 먹었는데도 계속 생리통이 심하다며 양호선생님께 말하려고 갔다가 어이없이 걸리고 만 것이다.

회색이 없는 세상

당신에게는 과연 이 소녀가 대책 없는 약물중독자로 보이시는지? 제로용인의 법칙이 지배하는 흑백의 세상에서는 이 문제에 대해서 논의할 가치도 없다고 한다. 이 학생은 학교측의 허가 없이는 어떤 약물도 사용할 수 없다는 약물 규칙을 어겼다. 따라서 잘못을 인정하고 학교로 돌아가기 전까지 비록 반나절 정도이긴 하지만 정학을 당했다.

이 학생의 엄마는 "개미집에 수류탄을 던지는" 격이라는 효과적인 비유로 이 방침을 짧게 요약했다.

불행하게도 이런 식의 문제는 여기에서 그치지 않는다.

사례 B 수갑을 찬 열 살짜리 소녀

필라델피아 동북부의 홀름 초등학교 4학년생인 포시 브라운은 책가방에 20센티미터 길이의 가위를 넣어 두었다는 이유로 정학을 당했다. 경찰이 학교에 와서 이 고사리 같은 손에 수갑을 채운 후, 그 아이를 경찰차에 태워 지역 관할서로 데리고 갔다.

기가 막히다. 만약 이 아이가 스테이플러와 본드까지 가방에 넣어 왔다면 어떤 일이 일어났을지 상상하고 싶지도 않다.

이건 약간 웃긴 차원을 넘어선 것이다. 말 그대로 바보짓이다. 이 아이가 누군가에게 해를 끼치기 위해 학교에 가위를 가지고 오지 않았다는 건 누가 봐도 명백하다. 하지만 이런 경우에도 경찰은 나이에 상관없이 무기 소지죄로 수갑을 채운다. 그리고 이 아이는 흉악범 취급을 당한다.

학교 교장인 폴 발라스와 경찰서장인 실베스타 존슨은 후에 이 소녀의 엄마에게 학교와 경찰의 과잉행동을 사과했다. 자기들도 알긴 아나 보지?

 시럽 바른 칼

이번엔 끈적끈적한 식기류 사건이다.

이것은 체스터 카운티의 그레이트 밸리 고등학교의 또 한 명의 우등생 피터 드와이트와 관련된 사연이다. 드와이트는 9월의 어느 날 학교 주차장에서 불시 약물 검문을 받았다. 약물은 없었지만 차에선 소형 주머니칼과 스테이크용 나이프가 발견되었다.

드와이트는 카스테레오를 손보느라 주머니칼을 사용했다고 설명했다. 또 스테이크용 나이프는 같이 차를 타고 학교에 오던 여동생이 차 안에서 와플을 먹기 위해 사용한 것이라고 밝혔다. 이 와플을 제공했으며 공범이라고 할 수 있는 부모는 아들의 설명이 사실이라고 확인했다.

이 의심스러운 무기는 잠겨 있던 차 밖으로 절대 나간 적이 없다. 이 정도면 충분히 무해하다고 할 수 있지 않을까? 하지만 아니라고 한다. 이유 불문이다. 제로용인의 법칙 아래 드와이트는 어쩌면 퇴학을 당할 수도 있고 상황이 아주 유리하게 전개될 경우에는 3일 정학으로 끝날 수도 있다.

각각의 사건들의 처리 방식에는 아주 약간의 명분이란 것이 있다. 아이들은 부적절한 약물 섭취로 스스로에게 해를 가할 수 있다. 아이들은 가위나 기구처럼 일상적인 물건으로도 다른 사람을 해칠 수도 있다.

학교에서는 종류에 상관없이 위험한 행동에 대해서 변명의 여지를 남겨서는 안 된다. 하지만 우리의 상식과 재량과 지성으로 재고할 수 있는 여지는 남겨 두어야 한다.

만일 우리 아이들에게 우리가 어른으로서 권위를 존중받기 원한다면, 아이들에게 그 정도는 해 주는 것이 기본이다.

광적인 범퍼 스티커

어제는 펜실베이니아 턴파이크에서 흔히 볼 수 있는 그런 날이었다. 아침부터 해가 높이 뜬 덥고 끈적끈적한 여름 날씨에다, 내가 두려워 마지않는 빨간 브레이크 등의 바다가 눈앞에 펼쳐지고 있었다.

그런 상태로 얼마 달리지도 못했을 때 턴파이크 커미션 트럭이 번쩍번쩍 비상등을 켜고 달리며 나쁜 소식을 전했다. "정차하세요. 앞쪽에 사고가 났습니다." 그것도 아주, 아주 먼 앞쪽이다.

교통은 완전히 마비되었다. 2차선 도로를 꽉 메우고 있는 자동차들은 두 줄의 붉은 띠처럼 지평선 저 끝까지 이어져 있었다. 마치 전 세계에서 가장 큰 2열 주차 대회에 출전하고 있는 듯한 기분이었다. 작열하는 태양 아래 나와 카풀 멤버는 꼼짝 없이 갇혀 버렸다. 와이셔츠는 점점 땀에 절고 우리의 혈압은 상승곡선을 그리고 있었다. 이렇게 그 도로 위에 있던 모든 지각생들은 덥고 짜증나는 인간 군상들의 바다를 형성하고 있었다.

바로 그 찜통 속으로 어느 미스터 치어풀(Cheerful)이 자기의 흰색 SUV를 가볍게 밀고 들어왔다. 그는 내 앞으로 끼어들었는데 그때 나는 보고야 말았다. 그 차의 뒤 창문 그것도 바로 눈높이에 붙어 있던 범퍼 스티커를.

그가 길 위의 동료 용사들에게 보내는 응원의 메시지는 무엇이었을까?

"오늘도 좋은 하루!"였을까?

"당신이 행복하다면 클랙슨을 울리자."였을까?

그것도 아니면 "우리는 모두 같은 배를 탔어요." 정도?

아니다. 실은 근처에도 못 갔다. 그의 범퍼 스티커에는 이렇게 씌어 있었다. "당신을 죽여 버리고 싶어!"

오케이, 좋았어. 나는 지금 지글지글 끓는 것 같은 뜨거운 도로 위에 갇혀 있다. 설상가상으로 연료 바늘은 E(empty)를 가리키고 끈끈한 땀은 어깨뼈를 타고 흘러내리고 있다. 그리고 이 아인슈타인이 날 죽이고 싶다 이거지. 그래 너 딱 걸렸다. 건드리면 금방 터져 버릴 것 같은 이 분노의 월요일에 누가 날 건드려 주길 내심 기대하고 있었거든?

증오는 증오를 낳는다

"뭐 죽이고 싶어? 내가 널 죽이고 싶은 것만큼은 아닐걸? 이 자식아." 내가 중얼거렸다.

사실 나는 그 '자식'보다 더 화려하고 생생한 단어를 사용했다. 뭐 어쩌라고? 증오는 증오를 낳는 법이다.

뒤 창문을 통해서 나는 그 인간이 휴대전화에다 대고 씨부렁거리고 있는 걸 보았다. 다른 한 손으로는 핸들을 드럼처럼 두드리고 있었다. 그 남자는 이렇게라도 튀어 보는 것이 소원인 고등학생이 아니었다. 혹은 약간 뒤틀린 유머 감각을 가진 대학생 또래의 청년도 아니었다. 그 남자는 앞뒤 분간 못 할 정도의 아이가 아니었다. 나이를 먹을 만큼 먹은 중년이었다.

"당신을 죽여 버리고 싶어!" 대체 사람들 다 보는 곳에 써 놓은 말이 이게 뭐란 말인가? 이게 웃기다고 생각하는 건가? 아니면 자극하고 싶어서? 악의에 차서?

그 메시지가 정확히 눈높이에 붙여져 있고 작은 글씨로 씌어 있는 걸로 봐서 그것이 앞차에 바짝 붙어서 운전하는 사람을 겨냥한 문구라 짐작했다. 가끔은 그런 것들 중에 꽤 재기발랄한 것도 있다. 이를 테면 "만약 당신이 이걸 읽을 수 있다면 사정거리에 들어온 것입니다." 이런 것들 말이다.

그 정도면 나름대로 위트 있지 않은가. 하지만 "당신을 죽여 버리고 싶어!" 이건 소름끼치고 반사회적이다. 그리고 도로상에서 폭력이나 살인 사건이 점점 많아지는 요즘 상황을 감안하면 약간 무섭기도 하다.

나는 지금은 감옥에 있는 더글라스 히브로우를 떠올린다. 2000년의 어느 날 픽업트럭을 타고 가다 북동쪽 유료 고속도로에서 앞차가 너무 느리게 간다는 이유로 옆에서 들이받아 스물한 살의 여성을 숨지게 한 그 남자도 차에 저런 문구를 적어 놓았을지 궁금해졌다.

노샘프턴 카운티의 22번 국도를 달리다가 일부러 앞차를 들이받아 두 남자를 죽게 해 감옥에 간 한 분노의 트럭운전사는 어땠을까?

당신이 바로 문제의 일부야

아니면 캠든에서 앞차 운전자와 싸우다 칼을 꺼내 중상을 입힌 남자가 이랬을까? 아니면 다른 운전자들을 향해 삿대질을 하고 때로는 불을 지르고 총을 겨누는 수많은 정신분열증에 가까운 다혈질 운전자들도 그랬을까?

"나는 당신을 죽이고 싶다."

문제는 너무나 자주, 이러한 협박은 현실이 되어 버린다는 것이다.

나는 거의 30분 동안 차 안에서 미스터 치어풀의 살인 선언을 숙고한 결과 그에게 할 말을 다음과 같이 정리했다.

들어봐, 친구. 그거 하나도 안 웃기거든. 당신이 존중과 위엄을 갖고 나를 대하면 나도 똑같이 대해 줄 거야. 당신이 사려 깊으면 나 또한 그렇게 될 거고. 당신이 출퇴근 시간 꽉 막힌 도로에서 동병상련을 겪는 동료로서 나에게 팔을 벌려 주면 나 또한 당신을 이해하고 안아줄 수 있어.

하지만 나와 내 주변 사람들에게 당신이 생명을 얼마나 하찮게 여기는지 말하고 다닌다면, 당신이 조악하고 불결한 크레틴병 환자(그것도 진짜 환자도 아니면서)보다 더 나쁜 인간이라는 것을 스스로 말한다는 걸 알아야지. 미스터 치어풀, 당신이 바로 문제의 일부야. 당신이 우리 사회를 이렇게까지 거칠고 흉흉하게 만든 당사자 중에 하나란 말이지.

무례함과 관대함 사이의 전쟁에서, 조폭다움과 신사다움의 싸움에서, 지역 사회를 세우는 사람과 그것을 해체하는 사람 사이의 갈림길에서 당신이 바로 공공의 적인 거지.

그러니 이 위대한 필라델피아에 한 가지 일만 해 줄래? 그 작은 범퍼 스티커 좀 떼란 말이야. 그리고 …… 그리고 …… 좋은 하루 보내세요, 선생님. 그게 뭐 얼마나 어렵겠냐고요?

두려움이 편견으로
이어질 때

지난 주 내가 방문했던 곳에서 편견이란 악이 나를 찾아왔다.

물론 나도 내가 자랑스럽진 않다.

볼 일이 있어서 뉴욕 시에 갔다가 저녁 때 포트 오소리티 역에서 펜실베이니아로 가는 고속버스를 타려고 했다. 터미널로 가는 길에 나는 어깨에 권총을 차고 있는 주 방위병들을 지나가게 되었다. 그들은 나처럼 짐 보따리와 여행 가방을 잔뜩 들고 있는 사람들을 지나치며 자기들끼리 잡담을 하고 있었다. 나는 잠깐 그들조차도 폭탄이 들어 있는 가방을 들고 가는 사람을 막을 수는 없을 거라는 생각을 했다.

버스 좌석은 거의 다 찼다. 차가 막 출발하려는 찰나 한 승객이 검은색 쓰레기봉투로 싼 크고 네모난 짐을 가지고 올라탔다. 그는 눈을 내리깔고 딱 하나 남아 있던 자리에, 즉 내 앞자리에 앉았다.

그의 존재에 내 온몸이 즉각적인 반응을 해 왔다. 내 심장이 거칠게 뛰기 시작했고 위장은 조여드는 것 같았다. 관자놀이에 파란 힘줄이 선 것도 느낄 수 있었다.

젊은 남자였다. 열아홉에서 스무 살 정도밖에 되지 않았다. 검은색 머리를 짧게 치고 턱수염도 짧게 깎았다. 그리고 확실히 아랍인의 피가 흐르고 있는 것처럼 보였다.

하나님 맙소사, 그는 자살 폭탄 테러범이 분명했다.

테러를 분석하다

즉각적으로 나는 내가 지금 혼자서 헛소리를 하고 있는 거라고, 괜히 겁을 먹은 거라고 스스로를 타일렀다. 나는 이 남자에 대해서 아무것도 모르지 않는가. 그는 어쩌면 순진한 대학생이나 엔지니어일지도 모르고 남의 집 귀한 아들로 지금 부모님을 만나러 집으로 가는 중일지도 모른다. 내가 아는 것 하나는 왠지 불길한 그의 분위기가 언뜻 지난 7월 7일 런던에 폭탄을 터트려 자신과 쉰두 명의 사람을 죽게 한 그 젊은 모슬렘 청년과 겹쳐졌다는 것이다.

이런 생각을 떨쳐 버리려고 할수록 몸이 점점 더 굳어 갔다. 그리고 이건 나에게는 당연한 일이기도 했다. 그는 현재 혼자 여행하고 있다

(물론 나도 그렇지만). 그는 커다란 가방을 두 손으로 꼭 잡고 있다. 그리고 내 눈에만 그렇게 보이는지 모르겠지만 그는 분명 어딘가 초조하고 불안해 보였다. 하지만 나중에 돌아보니, 그가 그렇게 불편해 보였던 이유가 그의 태생에만 기초해 그를 악의 무리라고 여기는 우리 같은 사람들의 눈초리와 관련이 있지 않을까 싶었다.

그래도 자꾸 생각의 조각은 맞아 들어갔다. 일단 젊고, 내 생각에 이슬람교도 같고, 혼자 있고, 부피가 엄청 큰 가방을 두 손에 꼭 쥐고 있다. 그리고 약 3분만 지나면 어두운 링컨 터널로 들어갈 복잡한 시외버스에 타고 있다. 그것도 러시아워에.

처음에는 런던이고 이번에는 뉴욕이구나. 완전히 원투 펀치군. 그럼 그렇지!

버스가 터널 입구에 가까울수록 내 위에서 위산이 마구 분비되는 것만 같았다. 두려웠다. 최근 몇 년 정도는 아예 경험할 수 없었던 극단적인 감정 상태였다.

부당한 의심

그와는 1미터도 떨어져 있지 않았다. 만약에 폭탄이 폭발하면 나는 아마 살 기회도 없을 것이고 쥐도 새도 모르게 그 자리에서 즉사할 것이다. 내가 아차 싶을 때는 이미 저 세상으로 가고 없을 것이다.

나는 주위를 둘러보았다. 만약 다른 승객들도 나와 비슷한 의혹을 갖고 있었다고 한다면 그들은 겉으로는 아주 잘 숨기고 있었다. 나 또한 그랬다.

나는 평소 내 자신이 열린 마음을 갖고 있다고 생각하길 좋아한다. 내가 사람들을 그들 각자의 장점으로만 평가한다고 생각하길 좋아한다. 하지만 이런 내가 여기 있다. 나는 금방이라도 용수철처럼 버스 운전사에게 튀어나가 제발 나 좀 여기서 내려 달라고 사정할 준비가 되어 있었다.

흑인 남성이 엘리베이터에 탔을 때 불안에 떠는 백인 여성의 심정이 지금 나와 비슷할까? 아니다. 그렇지 않다. 나에게는 죄가 있다. 편견이라는 죄다. 인종으로 판단한 죄, 틀에 박힌 생각을 한 죄다.

그 순간에도 내가 그렇다는 걸 알았다. 그럼에도 불구하고 테러는 너무 실제적이었다. 우리가 그 터널로 들어가는 동안 나는 눈을 꼭 감고 있었다. 만약 이 차에 테러리스트가 탔다면 바로 여기서 행동에 들어갈 것이다. 영원 같은 시간이 흐르고 우리는 곧 햇살 밖으로 나왔다. 뉴저지 풍경이 눈에 들어오니 너무 행복하기까지 했다. 그 남자는 내리지 않고 계속 앉아 있었다. 하지만 이번에 그는 비닐봉지를 꺼내더니 뒤적이기 시작했다. 또 한 번의 공포, 또 한 번의 잘못된 경고였다.

내가 정거장에서 내릴 때 즈음에는 나의 잠재적 테러리스트는 곤하게 잠이 들어 있었다. 이제 확실했다. 그는 그저 어딘가로 떠나는 남자, 즉 나와 하나도 다르지 않은 버스 승객이었을 뿐이다. 나는 버스에서 내려 나만 들을 수 있는 사과의 말을 중얼거렸다.

자유 사회에서 테러리스트의 공격은 아주 많은 희생자를 냈다. 그러나 그것이 꼭 유산탄이나 미사일 공격만은 아니다.

테러리스트들이 저지른 만행은 얼마든지 저주할 수 있다. 그리고 그렇게 하게 만든 사회를 부끄러워할 줄 알아야 한다.

테러리스트라고요?
제가요?

나는 세계에서 가장 남의 눈에 잘 띄는 특이하고 튀는 외모의 소유자는 결코 아니다. 그래서 지난 토요일 필라델피아 국제공항에서 원래 서 있던 줄에서 벗어나 머리부터 발끝까지 철저히 검색하는 테러리스트 전용 특별 검색 라인에 서게 되었을 때 복합적인 감정이 동시에 몰려왔다.

솔직히 짜증이 나기도 했다. 한시바삐 비행기를 타야 하는데 이게 대체 뭔 엉뚱한 짓거리란 말인가? 진짜로 내가 테러리스트로 보인단 말이야?

하지만 한편으론 감동을 받기도 했다. TSA(Transportation Security Administration, 미국 국토안보부 산하 교통안전청) 검색원들은 매우 프로

다웠고 예의도 갖추고 있어, 지난 9·11 이후 급하게 파견된 개인 경비업체 소속의 직원들에 비해서는 분명 일취월장한 모습이었다. 하긴 그 사람들은 바로 5분 전에 버거킹 테이크아웃 창문에서 일하다 실려 온 것이 분명하다는 인상을 주었으니까.

또 한편 안심이 되기도 했다. 나같이 지극히 평범한 중년가장도 이렇게 철저히 조사를 받는데 진짜 테러리스트들이 빠져 나갈 구멍이 어디 있겠는가?

그리고 이상한 말이지만 나는 약간 우쭐하기도 했다(사람이 항상 솔직해야지). 어쩌면 내 평생 누군가 나를 위협적으로 보는 최초의 사건인지 모른다. 나름대로는 가문의 영광이다. TSA의 검색원이 스캐너로 내 몸을 훑을 때 나는 조금이라도 키가 커 보이게 하려고 허리를 곧추세우고 어깨를 쫙 폈다. 와우! 이 사람들이 날 터프하게 봤다 이거지!

그런데 정작 그 검색원들이 심각한 표정을 지은 건 내 비행기 표에 적혀 있던 공포의 네 자리 숫자를 본 이후였다. 내가 첫 번째 요원에게 내 티켓을 보여 주자 그는 게이트를 열고 예의 바르게 말했다. "저를 따라오십시오." 그는 울타리를 두른 우리 같은 곳으로 안내하더니 남자 검색원을 불러 나를 수색해 보라고 말했다. 우이씨, 제가 사람 고르면 안 돼요?

수색 업무를 수행하다

그는 라텍스 장갑을 끼더니 차분하게 앞으로 무엇을 할 예정인지 설명했다. 나는 신발을 벗고 바닥에 그려진 발바닥 모양 위에 올라섰으며 팔은 메시아를 갈구하는 신도처럼 위로 쫙 뻗었다. "허리띠 푸세요." 그가 명령조로 말했다. 이크! 내 머릿속에는 이미 영화 〈서바이벌 게임〉(원제 Deliverance: 존 부어만 감독에 존 보이터, 버트 레이놀즈 주연의 영화. 도시 남자 네 명이 카누를 타러 오지에 갔다가 오지인들과 갈등을 일으켜 '전투'를 벌이게 된다. 이들의 적개심의 근거는 그저 '내 맘에 안 든다'는 것. 하지만 처음에 오지인의 벤조 연주와 자기들의 기타 연주를 맞춰 보며 신기해하기도 한다.─옮긴이)에 인상적으로 삽입된, 앞으로의 불길한 사건을 예고하는 듯한 벤조 연주가 흐르고 있었다.

이 몸수색 전문 요원은 손을 내 허리에 두르더니 밑으로 내려와 다리를 한쪽씩 훑기 시작했으며 그의 손은 우리 엄마가 절대 다른 사람이 관심을 가져선 안 된다고 강조했던 그 출입금지 지역까지 위험스럽게 다가가고 있었다.

그는 청바지를 밑으로 내리라고까지 했는데 내가 그 안에 무슨 칼라슈니코브(러시아의 기관총)라도 숨기고 있는 줄 아는 모양이었다. 그리고 그는 밀가루 반죽처럼 그곳을 문질러 댔다.

한편 여자 요원은 내 짐 가방을 활짝 펼쳐 놓더니 내 양말과 속옷과 화장품들을 뒤지기 시작했다. 그 순간 내가 할 수 있는 일이란 이런 기도밖에 없었다. 오, 하나님. 제발 저 안에서 집사람 팬티스타킹만 나오지 않게 해 주세요.

아침 7시도 채 안된 시각, 처음 보는 사람이 나를 주물럭거리고 또 다른 처음 보는 사람이 나의 사각팬티를 펄럭이고 있는 비현실적인 상황을 어떻게 받아들여야 하나? 물론 그 외중에 다른 승객들은 저 인간이 대체 어떤 비밀을 숨겼기에 저런 굴욕을 당하나 싶어 입을 쩍 벌리고 위아래로 나를 훑어보며 지나가고 있었다.

여자 검색원이 폭발물의 아주 작은 흔적이라도 찾기 위해서인지 내 가방과 소지품의 구석구석을 의문의 천으로 벅벅 문지른 다음 센서 밑으로 통과시켰다.

또 한 번의 "저를 따라오십시오"

몇 분 후 나는 어느 누구도 해칠 만한 인물이 아니라는 판정을 받았고 다시 허리띠를 차고 소지품을 주섬주섬 챙길 수 있었다.

한 번 정도의 무작위 검색은 참아 줄 수 있다. 모두를 위한 안전이라는 이름으로 약간의 모멸감을 참아 내고 신성한 자유를 박탈당하는 것은 포스트 9 · 11 시대에 미국인으로서 당연한 의무다. 그러니 넓은 마음으로 참아 줄 수 있다.

하지만 다음 날 시카고에서 집으로 돌아오는 비행기를 타기 위해 공항 검색대 쪽으로 다가가고 있는데 나는 전날과 똑같은 예의 바른 말을 듣고 말았다. "저를 따라오십시오." 그리고 머리부터 발끝까지 검사받고 모든 소지품을 다 내 보이는, 강도 높은 보안검색을 처음부터 끝까지 다시 한 번 받아야 했다. 재방송이 따로 없었다. 도대체 무슨 일이야?

검색원에게 물어봤더니 자기도 잘은 모르지만 여러 가지 이유로 검색 대상이 될 수 있다고 했다. 내가 비행기 표를 현금으로 샀던가? 아니면 탑승 바로 전에 샀나? 아니면 그냥 편도티켓이었나? 이 중 아무것도 해당되지 않는다. "그냥 임의로 걸리는 수도 많습니다." 검색원이 말했다.

이틀 동안 두 번이나 무작위로 걸린다고?

나는 가장 먼저 여행사 직원에게 따져야겠다고 생각했다. 이 여행사는 이번에 처음 거래한 곳이었는데 그 회사 여직원이 내 비행기 티켓에다가 몰래 이런 조항을 붙여 놓는 모습이 그려졌다. "제가 여러분이라면 이 소름끼치는 놈을 주시하겠어요."

어쩌면 내 티켓을 제3자 —내가 거래하는 출판사— 가 샀으며 너무 짧은 시간 체류했다는 점에서 의심을 샀을 수도 있겠다.

그래도 나는 이것만은 확신한다. 만약 나를 이틀 동안 두 번이나 찍었던 공항 검색대가 다른 테러리스트도 걸러 낼 수만 있다면 내가 겪은 그 모든 민망함과 불편함을 기꺼이 감수하겠다고. 불평 한 마디 하지 않고 그런 처사를 받아들이겠다고.

하지만 아무리 그렇다고 해도 절대 적응은 안 될 것 같다.

비키도 때로는
이미지 관리가 필요하다

나는 지난 토요일 미디어 근처에 있는 그래니트 런 몰(J. C. 페니와 시어스 등의 백화점이 모두 모여 있는 대규모 쇼핑몰)에 앉아 있었다. 그리고 아내가 크리스마스 전, 비자카드에게 플라스틱이 녹을 만큼의 강도 높은 운동을 시키기 위해 잠시 사라졌을 때 모든 남편들이 하는 행동을 하고 있었다.

앉아서 빅토리아 시크릿 마네킹을 멍하니 쳐다보는 것.

사실 빅토리아가 날 쳐다본 것이지 내가 먼저 수작을 건 것은 아니다. 그저 지루하던 차에 그녀가 눈 한번 깜박이지 않고 나를 쳐다보니 나 또한 쳐다봐 주었을 뿐이다.

내가 비키라고 부르기로 한 이 마네킹은 그냥 지나치기 어렵다. 그녀는 바로 내 눈 앞, 밝은 조명 아래 10센티미터 높이의 단 위에서 아슬아슬하게 균형을 잡고 서 있다. 굽슬굽슬 풍성한 금발머리는 어깨에서 물결치고 있다. 비키는 NBA 선수 저리 가라 할 정도로 키가 크고 다리는 스쿨킬 강줄기만큼 길고 곧게 뻗어 있다. 그녀는 딱 경범죄로 잡혀가지 않을 수준으로 반드시 가릴 곳만 아슬아슬하게 가리고 있다.

오늘 그녀의 의상 콘셉트는 핫-핑크다. 핫-핑크색의 산타 모자를 쓰고 역시 같은 핫-핑크 브라에 아주, 아주, 아주 조그마한, 말 그대로 애들 손수건만 한 핫-핑크 팬티를 입고 있다.

"에이고, 손수건은 저런 데다 쓰는 게 아니지." 이렇게 중얼거리다가 갑자기 내가 방금 우리 할머니 같은 소리를 하고 있다는 것을 깨달았다.

아주 오래전 저 세상으로 간 친척들과 정신적인 교감을 나누는 것, 이것이야말로 명백한 중년의 신호가 아니던가. 남들 하는 건 다 해 보려던 젊은 시절, 어르신들의 고리타분한 말에는 무조건 반항하고 눈을 흘길 때가 있었는데 어느 순간 내가 그분들의 유행어를 무단으로 차용해서 내 것처럼 쓰고 있는 것이다.

크게 자란 바비

솔직히 인정해야겠다. 비키는 분명 정신 못 차리게 예쁘다. 실물 크기의 바비 인형보다 더 나으면 나았지 못할 건 없었다. 비키의 몸매는 바비 인형보다 더 과장되어 있다. 다리는 도무지 끝이 어딘지 모를 만큼 길고, 인간으로선 도저히 불가능한 개미허리에 육감적이고 풍만한 가슴을 자랑한다. 납작하다 못해 움푹 들어간 배 밑에 골반 뼈가 툭 튀어 나와 있고 팔은 성냥개비처럼 가늘다. 이렇게 이상적인 몸매의 여성이 마법처럼 실제로 이 세상에 존재한다면 어떨까? 즉시 인근 병원의 거식증 병동에 실려 가지 않을까?

우리는 왜 너무도 많은 십대 소녀들이 거식증에 걸리고 낮은 자존감 때문에 괴로워하고 있는지에 대해 생각해 보아야 한다.

세대를 불문하고 전 세계 모든 여성들이 상점 안으로 몰려들어 이 쪼그만 의상들을 구경하고 만지고 있다. 물론 쇼윈도 속의 이 인조인간과 그녀 때문에 끌려 들어간 많은 평범녀 사이에는 도무지 좁힐 수 없는 간극이 있음은 길게 말할 필요도 없다.

손님들의 사이즈와 몸매는 각양각색이다. 두루뭉술한 아줌마도 있고 서양배처럼 허리가 쏙 들어간 아가씨도 있다. 펑퍼짐한 사람도 있고 뼈만 남은 사람도 있다. 키가 큰 사람도 있고 작은 사람도 있다. 하지만 솔직히 말해서 정도의 차이는 있지만 아직 어린 십대 소녀조차도 다들 오동통한 몸매로, 먹기는 무진장 먹으면서 운동은 죽어라 안 하는 미국인들의 생활방식을 아주 잘 반영하고 있었다. 내가 판단할 때 이 중에서 그나마 쇼윈도에 있는 야한 옷을 입을 수 있을 만큼 날씬한 여자는 중학생 소녀들뿐이었다. 상상만 해도 우웩이다.

만약 그 쇼핑몰에 단단한 복근과 이두박근을 자랑하는 남자 빅토리아 시크릿이 있었다면 우리 남자들도 너도나도 몰려들었을 것이다.

내가 저 우표만 한 수영복을 입고 해변을 산책하면 얼마나 꼴불견일까? 순전히 나 혼자서 단 한 번 산책하는 것으로 스피도(수영복 회사)를 쫄딱 망하게 할 수도 있을 것이라 자신한다.

다시 말해서, 쇼윈도에서 환상적인 자태를 뽐내던 로봇-모델과는 달리 토요일 삼삼오오 쇼핑몰을 걸어다니고 있는 손님들은 모두 인간이라는 소리다. 그리고 우리 인간들은 습관적으로 슈퍼사이즈의 패스트푸드에 양동이사이즈의 탄산음료를 들이마시며 한 시간 단위로 뚱뚱해지고 있다. 어른들뿐만이 아니라 아이들도 마찬가지다. 아동 비만은 지난 25년 사이 두 배 가까이 증가했다.

현실과 환상 사이

한 가지 분야에서 필라델피아 시민은 미국 문화의 유행을 선도한다고 자처한다. 바로 모두가 칼로리 과다의 뚱보들이라는 사실!

그런데도 우리는 이 시간 과연 무엇을 하고 있나? 우리 중에 아무도 입을 수 없고 입을 시도조차 하지 못하는 천 쪼가리를 걸치고 있는 실물 크기의 판타지 인형을 보면서 침을 흘리는 것?

그런 거라면 어렵지 않다. 마케터들은 자꾸만 더 다가갈 수 없는 완벽한 기준을 세우고 비현실적인 몸매를 찬양하도록 조장하니까. 거기에 생각 없이 끌려가기만 하면 된다. 매일매일 현실과 환상 사이의 틈은 더 벌어진다. 우리가 더 무거워질수록 쇼윈도 속 모델들은 점점 더 말라만 간다. 이런 속도라면 영양실조의 마네킹들이 이 세상을 지배해 우리들의 영양분을 빨아들이는 사태가 올지도 모른다. 물론 그렇게 돼도 그다지 나쁘진 않겠다.

여기 요지경 같은 쇼핑몰 풍경을 바라보고 있자니 우리 모두 다 함께 같은 새해 결심을 해야겠다는 생각이 들었다. 우리 모두 더 좋은 음식을 먹고 운동을 늘이자고. 영양가 없는 음식은 줄이고 이제 모두 소파에서 일어나 사는 것처럼 살아 보자고.

우리가 노력하면 더 건강하고 더 오래 살게 될 뿐만 아니라, 우리의 딸들에게도 쇠꼬챙이 같은 몸매가 되기 위해 굶을 필요는 없다는 것도 자연스럽게 알려 줄 수 있을 것이다.

비키, 너무 고깝게 듣지는 말아요. 하지만 정말 당신은 살 좀 쪄야겠어요!

음악이 죽은 날, 언어가 탄생하다

존 레논이 저격당했을 때 무엇을 하고 있었는지 혹시 기억하는 가? 난 기억을 못한다. 하지만 25년 전 어느 날 아침, 내가 뒤늦게 그 소식을 들었던 순간만큼은 아주 또렷이 세세하게 기억하고 있다.

나는 대학에 다니다 1년을 휴학하고 미시간 서부에 있는 작고 다 쓰러져가는 신문사에서 편집 기자로 아르바이트를 하고 있었다. 석간 신문이었던 관계로 나는 남들이 꿈나라에서 헤매고 있을 시간인 4시 45분에 출근을 해야 했다. 내가 하는 일은 다른 사람들의 기사를 매만 지고 ―나의 희망사항은 그저 발로 쓴 원고를 손으로 쓴 원고 정도로 만드는 것이었다― 거기에 헤드라인을 붙이는 것이었다.

1980년 12월 8일, 나는 텔레비전이나 라디오를 켜지 않아서 뉴욕의 센트럴 파크 서부에서 어떤 충격적인 사건이 발생했는지 전혀 알지 못한 채 일찌감치 잠이 들었다. 다음 날 역시 아무것도 모르는 상태로 걸어서 회사에 출근하고 뉴스룸까지 갔을 때 다른 편집 기자들이 나를 웃으며 반겨 주었다. 대부분은 나를 놀려 먹는 것이 취미인 꼰대 선배들이었다. 그들 손에는 연합 뉴스 한 부가 들려 있었다.

"야, 막내. 너의 영웅 존 레논이 어제 한 방 맞았더라." 그들 중 능력이라곤 쥐뿔도 없는 퇴물 기자 브랜든 선배가 말했다.

나는 과장이 아니라 진짜로 몸을 비틀거리며 뒤로 몇 발짝 물러섰다. 몸이 휘청거리고 말은 더듬었다. "존 레논이 뭐, 뭐요? 어, 어떻게요?" 물어보면서 이 상황을 머릿속으로 해석하려고 했다. 모두들 내 반응이 웃겨 죽을 지경인 것 같았다.

나는 텅 빈 스포츠 부서실로 걸어 들어가 그 새벽에 뉴욕에 사는 형에게 전화를 걸었다. "형, 소식 들었어?" 내가 물었다.

말이 필요 없는

물론 형도 그 비보를 들었다. 전날 밤 그 소식을 듣고 집으로 가기 위해 센트럴 파크를 걷다가 수천 명의 사람들과 하나가 되어 전 비틀즈 멤버의 아파트 주변을 늦게까지 뜨지 못하고 서성댔다고 했다. 우리는 그냥 아무 말 없이 전화기를 들고만 있었다. 별로 할 말도 없었고 그럴 필요도 없었다.

물론 존 레논 외에도 우리 시대의 다른 우상들 —즉 엘비스, 지미 핸드릭스, 재니스 조플린, 짐 모리슨— 도 모두 한 방 먹고 죽었다. 하지만 이번 경우는 완전히 달랐다.

그들은 모두 자신들이 절제하지 못해서 죽었다. 반면 레논은 사람들이 보는 앞에서 힘겹게 자기의 모든 나쁜 습관들을 이겨 내고 그저 한 아이의 아버지로서 소박한 행복과 평화를 누리고 있었다. 또한 그는 적이 아닌 우리 같은 팬에게, 샐린저의 『호밀밭의 파수꾼』을 가지고 있던 광팬에게 살해되었다.

비틀즈가 내 젊은 시절의 사운드트랙이었다면 샐린저는 나의 글쓰기 교본이었다. 약간 머리가 이상하고 그러면서도 측은하고 복잡하고 예측 불가능한 홀든 콜필드는 그 시절의 우리들의 모습을 담고 있었다. 레논처럼, 또 홀든처럼 우리들 모두는 그 시절 분노를 셔츠 깃에 숨기고 자신을 발견하기 위해 고독한 싸움을 하고 있지 않았던가.

이 두 개의 우뚝 솟은 문화 아이콘이 한 순간에 허물어지고 말았다. 다코타의 아파트 바깥에서 아무도 예상치 못한 방식으로. 이것이 존 레논이 말한 '인스턴트 카르마'(존 레논은 '인스턴트 카르마'에서 자신이 한 대로 당장 그 대가를 돌려받는다고 노래했다. —옮긴이)란 말인가. 하지만 이건 아니다. 이런 식은 아니다.

그의 죽음이 또 하나의 문화 충격인 진주만 습격 기념일 바로 다음 날 일어났다는 사실은, 이것이 단지 어느 정신이상자의 집착 살인 이 상이라는 느낌만 증폭시켰다.

내적 치유의 글쓰기

그 시절 편집부 데스크이자 뉴스 본부장은 제2차 세계대전 참전용사 로 열아홉 살 때 베를린에 폭탄을 떨어뜨린 인물이었는데, 그는 레논의 죽음을 그저 뒤쪽 면에 두 개의 문단으로 된 쪽기사로 실으려고 했다.

"농담이시죠?" 나는 말했다.

두 시간 후 역시 진주만 폭격에서 살아남은 또 한 명의 참전용사이 자 하찮은 것은 용납하지 못하는 극단적인 보수주의자인 이 신문의 편 집장이 도착했다. 그는 오늘의 뉴스들을 쓱 훑어보더니 '단신'이라고 표시된 레논 기사에서 잠깐 멈추더니 물었다.

그는 나를 보더니 최초로 내 의견을 물었다. "이거 큰 사건이지?" 그가 물었다.

"네, 대단한 사건입니다." 내가 말했다.

그는 나의 동료들이 전혀 감을 잡지 못하는 것을 알아본 것 같았다. 그가 볼 때 이 일은 그가 겪었던 진주만 폭격처럼, 마냥 순진하고 순수 했던 한 세대의 영원한 종결을 상징하고 있었다.

우리에게 필요한 건 오직 사랑 뿐(All you need is love, 존 레논의 노래) ⋯⋯. 그렇다.

우리는 그날 아침 신문 1면을 찢고 그 자리에 레논의 이야기를 톱기사로 실었다. 선과 악이 보다 쉽게 정의되던 시절을 살았던, 그 시대가 남긴 마지막 증인이라 할 수 있는 편집장님은 나를 쳐다보더니 레논의 죽음이 나에게 어떤 영향을 미쳤는지에 대해 1인칭으로 서술한 기사를 쓸 수 있겠냐고 물었다.

그것이 내 인생 최초의 칼럼이었다. 그 칼럼을 다 쓰고 나서, 난 이것이 나의 천직임을 알았다.

이렇게 무질서가 지배하는 미친 눈덩이 같은 우리네 인생에서 뉴욕의 한 길가에서 쏜 네 발의 총성은 바깥세상으로 퍼져서 많은 사람의 인생을 아주 특이한 방법으로 만져 주었다.

그날, 내 안에서 하나가 죽었다. 그리고 다른 하나가 태어났다.

스팸 CD가
도착했습니다

크리스마스와 연말 휴가가 끝나고 불룩한 쓰레기봉투를 다섯 개째 내다 버리고 있을 때, 나는 이건 해도 해도 너무하다는 생각을 하게 되었다.

패스트푸드건 속옷이건 이 나라에서 사는 모든 물건에 반드시 따라오는 이 포장 상자들은 이미 정도를 넘어도 한참 넘었다. 어른 손가락만 한 전투 인형을 꼭 두 개의 상자에 포장하고 랩으로 싸고 카드보드 판에 붙여 나일론 끈으로 고정해야만 할까? 혹시 그것들이 진짜 탈출해서 이 세상을 활보할까 봐 겁이 나서 그러는 걸까?

서양호박은 꼭 스티로폼 쟁반에 담아 와코비아 센터(필라델피아의 복합 스포츠센터)를 덮을 만큼 많은 양의 랩으로 돌돌 싸고 또 싸야 진정 맛있다고 믿는 걸까?

나는 되도록이면 모든 종이와 플라스틱을 재활용으로 따로 분류하고 있지만, 사실 우리 다섯 식구는 이 땅에 너무나 많은 쓰레기를 반출하고 있다. 그리고 그 대부분은 들어오자마자 쓰레기통으로 고공낙하하게 될 아무짝에도 쓸모없는 포장지들이다. 아무리 생각해도 이건 좀 심하다.

바로 그때 난 우리의 강적을 발견했다. 열린 쓰레기통 위에 쓰레기의 퍼레이드에 합류하길 기다리고 있는 곳에 두 개의 열지 않은 플라스틱 상자가 놓여 있었다. 이것들은 며칠 전부터 내 우체통 속에서 초대하지 않은 우편물 꾸러미들과 같이 뒹굴고 있었다.

만약 옛 애인이 내가 원하지 않는 물건들을 계속 보내고 있다면 나는 경찰에 스토커로 신고할 수도 있다. 하지만 이것들은 옛 애인에게서 온 것이 아니었다.

그건 아메리카 온라인(미국 인터넷 회사)에서 온 것들이었다.

하나는 내 이름 앞으로 온 것이었고 다른 것은 '현재 거주자'에게 온 것이었다. 두 개 다 같은 내용물을 담고 있었다. 반짝반짝 빛나는 새 CD, 그리고 "90일간 AOL 무료 체험의 기회!"

초대받지 않은 손님

문제는 내가 무료 체험이건 아니건 AOL을 체험해 보고 싶은 생각이 전혀 없다는 것이다. 나는 이 회사 저 회사 다 써 본 다음 몇 년 전 다른 인터넷 회사로 옮겼다. 하지만 마치 비가 오는 횟수처럼 아주 규칙적으로 이 원치 않는 CD는 꼭 우리 집 우체통에서 보기 싫은 얼굴을 내민다. 물론 난 그것들이 도착하자마자 곧장 쓰레기통에 갖다 버린다.

어쩌면 연휴 직후의 찌뿌드드한 기분 때문이었을 수도 있지만 나는 쓰레기통 앞에 서서 큰 소리로 이렇게 외쳤다. "이번만은 못 참아!"

나는 두 개의 AOL 박스를 쓰레기통에서 꺼내 그 위에 굵은 글씨로 휘갈겨 썼다. "수취거절! 발송인에게 반송!" 에휴, 이제 좀 살 것 같네.

다음 날 아침 그것들을 우체통에 넣기 전에 나는 일단 우체국에 전화를 해서 그래도 되는지 알아 보기로 했다. 나는 먼저 이렇게 요구하지도 않은 편지들 때문에 아주 괴롭다며 앓는 소리를 했다.

"그냥 쓰레기통에 버리세요." 우체국 직원이 말했다.

"하지만 전 그걸 쓰레기통에 버리는 것조차 싫은데요." 나는 여직원에게 쓰레기 매립과 포장박스와 쓰레기봉투에 대해 토론해 보려고 했지만 그녀는 내 말을 잘랐다.

"하지만 저희는 그 우편물은 반송하지 않습니다."

다른 우체국에 전화해 봤지만 똑같은 말만 되돌아왔다. AOL과 다

른 스팸 우편물을 보내는 회사들이 지불하는 할인 우송료에는 반송비
가 포함되어 있지 않다. "죄송하지만 그건 받으신 분이 직접 처리하시
는 것이 좋겠습니다." 직원이 딱딱하게 말했다.

나는 AOL 홈페이지에 들어가서 이 반갑지 않은 CD 선물을 회사
비용으로 반송하기 위한 정보를 찾았다. 먼저 "AOL에 대한 모든 것"
이라는 제목을 클릭했다. 물론 난 그 회사에 대해 모든 것을 알게 되었
다. 이 망할 것을 어떻게 돌려보내는지에 대한 정보만 빼고 말이다. 나
는 '스팸'이란 제목을 클릭했지만 (결국 이게 그거 아닌가?) 혹시나가 역
시나였다.

쓰레기를 향해서

나는 열심히 인터넷을 헤매다가 쓰레기통으로 향하게 될 이 쓸모없
는 수백만 개의 CD를 보내는 행위를 근절시키기 위한 단체(www.
nomoreaolcds.com)가 있음을 알게 되었다. 캘리포니아에 있는 이 단
체는 원치 않는 AOL CD를 모두 수집해 그것이 백만 개가 되면 트럭
에 싣고 버지니아에 있는 이 회사의 본사 마당 앞에 전부 쏟아 놓고 올
계획을 세우고 있었다. 나도 그들의 멋진 계획에 합류하고 싶었다.

나는 CD를 AOL 본사에 직접 보내는 방법도 고려해 보았다. 하지
만 내가 왜 굳이 내 돈을 들여서 애초에 요청하지도 않은 물건을 반송

해야 하나?

마침내 나는 수신자 부담 전화번호를 알아 냈고 AOL의 세일즈 담당직원인 마이크와 연결이 되었다. 그 직원은 열성적으로 나를 자기네 상품에 가입시키려고 했다. 나는 그저 나를 메일 리스트에서 지워 달라는 말을 하려고 전화했다고 하자 그는 말했다. "잠시만 기다리세요."

물론 나는 영원히 기다려야 했다.

나는 두 번째 전화를 했고 자동 버튼의 미로를 뚫고 겨우 한 친절한 직원과 통화할 수 있었는데 그는 남아프리카 지점에서 근무하는 음부소란 직원이었다. 나는 펜실베이니아가 얼마나 다양하게 발음될 수 있는지 그때 처음 알았다. 음부소는 내 정보를 입력하고 이제 내가 환경 파괴의 주범자들을 받는 날들은 끝이 났다고 약속해 주었다.

하지만 아직도 내 책상 한쪽을 차지하고 있는 꼴 보기 싫은 두 개의 CD 박스를 해결하지는 못했다. 또 모르지. 언젠가 또 한 번 목표물 공격에 나서게 될지.

이 반지로 품위를
보여 주세요

남자들이여, 우리 따로 모여 잠깐 이야기 좀 했으면 좋겠다.

바로 반지 때문이다. 맞다. 그 반지다. 몽고메리 카운티의 전 지방 행정관 마리오 멜레가 지난 봄에, 그때 당시 약혼자인 자넷 그레이스에게 준 바로 그 반지 말이다.

영원한 사랑과 헌신과 평생 함께하겠다는 약속을 아주 근사하게 상징하는 그 반지, 자그마치 2.3캐럿에 35,000달러짜리 그 반지 말이다.

또 몇 주 전 멜레가 결혼이 최고의 선택은 아닐지도 모른다는 마음의 결단을 하고 다시 돌려 달라고 요구한 그 반지다.

그 반지.

여성들이여, 얼마든지 이 토론방에 들어오시라. 하지만 이것은 분명 우리 남자들에게 꼭 필요한 토론이라는 것을 말해 두겠다. 그리고 이 토론의 의제는 이것이다.

"남자들이여, 만약 당신이 약혼자에게 반지를 주었다가 약혼이 인생 최대의 실수였다는 것을 깨닫고 돌려받고자 한다면 가장 괜찮은 방법은 무엇일까?"

물론 법적인 절차나 재정적으로 빈틈없는 절차를 말하는 것이 아니다. 도리에 맞는 방법을 말하는 것이다.

품위 있는 절차 말이다.

물론 전 국민이 보는 앞에서 보기 좋게 차인 전 약혼자는 그 거대한 광석을 돌려 주지 않았다. 그 대신 이 프린세스 컷(정사각형) 다이아몬드를 팔아서 그 돈을 자선단체에 기부했고 세팅을 했었던 반지만 남겨 두었는데, 어쩌면 어마어마하게 커다란 반지가 있어도 자신이 당한 크나큰 충격의 상징으로 간직하기를 원할지도 모른다.

예순네 살의 멜레는 마흔여섯 살의 전 약혼자에게 반지의 값어치에 해당하는 돈은 물론이요, 정신적 피해보상금 10만 달러를 더해서 돌려 달라는 소송을 냈다.

그녀는 자기 입장을 계속 고수하고 있다. 아, 변덕스러운 사랑이여, 얄팍한 로맨스여! 결혼식에서 쌀 한 줌이 날아갈 기회를 만들어 주기도 전에 지저분한 재산 싸움으로 변질되고 말았구나!

신사의 선택

재판 결과가 이번 주에 나기로 해서인지 방송에서는 이 변덕스런 구혼자와 바람 맞은 약혼자에게 집중적으로 카메라를 들이대기 시작했다. 각종 언론에서 비춰지는 그녀의 초췌한 얼굴은 기꺼이 동정심을 유발했다. 반면 그 남자는 어떻게 비추어졌는가 하면 …….

한 남자가 청혼을 하고 두 달도 되지 않아 다시 청혼을 거두었다면? 과할 정도로 값비싼 반지를 남보란 듯 주었는데 이제 와서 그걸 다시 돌려 달라고 떼를 쓴다면?

일부러 싱거워 보이고 싶은 남자는 없을 것이다. 또 일부러 쫀쫀해 보이고 싶은 남자도 아마 없을 것이다. 그런데 어찌된 영문인지 멜레는 지금 이 두 가지 '사나이다운' 기질을 동시에 보여 주기로 작정한 것 같다.

전국적으로 스포트라이트가 이 둘을 비추는 가운데 한때 닭살 커플이었던 이들은 이번 주 조용히 소송을 기각했다. 그리고 그들은 오래오래 행복하게 살았 ……. 아니다, 결말이 틀렸다.

그리고 두 사람 다 어떻게 합의를 보았는지에 대해서는 함구하기로 했다. 동화가 아니라 현실의 결말은 바로 이거다.

사실 펜실베이니아의 판례가 어떠했는지는 다들 알고 있다. 약혼반지는 원래 '조건부 선물'로 간주되며 결혼 단상에서 둘 사이의 계약이 키스와 함께 성사되기까지는 구혼자의 소유다. 결혼을 한 뒤에야 신부의 소유물이 된다는 것이다.

하지만 인간의 감정을 어디 그렇게 무 자르듯 할 수 있는가? 이제 남자 분들, 이리 와서 나를 좀 응원해 주시라. 여러분이 어떤 여인에게 반지를 주었다면 그것을 준 의도는 무엇인가? 그 반지를 진짜 준 것인가, 아니면 그녀와의 거래가 완전히 성사될 때까지만 손가락에 당신의 재산을 끼고 있도록 허가한 것인가?

사실 그 이상의 의미를 갖고 있는 것 아닌가? 아니면 적어도 의미를 가지도록 해야 하는 것 아닐까?

약혼의 법칙

내가 만약 약혼의 법칙을 만든다면 이런 것이 될 것이다. 선물은 선물이다. 선물을 준 사람은 자기들이 증여한 것을 돌려받지 않게 되어 있다. 남성들이여, 당신이 반지를 주었으면 그 반지는 그녀의 것이다.

하지만 여성분들! 만약 당신 쪽에서 먼저 마음을 바꾸어서 '죽음이 우리를 갈라놓을 때까지' 어쩌구저쩌구 하는 단계에 이르기 전에 당신의 약혼자와 안녕을 고했다면 적어도 그에게 반지를 돌려 주려는 행동을 취하는 것이 좋다. 꼭 그럴 필요가 없더라도 말이다.

그리고 남성 여러분, 만약 당신 쪽에서 약혼을 파기한 것이라면 더 이상 천생배필이 아닌 그녀에게만 안녕을 고할 것이 아니라 동네 금은 방집 아이들이 진짜 좋은 대학을 가게 만들어 준, 당신이 적금 깨서 샀던 그 커다란 돌덩이에도 영원히 '바이바이' 인사를 하는 편이 좋겠다.

더 넓은 관점에서 본다면 그 반지는 당신의 바보 같고 염치없고 변덕스러운 행동과 바꾼 것이라고 보면 된다. 그 돌멩이의 가격이 아무리 35,000달러나 한다고 해도 어쩔 수 없다.

이 이야기의 교훈은 이렇다.

만약 당신이 반지를 돌려 달라고 해야 할 필요가 있다면, 그것은 당신이 애초에 거기에 돈을 지나치게 썼다는 의미다.

만약 당신이 그녀가 과연 그 반지를 받을 자격이 있는지 자꾸 생각하게 된다면, 그것은 그녀는 당신의 짝이 아니라는 의미다.

만약 청혼한 다음에 어느 날 아침 일어나 갑자기 가슴에 구멍이라도 난 것처럼 공허하고 하루의 시작이 괴롭다면, 이것은 뭔가 잘못되었다는 것을 당신이 안다는 표시다. 어떻게 알긴, 그냥 아는 거지. 그리고 그 사람은 당신이 평생 같이하고 싶은 사람이 아니란 뜻이다. 그럴 때는 마음의 소리를 듣고 본능을 따라라. 그런 다음 그 사실을 신혼여행 가서가 아니라 지금이라도 깨달았다는 것에만 감사하자.

당신이 신사라면 당신이 아는 최선의 방법으로 그녀를 조심스럽게 놓아 주어야 한다.

당신은 스스로를 비난해야 한다.

반지에 대해서는 입도 뻥긋하지 않아야 한다.

반지를 돌려받는 문제와 상관없이 약혼을 깬 것만으로도 가볍고 변
덕스러운 인간으로 보일 수밖에 없다는 것쯤은 각오해야 한다.

도움의 손,
은혜로운 도움

지난 12월 인도네시아에서 쓰나미로 수천 명이 목숨을 잃고 수백만 명이 집을 잃게 되었을 때 많은 사람들은 기꺼이 지갑을 열었다.

스탠리 해그버그 목사는 침낭을 꾸리고 아내에게 작별 인사를 한 후 '암흑의 핵심(Heart of Darkness: 조셉 콘래드의 소설 제목으로 여기서는 오지를 상징하는 의미로 쓰임 – 옮긴이)'으로 가는 비행기에 올라탔다.

햇보로에 사는 보수적인 침례교 목사 해그버그는 이후 두 달 동안 인도네시아 수마트라 섬의 오물과 잔해 속을 헤치고 다니면서 팔을 걷어 부치고 도울 수 있는 것이면 무엇이든 도왔다.

쌀부대를 나르고 식용유를 배달했으며 집에 쌓인 진흙을 삽으로 퍼내고 홍수로 얼룩진 교실 벽을 칠했다. 물론 그가 한 대부분의 일은 그들의 영혼이 담긴 모든 것 —집과 살림살이와 아이들— 을 잃고 시름에 젖어 있는 주민들의 이야기를 들어 주는 일이었다. "모든 사람들에게 기구한 사연이 있었어요." 지난 달에 필라델피아로 돌아온 예순여섯 살의 해그버그는 말했다.

그가 2월 7일 찾은, 수마트라 섬의 북쪽 끝 아체 특별 자치 구역은 지난 12월 26일에 쓰나미를 동반한 지진이 일어난 곳과 가장 가까운 지역이었다. 해안선보다 거의 30미터 정도 높은 파도가 모든 것을 휩쓸어 갔다. 공식적인 사상자 수는 사망 126,000명에 실종 40,000명이었지만 주민들은 실제로는 그보다 훨씬 더 사상자가 많다고 믿는다.

"가만히 서서 아무리 동서남북 고개를 돌려 봐도 제대로 서 있는 건 거의 없어요. 완전한 폐허죠." 지난 주 그는 자신이 목사로 있는 블루 벨 노르망디 팜스 에스테이트의 퇴직자 커뮤니티의 사무실에서 말했다.

더 숭고한 부르심

사실 기도하던 중에 침례교의 선교단과 같이 가라는 하나님의 부르심이 들려왔을 때 해그버그는 망설였다.

그는 그 나라가 처음은 아니었다. 침례교 선교사였던 아내 낸시와 인도네시아 보루네오에서 16년 동안 산 적도 있다.

하지만 그건 벌써 25년 전의 일이었다. 그는 이런 고령에도 고된 일을 감당할 체력과 정신력이 남아 있는지 확신할 수 없었다. "가지 말아야 할 모든 이유를 다 따져 보았어요. 하지만 이건 하나님이 시키시는 일이라 어쩔 수가 없더군요." 그가 말했다.

이제 그 목사는 그 경험이 자신의 삶을 변화시켰다고 믿는다.

하지만 그는 역사적으로 가장 최악의 자연재해가 일어난 곳에서 보석보다 더 반짝반짝 빛나는 환한 빛줄기를 찾을 수 있었다. 문화적, 종교적 차이와는 상관없이 서로를 보듬는 따뜻한 인류애에서 나오는 빛이었다.

그가 자원봉사를 한 아체 지구는 이슬람 근본주의자들의 본거지였다. 또한 오래전부터 인도네시아 반정부 세력들의 밀집 지역이기도 했다. 쓰나미 전에는 대체로 의심스러운 아웃사이더들이 모여 있는 폐쇄적인 사회였다.

해그버그는 자신의 기독교 신앙을 겉으로 요란하게 내보이지 않으려 노력했다. 자신이 그곳에 있는 사람들을 개종시키러 간 것이 아니라 도우러 갔다는 사실을 명심했다.

보수적인 침례교 목사가 근본주의 이슬람교도들과 황폐하고 무질서한 땅에서 살을 맞대고 있다고? 아마도 완전히 다른 차원의 심각한 갈등을 유발하기 딱 좋은 조건이라고 생각하는 이들도 있을 것이다. 하지만 해그버그는 모기가 들끓는 더위와 습기 속에서 하루하루 지내면서 그 반대의 상황을 경험했다. 그것은 아름다움을 넘어선 숭고함에 가까운 인간애의 경험이었다.

새로운 우정

그는 사실 의심부터 받을 거라고 예상했다. 하지만 그는 그곳에서 우리가 살면서 좀처럼 잡아내기 어려운 기품과 아름다움, 즉 인종이나 교의, 국적에 상관없는 형제애를 발견했다.

"그 사람들은 그냥 너무 친절하고 인정이 넘치고 따뜻했어요." 해그버그는 그 사람들에 대해 이렇게 말했다. 그들의 삶이 그의 마음의 깊은 부분을 건드렸고, 또 그의 삶이 그들의 마음을 건드리기도 했다. 그들은 낯선 미국인이 오직 도움의 손길을 내밀기 위해 이렇게 먼 곳까지 비행기를 타고 왔다는 사실에 진심으로 감동했다.

"그런 상황이 되면 서로의 인생에 아주 깊이 개입하게 되지요. 그 사람의 고통을 이야기하다 보면 그들의 상실감에 같이 울고 싶어집니다. 정말 누구라도 그럴 거예요." 그가 회상하며 말했다.

한 남자는 그에게 이렇게 말하기도 했다. "당신은 우리 가족이에요. 제 형이나 마찬가지입니다."

그 지역의 리더는 그에게 너무도 감사한 나머지 그가 아내와 이곳에 와서 살 수 있도록 집을 지어 주겠다고 말하기도 했다. "아마도 제가 들었던 최고의 칭찬이겠죠." 그가 웃으며 말했다.

그는 큰 감동과 감사의 마음을 안고 집으로 돌아왔다. 이제 확실히 아는 것은 행동은 말보다 더 소리가 크다는 것, 그리고 마음을 열면 그 마음이 몇 배가 되어 돌아온다는 것이다. 또 생사가 걸린 상황에서는 서로의 차이점들이 눈 녹듯 사라진다는 것도 배웠다.

절망의 정글 속에서 그는 보일 듯 말 듯한 좁은 길을 하나 보았다. 그것은 이 땅의 평화로 향하는 길이었다.

그해 여름과 담배

그해는 1967년이었고 널리 알려진 대로 사랑의 여름(1967년에는
몇 십만 명의 히피들이 샌프란시스코에 모이는 행사가 많았다. 그래서 사랑의
여름 하면 자동적으로 1967년을 가리킨다.—옮긴이)이었으며, 모든 사람들
이 이 세상을 자기 방향으로 끌어당기고 있는 듯했다.

가까운 사촌 형 둘은 베트남에서 싸우고 있었고 다른 사촌들은 앤
아버에서 반전(反戰)구호를 외치고 있었다. 우리 큰형은 머리를 길렀
고, 행여 큰아들이 집을 나가 버리지나 않을까 노심초사하시던 엄마는
밤마다 묵주 기도를 드렸다.

지미 핸드릭스, 재니스 조플린, 더 후는 몬테레이 록 페스티발에서
팬들을 열광시켰고 비틀즈는 〈서전트 페퍼스 론리 하츠 클럽 밴드(Sgt.

Pepper's Lonely Hearts Club Band)〉를 발표했다. 그해 여름 내내 우리 집 전축의 턴테이블에서 이 앨범은 거의 멈추지 않고 돌아갔다.

내가 살고 있는 작은 세상에서 그해는 내 친구 존 로서와 내가 우리의 첫 번째 담배를 한 갑 사기로 한 해이기도 했다.

우리는 그때, 열 살이었다.

내 기억이 정확하다면 담배를 먼저 사자고 한 건 내가 아니라 로서였다. 하지만 나 또한 자발적인 공모자였다.

디트로이트 외곽의 호수를 아지트로 삼고 있던 우리 동네의 형과 누나들은 거의 모두 담배를 피웠다. 잔디 깎는 기계의 엔진을 장착한 고카트(금속제의 1인용 자동차)를 타고 다니던 십대 초반의 형들도, 이보다 한 단계 위인 카마로(시보레 카마로)나 GTOs(폰티악)을 몰고 다니던 십대 후반의 고등학교 형들도, 저 아래 해변의 햇살 아래 건강하게 그을린 몸을 뒤척이던 우리 같은 애들은 꿈에서나 말을 붙일 수 있는 멋진 금발 누나들도 모두 똑같았다.

그들은 담배를 피웠고, 그것도 아주 멋들어지게 피울 줄 알았다. 우리도 그렇게 되고 싶었다. 그래서 아침부터 사정없이 햇볕이 내리쬐던 아침, 우리는 똑같은 슈윈 타이푼 자전거를 타고 실반 레인 볼링장으로 출발했다. 볼링장은 우리 집에서 몇 킬로미터나 떨어져 있어 우리 부모님들의 사정거리에서 멀리 벗어난 곳이었다. 우리가 갖고 있던 돈

은 모두 합쳐 정확히 35센트, 더도 덜도 아닌 그 당시의 담배 한 갑 가
격이었다.

우리가 볼링장을 선택한 이유는 그곳 로비에 자판기가 있었기 때문
이다. 또 우리가 아침 일찍부터 움직이기로 한 이유는 그때가 그곳에
사람이 거의 없을 시간대였기 때문이다.

우리는 사실 떨려 죽을 것만 같았다.

내가 바깥에서 자전거를 지키며 망을 보기로 했고 로서가 들어갔
다. 그는 몇 초 만에 혼비백산한 얼굴로 후다닥 튀어 나왔는데, 10센
트 동전을 기계에 넣고 있는데 무슨 소리가 들리는 것 같아 뒤도 안 돌
아보고 잽싸게 튀었다는 것이다.

이제 내 차례였다. 나는 최대한 태연한 척 건들건들 대면서 천천히
걷고 있었으나 내 무릎은 딱딱 부딪칠 정도로 떨리고 있었다. 나는 자
판기에 나머지 25센트 동전을 넣고서는, 로트와일러 개가 내 뒤꽁무
니를 따라오기라도 하듯 꽁지 빠지게 달려 나왔다.

우리는 일단 주차장에서 숨을 고르며 서 있었다. 이제 우리에게 남
겨진 일은 담배를 고르는 일뿐이었다. 그건 꼭 말보로여야만 했다. 쿨
한 아이들은 모두 말보로를 피운다. 그리고 우리는 버튼을 눌렀다.

"네가 눌러. 내가 잡을게." 로서가 말했다.

나는 말보로라고 써진 글씨를 보고 버튼을 눌렀다. 하지만 잘못 눌

렀다. 밑으로 나온 것은 '트루' 담배였다. 로서는 그 기계에서 썩은 쥐가 떨어졌다 해도 그보다 더 공포에 사로잡힌 표정을 짓지는 않았을 것이다. 악! 안 돼. 계집애용 담배잖아!

하지만 비탄에 잠겨 있을 시간이 없었다. 언제 어른이 나타날지 몰랐다.

"가자!" 로서가 소리 지르며 트루 담배를 바지 속에 쑤셔 넣었다. 우리는 자전거에 날듯이 올라타 최고 속도로 페달을 밟았고, 우리 집 맞은편의 텅 빈 호숫가 도로에 도착할 때까지 한 번도 멈추지 않았다. 이곳에는 호숫가로 이어지는 낡은 계단 말고는 아무것도 없었다.

물가 쪽으로 가면 몸통에 커다란 구멍이 있는 참나무가 한 그루 있었다. 물론 이곳은 수년간에 걸쳐 갖가지 청소년 비행이 이루어졌던 우리들만의 비밀 아지트였다. 바로 그곳에 들어가 우리는 비닐을 살살 벗기고 은박지를 열어서 가는 담배 두 개비를 꺼내 입술로 살짝 물었다.

로서가 성냥불을 켰고 우리는 담배에 불을 붙였다. 그렇게 덜떨어진 바보 형제의 퍼포먼스가 이어졌다. 담배 연기를 내뿜는 건지, 기침을 하는 건지 정신이 없는 가운데, 눈에는 눈물이 고였고 머리는 빙빙 돌았으며 위장을 누가 손으로 휘휘 젓는 것만 같았다.

쿨해 보이기 위해서 하는 일 치고 담배 피우는 건 그다지 재미있는 일이 아니었다. 그럼에도 불구하고 우리는 담배 한 대를 다 피우고 세 번째 개비에 불을 붙여 같이 나눠 피웠다.

우리는 담배를 피우는 동안 나무 꼭대기에 대고 알고 있는 모든 욕을 지껄였다. 그냥 그 스릴과 만족을 느끼기 위해서. 저 삼거리에 있는 레이디 리퓨지 성당에서 우리를 가르쳤던 수녀님의 마음에 대못을 박기 위해서. 그저 우리는 그렇게 호락호락하게 교화되지 않았다는 사실을 알기만을 바라며 줄곧 욕을 해댔다.

담배 피우면서 욕을 하다니, 이 얼마나 어른스런 행동이란 말인가 (우리 둘 다 성인이 되어서는 흡연을 하지 않았다. 하지만 둘 다 가끔씩 나무에 대고 욕은 한다).

로서와 나는 담배꽁초를 잘 묻고 남은 담뱃갑은 나무 구멍 속에 잘 숨겨 놓은 뒤, 같이 우리 집으로 갔다. 물론 우리는 부엌 싱크대에서 뭔가 하고 있던 엄마를 재빨리 지나쳐 화장실 문을 잠그고 치약으로 이를 빡빡 닦았다. 우리는 마치 전쟁터에서 돌아온 병사 같은 기분이었다. 그런 다음 아무렇지도 않은 척 있는 대로 허세를 부리면서 싱크대 옆에서 장난치고 상대방에게 잽을 먹였다.

우리는 문제투성이의 혼란스러운 세상에서 아직은 심각한 걱정이나 무거운 짐을 갖고 있지 않았던 열 살 소년이었다. 우리는 그 찌는 듯한 여름날에 온몸을 바쳐 전속력으로 내달렸다. 그리고 막 우리의 첫 번째 담배를 정복했다. 물론 못해 먹을 짓이긴 했지만.

우리는 생각했다. 이만하면 자축을 해도 되겠지. 서전트 페퍼스 앨범을 다시 한 번 돌려 듣고 구릿빛 피부에 어여쁜 누나들이 오늘도 우리를 본체만체하는 그 해변으로 달려가도 되겠지.

폭력의 여름,
두 세상이 부딪치다

이제 노인이 된 우리 삼촌은 은퇴한 신부로, 시골의 통나무집에서 아무도 먹지 않는 채소를 키우며 살고 있다.

하지만 1967년 여름, 그는 세인트 캐더린 성당의 신부였다. 그 성당은 내가 자라는 호숫가 교외 마을과는 거리상으로는 40분, 심정(心情)상으로는 지구 반대편 정도로 떨어진 디트로이트 빈민가 교구에 있었다.

그 지역의 교구민들에게 우리 삼촌은 몬시뇨르(대주교의 존칭) 빈센트 하워드라고 불리는 하늘 같은 존재였지만, 그의 조카들에게는 그저 못 말리는 장난꾸러기 빈 신부님일 뿐이었다. 등짝을 쩍 소리 나게 때리면서 반갑다고 인사하고 셔츠에 얼음을 넣고 킬킬대는 삼촌, 또 창문 좀 보라고 해 놓고 우리 선디(과일이나 과즙 등을 얹은 아이스크림)에 올린 체리를 슬쩍 먹어 버리는, 우리와 동급의 장난을 일삼는 친구였다.

그해 7월 23일, 어느 일요일 밤, 삼촌은 평소답지 않게 전혀 농담을 하지 않았다. 사람의 목숨이 왔다 갔다 하는 일 때문에 큰 걱정에 빠져 있었다.

아무런 경고도 없이 디트로이트 시내의 대부분이 폭발되고 말았다. 이 나라에서 가장 폭력적인 인종 폭동으로 5일 동안 마을이 불타면서 43명이 죽고 도시의 한 블록이 모두 재로 변했다. 상점들은 불에 타고 소방관들마저 총을 쐈으며 경찰은 관할 경찰서에서 꼼짝 못하고 갇혀 있었다. 그리고 삼촌은 교인들을 보호하기 위해 동분서주 하고 있었다.

"우리 바로 옆에서 폭동이 벌어지고 있었어. 그날 밤 나는 우리 교인 35명을 사제관에서 재웠지." 그는 최근에서야 내게 그때의 이야기를 자세히 해 주었다.

"계단에서도 자고, 바닥에서도 잤지. 창턱까지 고개도 들지 못하고 기어 다녀야 했단다. 잘못하다 총에 맞을까 봐서."

그는 특히 어린아이들이 여럿 있고 폭동 지점에서 아주 가까운 곳에 위치한 두 집을 무척이나 걱정했다. 다음 날 아침 일찍 그는 전화기를 들었다.

"나는 너희 엄마에게 전화를 했고 너희 엄마는 기꺼이 아이들을 며칠 맡아 주기로 했단다." 그가 회상했다.

내 기억은 바로 이 시점에서부터 시작된다.

그날 아침 텔레비전 생방송으로 디트로이트의 화재 사건을 보고 있을 때 빈 삼촌의 자동차가 우리 집 앞으로 들어와서 아이들을 내려놓았다. 일곱 명의 아이들이 옷을 넣은 식료품가게의 종이봉투를 들고 어정쩡하게 서 있었다.

내가 회상하기로는 그중에 가장 어린 아이가 여덟 살이었고 가장 나이 많은 아이가 열다섯 살이었다. 두 집에서 온 남자아이들과 여자아이들이 섞여 있었다.

그날까지만 해도 나는 우리가 사는 조용한 교외 동네가 이 세상 전부인 줄 알았다. 우리 동네에서는 수영 레슨이 있고 승마 강습이 있었으며 리틀 리그와 터치 풋볼(미식축구보다 덜 위험하게 만든 경기)이 있었다. 나는 고작 열 살이었고 가난과 인종 차별이 곪은 상처처럼 존재하는 디트로이트 같은 장소가 존재한다는 사실에 대해서는 아주 희미한 개념밖에 갖고 있지 않았다.

잔뜩 주눅이 든 아이들은 누가 봐도 가난해 보였으며 내가 그들의 세상에 놀란 것 이상으로 그들도 나의 세상을 보고 깜짝 놀란 것 같았다. 난 평소 우리 가족이 중산층이라고 알고 있었는데 ―차도 한 대, 흑백 텔레비전도 한 대뿐이었으니― 그 아이들은 우리가 엄청난 부자라고 생각하는 것이 눈에 훤히 보였다. 우리는 넓은 도로 아래, 공원 같은 널찍한 부지에 있는 현대식 이층집에 살고 있었고 근처에는 해변이 있고 그 해변에는 흰 요트가 여러 척 떠 있었다.

내가 사는 교외에서, 나는 언제나 내가 꽤 터프하다고 자신하고 있었다. 물론 나는 터프하지 않았다. 이 아이들이야말로 터프했다. 나는 아이들의 면면을 보는 즉시 겁을 먹었다. 우리는 어색함과 의심이 담긴 눈으로 서로를 바라보았다.

엄마는 아이들에게 모두 수영복으로 갈아입고 저 밑에 해변으로 가서 놀라고 했다. 나중에 알게 된 사실이지만 우리 엄마의 목적은 그 틈을 타서 빨래를 하려는 것이었다.

물가까지 가서야 나는 모든 아이들이 나 같은 특권을 누리며 자라는 것은 아니라는 사실을 깨달았다. 그들은 나에게는 너무나 편안하고 당연한 바다를 쭈뼛거리며 처다만 보고 있었다. 그들 중에는 한 명도 수영을 할 줄 아는 아이가 없었다.

아이들은 당시 라디오에서 곧잘 흐르던 러빈 스푼풀의 '도시의 한여름(Summer in the City)'의 빠르고 강렬한 박자처럼, 폭동이 거세게 몰아쳤던 5일 동안 우리 집에서 같이 지냈다. 여자애들이 침대를 차지했고 남자아이들은 뒷마당의 텐트 트레일러에서 잤다. 주체할 수 없는 모성 본능의 소유자였던 우리 엄마는 핫도그와 구운 콩요리를 한 솥

가득 먹인 다음, 당신의 아이들에게 하던 방식 그대로 이 아이들에게
전부 욕조에 들어가 발이 깨끗해질 때까지 나오지 말라며 호통을 치기
도 했다. 밤이 되면 우리는 마시멜로를 구워 먹고 그들이 사는 도시에
서는 보이지 않았을 별을 바라보았다.

우리는 서서히 친구가 되었다. 같이 자전거를 타고 동네 어귀를 돌
아다녔으며 숲속을 헤매고 다니거나 물장구를 치기도 했다. 나는 내
나이 또래의 남자애에게 어떻게 개헤엄을 치는지 가르쳐 주었고 그 아
이는 내게 만화 주인공 그리는 법을 알려 주었다.

하루하루 지나고 시간이 흐를수록, 우리는 우리가 사는 장소와 우
리가 누리는 것들이 아무리 차이가 난다고 해도 정작 우리들은 그다지
다르지 않다는 사실을 이해하게 되었다.

결국 우리는 다 애들일 뿐이었다. 아이스크림에 환장하고 목욕을
질색하는 애들. 맨발을 사랑하고 개학식이 두려운 애들. 엄마 심부름
을 어떻게든 안 하려고 도망 다니고 하지 말라는 짓만 골라 하는 애들.

폭력적인 사회 대변동으로 인해 우리는 서로의 삶 속으로 걸어 들
어갈 수 있었다. 우연히 만난 너무도 다른 세계는 부딪침 없이 하나로
뭉칠 수 있었다.

그들에게는 아마 내 생활이 동화 속 이야기이자 얼마 있지 않아 깨
어나 버릴 달콤한 꿈이었을지도 모르겠다. 그들은 자기들의 불타는 동

네에서 빠져 나와 여기 안전하고 깨끗하고 풍요로운 세상에 발을 들여 놓았다. 그들은 자기들 손에 잡히는 세상 밖에 펼쳐져 있는 다른 세상을 충분히 맛볼 수 있었다.

하지만 여기서 더 많이 배우고 깨우친 사람은 나였다. 이 아이들은 내게 긴급주의보나 마찬가지였다. 나는 이후 다시는 우리 부모님이 열심히 노력해서 내게 베풀어 준 것들을 당연하게 여기지 않게 되었다. 나는 더 이상 아이들은 다 똑같이 자라고 인생이 누구에게나 평평한 운동장 같은 것이라고 생각하지 않았다.

우리가 함께 지내는 마지막 날, 작별인사를 할 때가 되었을 때 우리는 서로를 안아 주며 꼭 편지하기로 약속했다. 그리고 그들은 빈 삼촌의 자동차에 우르르 올라타고 잿더미가 되어 버린 자신들이 살던 옛 동네로 돌아갔다. 차가 점점 멀어져 서로 보이지 않을 때까지 그들은 나를 보며 마냥 환하고 행복한 웃음을 지어 보였다.

세대교체에 대하여

내가 처음으로 더 후(The Who: 영국의 록 밴드)를 보았을 때 나는 고등학교 졸업반이었다. 그 시절을 떠올릴 때마다 잊혀지지 않는 기억은 내가 깔려 죽을지도 모른다는 절박하고 무서운 느낌이었다.

1975년 12월, 미시간 주의 폰티액 실버돔은 당시 디트로이트 라이언스의 홈구장이었다. 수만 명의 팬들이 그 주위에 둘러서서 문이 열리기만을 기다리고 있었다. 일반석 입장이었다.

나는 단짝 친구 레이와 아침 일찍부터 와서 앞쪽에 서 있었다. 게이트가 아직 닫혀 있었는데도 사람들이 자꾸자꾸 앞으로 밀려들었다. 점점 줄 간격이 좁아지더니 팔도 못 움직이고 숨도 못 쉴 만큼 갑갑해졌다. 그런데도 사람들은 꾸역꾸역 앞 사람을 몸으로 밀어붙였다.

관중들이 점차 패닉 상태에 빠져들고 있을 때 문이 활짝 열렸고 우리는 세찬 강물에 떠내려가는 잡동사니들처럼 앞으로 쏟아져 들어갔다. 하지만 이것은 내가 그때까지 한 번도 들어 보지 못했던 너무나 격렬하고 무모한 로큰롤의 밤과 너무도 잘 어울리는 격렬하고 무모한 시작이었다. 그날 밤 맹렬하게 몰아붙이는 록 음악이 마리화나의 연기와 하나가 되어 내 정신을 멍하게 만들었다.

두 번째 내가 더 후의 공연을 본 것은 지난 주 와코비아 센터에서였다. 두 멤버가 아직은 살아 있으니 더 후의 공연이 맞다. 이 공연을 보며 나는 지난 31년의 세월 동안 우리가 얼마나 변했는지를 새삼 깨달을 수 있었다.

내 직장 동료인 댄 들루카가 쓴 공연 리뷰에서처럼 그 공연장에는 십대 아들딸을 데리고 온 중년의 부모들이 압도적으로 많았다. 아버지와 아들이 커플로 더 후 티셔츠를 입고 있었다. 엄마와 딸이 같이 노래를 불렀다. "…… 우리는 또 한 번 속지는 않을 거야(We won't get fooled again, 더 후의 노래 가사)."

가족들이 함께하는 무대

물론 관중들 가운데는 젊은이들도 꽤 많았다. 이 시대의 아이콘인 록 밴드가 여러 세대를 모두 끌어들일 수 있음을 증명하는 광경이었다. 하지만 내 주위를 둘러보면 볼수록 오늘의 모임은 록계의 가장 와일드하다는 배드 보이들의 재결합 콘서트라기보다는 축구 캠프처럼 느껴졌다.

마리화나 냄새 같은 건 바람결에 날아오지도 않았다.

아내와 나도 열네 살, 열두 살, 아홉 살 아이를 데리고 왔다. 모두 더 후 팬인 우리 아이들이 너무 늦기 전에 이 문화 현상을 경험하게 하고 싶었기 때문이었다.

그리고 그날 밤이 거의 끝나갈 무렵, 나는 비로소 거스를 수 없는 세월의 무게를 느낄 수 있었다.

기타리스트 피트 타운센드는 여전히 하드록을 선보이고 있었지만 백발이 성성했다. 한때 중고등학교 여학생들의 우상이었던 파란 눈의 천사 같은 꽃미남이었던 로저 달트리는 눈에 띄게 행동이 느려졌고 성량은 줄어들었으며 그의 트레이드 마크였던 마이크를 이용한 현란한 묘기는 전성기 시절에 비하면 애들 장난에 불과했다. 어떤 노래를 시작할 때는 박자를 놓쳐서 관중들에게 사과를 하기도 했다. "반주가 안 들려서요." 그는 반쯤 귀머거리가 된 근황을 설명하며 속상해하기도 했다.

한때 의심할 바 없는 정글의 왕이었던 당당한 사자들이 어쩔 수 없는 쇠락 앞에서 안간힘을 쓰며 싸우고 있는 듯한 모습이었다. 아직까지 록 음악을 할 수는 있었다. 이 점만은 틀림이 없다. 하지만 그들의 공연에서는 종종 가슴이 싸해지는 순간들이 있었다. 폭발할 듯한 에너지를 축구경기장을 꽉 메운 팬들에게 전해 주던 그 시절은 지났다는 것을 말없이 받아들일 수밖에 없는 순간들이었다.

남자 화장실에서 50대로 보이는 한 팬이 열두 살짜리 우리 둘째에게 말을 걸었다. "오늘 밤을 기억해라, 꼬마야. 네가 피트 타운센드와 로저 달트리를 직접 무대에서 본 날 말이야." 그는 내가 아는 것을 알았다. 60년대 록 혁명의 영웅을 비추던 또 하나의 태양이 이제 지고 있다는 사실을.

바통을 이어 주다

그들이 그때와 같은 록 스타가 아니라고 한다면 나 또한 같은 팬이 아니다. 비틀즈의 드러머였던 링고 스타의 아들이자 더 후의 원조 멤버였던 키스 문과 깜짝 놀랄 정도로 비슷한 외모와 신비한 매력을 지닌 잭 스타키를 보면서 그 사실을 깨달았다. 그를 보며 가슴에서 격렬한 감정이 솟구쳤다. 그 감정의 정체는 뿌듯함, 즉 아버지의 감정이었다. 나는 아내의 귀에 대고 말했다. "저 친구 아버지는 지금 얼마나 자랑스러울까." 진심으로 아버지의 마음이 그대로 느껴졌다.

이것은 록 콘서트였고, 말하자면 나도 흔들어야 한다는 것을 알았다. 하지만 내 눈은 어느새 우리 아이들, 음악에 맞춰 고개를 까닥거리는 아이들에게로만 향해 있었다. 그리고 이 아이들은 인생이라는 마법

과 같은 여행을 어디에서 하게 될지 궁금했다. 물론 내가 상상할 수 없
는 미지의 장소일 것이다.

바통이 넘어가고 있다. 한 세대에서 다른 세대로, 아비 사자에게서
새끼 사자에게로, 아버지에게서 아들에게로. 미래는 그들의 것이다.

마지막 노래가 끝나고 관중들은 이 노익장들에게 아낌없이 기립박
수를 쳐 주었다. 그들은 그 박수를 받을 자격이 있다. 예전에 우리에게
보여 준 그들의 열정적인 모습 때문에도 그렇고 그들이 우리에게 선물
한 추억으로도 그렇고 현재 그들의 모습으로도 그렇다.

그때 타운센드가 무대를 청년처럼 가볍게 뛰어 내렸다. 반면 그의
동료는 류머티즘 관절염이 있을 법한 무릎으로 조심스럽게 절름거리
며 무대를 내려왔다.

또 한 명의 흰머리 록가수가 알려 주었듯이, 로큰롤은 절대 죽지 않
는다. 하지만 한때 무대의 영원한 젊은 신이었던 록가수들은 언젠가는
시들게 되어 있는 것이다.

큰 집에 간
작가들

내가 그날 영부인하고 백악관에서 아침을 먹고 있었는데 말이야
…….

안다, 알아. 시답지 않은 농담의 첫 문장 같다는 걸. 하지만 나는 지난 토요일, 진짜로 벤저민 프랭클린의 거대한 초상화 밑에서 연어와 프렌치토스트를 먹고 있었다.

내가 정치가와 그나마 가장 가까운 거리에 있었던 때는 1968년 미시간 주지사를 향해 국기를 흔들고 있을 때였다. 그래, 나는 조금만 유명한 사람만 봐도 환장한다.

"이거 꿈 아니지?" 나는 아내에게 속삭였다.

그녀는 파우더 룸에서 가져온 무늬가 새겨진 페이퍼 타월을 보여 주기 위해 재킷 주머니를 슬쩍 열어 보였다. "응. 꿈 아니야."

나는 유니폼 입은 해병대를 슬쩍 보면서 우리가 지금 어떤 연방법에 저촉되는 행동을 하고 있는지 곰곰이 생각했다.

그렇다. 우리가 여기 있다. 나는 주머니에 손을 넣어 제니에게 내가 슬쩍 해 온 기념품을 보여 주었다. 이런 말이 찍힌 칵테일 냅킨이었다. "미연방 대통령의 인장."

"관타나모(쿠바 동남부의 도시. 미국의 해군기지가 있음), 우리가 왔다." 내가 말했다.

공식적으로 말해 두는데 제니와 나만 기념품을 훔친 건 아니다. 조찬 모임에 모인 150명 남짓의 손님들 사이에서 휴지를 구하기가 상당히 어려웠다는 이야기가 들려 오고 있으니까.

우리는 아주 단순한 이유 때문에 그곳에 모였다. 우리들은 모두 책을 썼다. 그리고 젊은 시절 도서관 사서로 일했던 로라 부시는 책에 큰 애착을 갖고 있다.

그녀의 책 사랑이 얼마나 지극했던지 6년 전부터 의회 도서관과 함께 내셔널 북 페스티벌을 열어 유명 작가와 열혈 독자들을 한 자리에 모으기도 했다.

매년 그 페스티벌의 규모가 커졌다. 그리고 토요일에는 나이를 초월한 10만 명의 독자들이 내셔널 몰에 모여 도서 낭독회와 작가 사인회에 참석했다. 만약 문자가 멸종 위기에 있고 또 전자 제품들이 종이에 쓴 구식 말들을 자꾸 밀어낼까 봐 두려워하고 있다면 걱정은 접어두시길. 그 몰의 풍경을 한 번만 봤다면 책에 대해 무한한 희망을 가질 수 있었을 것이다.

그 관중들 중에는 상상할 수 있는 모든 인구 통계학상의 샘플들이 있었다. 하지만 내 눈을 사로잡은 건 젊은 사람들이었다. 중학생들이 작가 사인을 모으고 눈썹에 피어싱을 한 고등학생들과 대학생들이 열심히 메모를 했다. 한 여학생은 매사추세츠 앤아버에서부터 한참이나 차를 타고 왔다고 한다.

그날 그 몰에서, 문자는 너무도 크고 뻔뻔할 정도로 힘차게 써진 워싱턴 기념탑이란 글자처럼 당당하게 자기의 존재를 뽐냈다.

하지만 페스티벌 전에 조찬이 있었고 조찬 전날 저녁에는 의회 도서관 주최의 작가와 후원자들을 위한 정장 파티가 열렸으며 그 파티에 대통령과 로라 부시, 국무장관인 콘돌리자 라이스와 다른 행정관들도 참석했다. 내가 지금 그 자리에 와 있는 것이다.

"저기 봐." 나는 옆 테이블에 있는 법무장관인 알베르토 곤잘레스〔부시 행정부의 전 법무부장관으로 아부그라브 포로수용소 고문사건 시 고문이론을 제공한 책임자라는 지적을 받아 퇴진. 알베르토 '고문 남자(torture guy)'로 불림—옮긴이〕를 보고 아내에게 말했다. "고문 남자다."

하지만 우리는 그곳에 고문이나 불법점유나 곤경에 빠진 이라크에 대해서 토론하기 위해 모인 것이 아니었다. 우리 모두는 한 마음, 즉 종이에 쓰인 말에 대한 가치를 존중하는 마음에서 여기 모인 것이다.

초대된 작가와 시인과 삽화가들 중에는 다양한 작가 군단이 있었다. 법정 스릴러 작가인 스콧 터로우와 필라델피아가 배출한 소설가 리사 스코토라인도 참석했다. 도서 전문 기자인 밥 우드워드와 『연을 쫓는 아이(The Kite Runner)』의 작가인 할레드 호세이니도 자리했고, 퓰리처상 수상자인 전기 작가 도리스 굿윈, 역사 저술가 테일러 브랜치, 언론인 제럴딘 브룩스도 있었다.

그렇다. 그리고 한 구석에 나도 있었다. 미치광이 래브라도 리트리버와 함께 나눈 인생에 대해 쓴 칼럼니스트.

부시 여사에게 초청을 받은 이 모든 이들은 책에는 뭔가가 있다, 책은 중요하다는 메시지를 전하고 있었다.

그녀는 '우리를 깨어나게 하고 정보를 주고 감동을 주며 또 재미있게 해 주기 위해 수많은 시간을 철저한 고독 속에서 작업했던' 작가들에게 고마움을 표시했다. 나도 그녀와 몇 분 정도 함께할 수 있었는데 나는 그녀에게 진짜 중요한 것을 이렇게 치켜세우고 감싸 주어서 감사하다고 말했다.

일단 영어를 들어 이야기를 한다면 이렇게 된다. 스물여섯 개의 알

파벳은 적절하게 결합되었을 때 놀라운 마법을 창조한다. 이 스물여섯 개의 글자가 자유롭고 견문이 넓은 사회의 기초를 형성한다.

당신이 가끔 부시 대통령과 그의 정부에 대해 생각할 때면 ―솔직히 말해 나는 별로 생각을 하지 않지만― 칭찬할 만한 것에는 칭찬을 해 주도록 하자.

로라 부시는 이전의 어떤 영부인보다도, 어쩌면 오늘날 이 나라의 어떤 사람보다도 읽고 쓰는 일을 장려하기 위해 앞장섰다. 그녀는 자신이 가진 매우 효과적인 언론 매체를 통해 독서와 문학에 스포트라이트를 비추었으며 다음 세대인 우리 아이들을 평생 책을 옆에 끼고 살아갈 수 있는 독서가로 키웠다.

부시 대통령의 공적은 의문으로 남을 것이다. 하지만 그의 아내의 공적은 안전하다.

참 잘하셨습니다, 부시 여사.

그리고 멋진 냅킨, 고마워요.

용서에서 배운
통렬한 교훈들

돌이켜 보면 내가 운전을 좀 급하게 하고 있었던 것 같다. 특히 비 때문에 미끄러워진 도로 상황을 고려하면 더욱 그렇다.

나는 교차로에 있었고 내 앞에는 차 한 대가 좌측 깜빡이를 켜고 서 있었다. 기다리는 시간이 지루했고 어서 빨리 좌회전을 하기만을 기다리고 있었다.

하지만 신호등이 바뀌었는데도 앞의 차가 좌회전을 하지 않고 있었다. 깜짝 놀라 브레이크를 밟았지만 조금 늦었다. 내 차는 미끄러져서 그 차 뒤를 세게 들이박았고 그 차는 내 차에 밀려 사거리 한가운데 툭 튀어나오게 되었다.

기적처럼 다른 차들은 모두 그 차를 피할 수 있었다. 하지만 나는 나의 미숙한 판단으로 아무 잘못 없는 사람의 목숨을 빼앗을 수도 있었다는 생각에 가슴을 쓸어내렸다.

교차로를 지난 뒤 우리 둘 다 주차장에 차를 세웠다. 차 안에 있던 사람은 나이트클럽 경호원 같은 분위기에 덩치가 크고 다분히 위협적인 남자였다.

그는 한 군데도 다치진 않았고 나도 멀쩡했다. 그 남자 자동차의 내가 들이받은 부분도 움푹 들어가기는커녕 아무런 표시도 나지 않았다.

"여보세요. 당신은 거의 나를 해치울 뻔했어요." 운전자가 말했다.

나는 연신 고개를 숙이며 사과했다. 그는 충분히 화낼 만했고 나는 그에게 얼굴을 한 방 맞거나 손가락질을 당하거나 심한 욕을 먹을 준비를 하고 있었다. 사람들은 이것보다 훨씬 더 사소한 실수에도 실컷 얻어맞고 잘못하면 총까지 맞지 않는가.

하지만 그때 그가 아주 놀라운 일을 했다. 날 처음 보는 이 사람이 내 손을 잡고 악수하더니 말했다. "그냥 사고죠, 뭐. 됐어요. 괜찮습니다."

용서라는 말

그게 벌써 몇 년 전이다. 하지만 그 순간은 내게 아주 강한 인상을 남겼는데 내가 그때 아주 중요한 것을 배우는 입장이었기 때문이다. 나는 실수를 저질렀고 그는 용서했다.

용서.

모두들 자신이 용서를 할 능력이 있는 사람이라고 생각한다. 그리고 우리 대부분은 대부분의 경우 그렇기도 하다.

우리는 순종하지 않은 아이를 용서한다. 우리는 실수로 우리 집 우체통을 쓰러트리고 간 배달 트럭 운전사를 용서한다. 아마도 우리 것을 훔쳐간 도둑마저 용서할 수 있을는지 모른다.

하지만 이것보다 훨씬 심한 짓을 당했다면 어떨까? 누군가 나에게 말하기조차 꺼려질 만큼, 상상조차 하기 싫을 만큼 끔찍하고 비인간적인 잘못을 했다면?

만약 어떤 사람이 한 시골학교에 쳐들어가 죄 없는 열 명의 아이들을 칠판 쪽에 줄지어 세워 놓고 머리에 총을 쏘았다면?

대체 어떤 부모가, 어떤 공동체가 그런 어이없고 잔혹한 행위까지 용서할 수 있겠는가?

우리는 그 답을 알고 있다.

지난 10월 2일, 찰스 칼 로버츠 4세가 랭커스터 카운티의 한 아미시(Amish, 암만파 신도) 학교에 들어가 흉악한 범죄를 저지른 지 채 몇 시간도 되지 않아서 그곳의 아미시 공동체는 이미 용서를 표하고 있었다.

사랑스러운 아들딸들을 땅에 묻기도 전에, 가느다란 생명줄로 연결되어서 아직 가냘프게 숨만 쉬고 있는 아이들 옆을 눈물로 지키면서도, 그들은 완전하게 전적으로 용서를 했다.

이미 일어난 일은 일어난 일이다. 그리고 그 살인자 역시 죽지 않았는가. 아무리 원통함을 호소하고 복수심에 불타오른다고 해도 아이들을 되살리거나 그 살인자를 정의의 심판대에 세울 수는 없는 노릇이다. 아미시들은 두 가지 선택을 할 수 있었다. 가슴을 쥐어뜯는 고통이 존재하는 어두운 계단으로 내려가느냐, 아니면 신앙을 딛고 위로 올라가느냐. 그들은 이렇게 이 세상의 모든 일들, 때로는 이렇게 극악무도한 행동마저도 모두 하나님의 설명할 수 없는 계획하심 안에 들어 있음을 믿었다.

그리고 그들은 용서했다.

슬픔 속에서 피어난 자비

아미시 이웃들은 살인자의 집에 가서 그의 아내와 친지들을 위로했다. 그의 장례식에 참석했고 살해된 여자아이의 장례식에 그 미망인도 초대했다. 희생자들의 가족을 돕고자 하는 사람들이 전국에서 수천 달러를 보내 왔다. 아미시는 이 살인자의 아이들에게도 펀드를 마련해 주었다.

믿을 수가 없다.

믿을 수 없으면서도, 가슴 시리게 아름답다.

이것은 설교 말씀의 일화가 되어야 하는 이야기다. 만약 아미시가 그렇게 무시무시한 범죄행위를 용서했다면 우리도 우리 삶에서 일어나는 무례와 상처와 잘못을 조금 더 자주 용서해 줄 수 있지 않을까?

그 단순하고 선한 사람들은 우리 대부분이 헤아리지 못하는 것을 알았다. 복수라는 이름으로 점점 더 강도가 심해지는 폭력은 끝이 없다는 것, 그리고 그 복수의 산은 인간의 가슴에 아주 깊고 사라지지 않을 흉터를 남긴다는 것이다.

만약 일방적인 용서라는 덕목이 이라크의 수니파와 시아파와의 분쟁을 막았다면, 아일랜드의 가톨릭과 프로테스탄트 간의 전쟁을 끝냈다면, 이스라엘에서의 유대인과 팔레스타인인들 간의 싸움을 종식시켰다면 어땠을지 상상해 보자. 그런 마음이, 갱들이 다른 피부색을 가진 갱들을 죽이는 미국의 거리에서, 9밀리미터 권총에 존경심을 표하는 젊은이들이 판치는 미국의 거리에 조금 더 스며든다면 어떻게 될까?

아미시는 더 고귀한 장소로 가는 길을 찾았다. 우리가 아주 조금이라도 그들을 닮아 가려 노력한다면 지금보다 훨씬 나은 곳을 찾아갈 수 있을 것이다.

비행의
새로운 공포

지난 주 펜실베이니아에서 텍사스까지 비행기를 타고 가면서 항공사에서 주는 스낵의 숫자를 세었다는 것은, 그때의 나의 정신 상태에 대해 뭔가 말해 주고 있다.

나는 비닐 봉투를 좌석 앞 탁자에 깔고 연필 끝의 지우개를 이용해 그 안의 내용물을 일렬로 줄을 세웠다.

나의 '프리미엄 종합' 파워 스낵은 구운 콩 아홉 개 반, 참깨 스틱 다섯 개 반, 미니 프레즐 다섯 개였다. 이것들이 모두 모인 이 미식가의 잔치는 터무니없게도 다 합해서 42그램씩이나 되었다.

승객 여러분, 차린 건 없지만 많이 드세요(Bon Appetit).

항공사들이 비만이 국가적인 유행병으로 퍼지는 것을 막기 위해 이렇게까지 자신들의 역할에 충실하다는 것을 알게 되니 참 좋지 아니한가? 나는 그저 그들이 '다이어트용' 종합 스낵을 찔러 주지 않은 것만으로도 매우 감사하고 있다.

나는 평소에는 종합 믹스 스낵에 집착하느라 아까운 시간을 허비하는 사람은 아니다. 하지만 미국 항공사의 안쓰러운 상황이 나를 이렇게 만들었다. 나를 콩이나 세고 앉아 있는 사람으로 만든 것이다.

승객들이 기내 음식을 싫어하는 것을 즐거움으로 삼던 그때 그 시절을 기억하는가? 그 고리짝 시절에도 실제로 기내 음식이라는 것이 있었던가? 그렇다. 나는 안다. 지금 나는 내 나이를 알려 주고 있다.

신발은 벗으세요

음식은 그저 문제의 일부일 뿐이다.

현대 비행기 여행의 즐거움은 우리가 공항 보안 검색대 앞에서 한 떼의 들소처럼 줄을 서서 신발과 재킷을 벗고 벨트를 끄르고 자꾸 남쪽으로 향하는 바지를 손으로 엉거주춤 붙잡고 있을 때부터 시작한다.

물론 아무도 테러로부터 나라를 지키려는 노력에 툴툴거리지는 않는다. 조용히 양말만 신은 채 발을 질질 끌며 걸을 뿐이다. 하지만 솔직히 말해서 어떤 안전 규칙들은 아무리 봐도 명백한 바보짓일 뿐이다.

나는 내 앞에 서 있던 할머니가 100그램 용량의 올레이 오일(피부 보호 보습제)을 버리는 것을 본다고 해서 크게 안전해졌다는 기분이 들지는 않는다.

몇 주 전부터 액체형 폭발물에 대한 두려움이 퍼지면서 액체나 젤 형태로 된 것은 탑승 전에 모두 폐기하고 있다. 수천 달러어치의 아까운 화장품과 음료수가 그대로 버려진다. 테러리스트들은 이 광경을 보며 얼마나 고소해하고 있을까?

이후에 미 교통안전청은 규칙을 약간 조정했는데 액체나 젤 형태가 들어간 통이 약 85그램이 안 될 경우에만 비닐봉투에 담아서 가지고 탈 수 있다는 것이다.

몇 주 전 보안 검색대에서 내 앞에 있던 남자는 그야말로 기본적인 세면도구만을 갖춘 여행용 세트를 갖고 있었다. 손가락만 한 여행용 치약과 샘플 크기의 데오드란트와 구강세척제가 전부였다. 하지만 그는 깜박 잊고 비닐봉투를 가져 오지 않았다.

TSA(교통안전청) 검색원은 그에게 봉투가 없으면 가지고 들어갈 수 없다고 단호하게 말했다. 그 남자는 그것들을 쓰레기통에 던져 버렸다. 그렇게 해서 뭐 어쩌자고?

내 차례가 왔다. 나는 이전 여행에서 모든 액체용품들을 압수당한 적이 있기 때문에 이번에는 단단히 준비를 했다. 기본적인 용품만, 그것도 작은 사이즈로 비닐봉투에 넣어 온 것이다.

하지만 내 물건 중에는 170그램이 넘는 용량의 치약이 들어 있었다. "이 용기는 너무 큰데요." TSA 검사관이 말했다.

"하지만 거의 비었는걸요." 내가 말했다. 그 안에는 힘주어 짠다 해도 30그램도 될까 말까 한 치약이 들어 있었다.

"그게 중요한 게 아닙니다. 저희는 용기 내용물이 아니라 사이즈로 판단합니다."

상식의 문제

나는 가만히 있을 수 없었다. 따져야 했다. "그러면 85그램 용기에 들어간 170그램의 치약은 되고 170그램 용기에 들어간 30그램 치약은 안 된다는 말씀입니까?"

하지만 나는 이 논쟁이 어디로 향하게 될지 알았다. "마음대로 하세요." 나는 이렇게 말을 던지고 치약을 쓰레기통에 내던졌다.

우리에게는 보안이 필요하다. 나 또한 절실히 깨닫고 있다. 우리에겐 규칙도 필요하다. 하지만 여기에 약간의 상식으로 보완을 한다면 참 좋을 듯싶다.

만약 짐을 검사하는 것이 이 정도로 한심하지만 않다면 아무리 철저하다 못해 쩨쩨한 보안 규정이라 해도 웬만하면 이해하고 넘어가겠다.

몇 달 전 아들과 나는 긴 주말 휴가를 위해 필라델피아에서 캘리포니아로 떠났다. 그리고 나는 그때 이제껏 결코 하지 않았던 일을 했다. 짐을 부친 것이다. 큰 실수였다. 그 짐들은 우리가 여행지에서 집으로 돌아올 때까지도 우리 손에 돌아오지 않았다.

가방을 잃어버린 것이 아닐 텐데도 수화물 찾는 곳에서 짐이 나오는 걸 기다리는 시간이 오히려 비행시간을 초과할 때도 있다. 특히 이곳 필라델피아는 마치 '왜 서두르시나요, 난 시간당 돈 받고 일하면 돼요.' 식의 고객 서비스의 본거지인 것만 같다.

필라델피아 공항에서 U. S. 에어웨이의 수화물이 지체되거나 아예 수화물을 잃어버린 경우가 너무나 많아 민망한 수준이 되어 버리자, 이 항공사의 간부들은 언론을 통해 반드시 이 문제를 해결하겠다고 나섰다. 난 내 눈으로 볼 때까지는 믿지 않겠다.

승객 입장에서는 선택권이 그리 많지 않다. 가방을 부치고는 언젠가는 그 가방을 다시 보게 해 달라고 기도하든가, 아니면 보안 검색대로 가지고 갔다가 치약 게슈타포와 대면하든가 하는 것뿐이다.

유일한 위로는 일단 비행기에 올라타기만 하면 아주 푸짐한 42그램짜리 스낵이 당신을 기다리고 있다는 사실.

그저 입맛이나 버리지 않도록 주의하자.

우편함에서 나이에 관한 상념에 빠지다

보낸 이의 이름이 없는 그 편지는 우리 집 우체통 안의 쓰레기 우편물들 사이에서 삐죽이 고개를 내밀고 있었다.

평범한 흰 봉투 위에는 간단하게 우리 집 주소만 적혀 있었다. 이 안에 무슨 내용물이 들어 있을지에 대해서는 겉에 아무런 힌트도 없었다. 물론 다 이유가 있었다. 나는 이 편지를 보자마자 그냥 버렸어야 했다.

맞다. 그 편지다. 누군가 살면서 언젠가는 받지만 절대 받고 싶지 않은 바로 그 편지. 이 편지에 비한다면 국세청의 체납세 납부 통지서는 로또 당첨이라고 할 수 있다.

당신의 뺨을 철썩 때리면서 아무리 애를 써도 당신은 앞으로 절대 30인치 청바지를 입을 수 없다고 말하는 그런 편지다.

"존 J. 그로건 귀하." 그 편지는 이렇게 시작하고 있었다.

나는 첫 문단을 쓱 넘겨보다가 아주 강력한 문장을 읽고야 말았다. "멤버십이 …… 충분히 …… 가능 …… 혜택 …… 50세 이상."

50세 이상.

나는 기도하기 시작했다. 오, 하나님, 이건 안 돼요. 이것만은. 다른 건 몰라도 이것만은 빼 주세요.

대체 누가 미국 은퇴자 협회에 낚였는가? 바로 나다.

봉투 안에는 1567627이라는 번호가 새겨진 공식 미국 은퇴자 협회 멤버십 카드가 붙어 있었다.

"여보," 나는 아내를 불렀다. "집에 버번위스키 있던가?"

날짜를 세다

공식적으로 나는 아직 50세가 아니다. 아직 근처에도 안 갔다. 내게 50세는 저기 저 지평선 끝에 있는 가물가물한 점으로 보일 뿐이다. 나는 아직 자랑스러운 40대 멤버로 남아 있다. 내 절친한 친구들 중에는 아직 30대들도 많다. 내 친구 중 몇 명은 싱그러운 피부를 지닌 20대다.

그러고 나는 아직까지도 전기톱을 들고 높고 흔들리는 사다리에 올라가는 등의 매우 무모한 작업도 하고 있다.

나는 아직 쉰 살이 되지 않았다. 아시겠는가? 내가 쉰 살이 될 날은 아직 넉 달하고도 열흘하고도 17시간이 더 남았다. 물론 내가 매일 세고 있다고는 말하지 않겠다.

그러니 AARP(American Association of Retired Persons, 미국 은퇴자 협회) 씨 좀 기다려 주면 안 되겠니?

이 편지는 아주 가끔 이런 편지를 기다리고 있을 괴짜를 겨냥하여 길고 긴 '혜택과 서비스' 리스트로 나를 꼬드기고 있다.

일단 노약자 안전 운전 과정 같은 것이 그렇다. 95번 주간 고속도로의 고속 차선에서 뷰익 스카이락(50년대 구식 자동차)을 타고 시속 69킬로미터로 달리는 끔찍한 내 모습이 그려지는 것만 같아 심히 괴롭다. 아아아아아안 돼!

나의 멤버십과 함께 내가 꺾어진 백 살이라는 것을 상기시켜 주는 잡지가 동봉되었다.

그 잡지는 사회보장제도 부서에 정기적으로 업데이트를 하라고 말하고 있는데, 그건 내가 지금 자격이 없기 때문에 너무나 행복한 권리다. 왜 굳이 신고를 해야 하나.

나는 또 AARP 카드도 이용할 수 있다고 한다. 말하자면 "신발을 아끼기 위해서."

모든 색깔, 아니면 흰색만?

그래, 부정하지 않겠다. AARP카드의 도착이 나를 완전히 패닉 상

태의 겁쟁이로 만들었다는 걸. 이건 우리 부모님들이나 가입된 단체다. 왜 이게 벌써부터 나를 괴롭히는가?

나는 정말 기를 쓰고 열심히 살았다. 내가 그토록 자랑스러워했던 짙은 눈썹도 곧 다 사라지겠지.

영원한 청춘, 파터노

하지만 이 혹독한 현실을 부정할 방법이란 안타깝게도 없다. 인생 최고의 장이 아직 내 앞에 남아 있을지 모르지만 내가 앞으로 어떤 식의 이야기를 하건 이 스토리는 결국 똑같이 끝나게 되어 있다.

묘지에서.

바로 그때 나는 조 파터노(펜실베이니아 니타니 라이언스를 40년 동안 맡아 최다승을 기록한 감독)를 생각했다. 인생의 남은 절반을 어떻게 사는가에 대한 이야기를 할 때 이보다 더 좋은 역할 모델이 어디 있겠는가?

펜 스테이트의 전설적인 감독은 다음 달에는 여든 살이 되지만 요즘도 매일 아침 일찍부터 일어나 일터로 향한다.

토요일이면 그의 다리를 부러뜨리려 하는 두 명의 선수들이 그를 향해 달려든다. 물론 아무리 젊은 선수들도 그의 고집과 강철 같은 의지만은 꺾을 수 없다.

나는 파터노가 부상당한 다리를 하늘로 치켜들고 카트에 올라타 경기장을 가로지르는 사진을 너무나 좋아한다. 혐오감과 조급함이 딱 절반씩 들어간 그의 얼굴이 모든 것을 말해 주고 있었다. "빨리 이 망할 다리 고쳐 줘! 얼른 일하고 싶단 말이야."

물론 내가 대학 풋볼 감독에 대한 로망이 있다는 것은 아니다. 하지만 어른이 되고부터 나는 펄펄 뛰는 조 파터노가 되고 싶었다.

고약한 고집쟁이 감독이 되고 싶은 건 아니다. 하지만 시간이란 녀석의 파괴력에도 굴복하지 않는 사람이 되고 싶었다. 타협하지 않고, 될 대로 되라고 포기하지 않고, 자신만의 열정을 끌어안을 수 있는 사람이 되고 싶었다. 나이 값을 제대로 할 수 있는 사람이 되고 싶었다.

활기 없는 사람은 되고 싶지 않았다.

우리 아버지도 그런 면에서는 파터노와 닮은 구석이 있다. 아버지는 매일같이, 마지막 날까지 하루하루를 최선을 다해, 몸을 내던져 살아가신 분이었다. 아마 스무 살이나 어린 사람과 붙었어도 이기셨을 것이다.

자동차 설계 기사였던 아버지는 이런 말씀을 자주 하셨다. "차한테 있어서 최악의 차 인생은 뭐겠냐? 그냥 움직이지 않고 계속 주차장에 서 있는 거지." 인간 기계였던 아버지에게도 같은 규칙이 적용되었다.

그래, 덤빌 테면 덤벼 봐라! AARP. 나한테 멤버십 카드와 노약자 할인 카드를 갖고 와 봐라.

쉰 살이 이제 바로 코앞이긴 하다. 하지만 난 그럴 때마다 위대한
감독이 하프타임에 선수들에게 말해 준 인생의 지혜를 되새겨 본다.
"당신은 스스로가 허락하는 것만큼만 늙는다."

블랙 프라이데이
거부하기

좋은 아침, 쇼핑객들!

오늘은 아주 중요한 날이다. 발광한 세일 사냥꾼들이 광란의 현장 속으로 들어가는 날이다. 장사꾼들과 신용카드 회사 직원들이 영웅이 된 것 같은 환각 상태에 빠져 실실거리는 날이다. 크리스마스의 진정한 의미 운운하는 사람들은 한물간 사람으로 취급하는 그런 날이다.

그렇다. 오늘은 블랙 프라이데이(추수감사절의 다음 날로 대대적인 연말 쇼핑 시즌이 시작되는 날)다. 아주 어울리는 별명이다. 이 날은 어둡고 우울하고 냉소적인 날이니까.

우리 동네 주변에도 벌써 수만 명의 쇼핑객들이 어제의 칠면조 저녁식사를 끝내고 새벽부터 일어나 주차장으로 모여들고 쇼핑몰 복도

를 점령하면서 최신 장난감이나 전자제품을 집어 들고 계산대 앞에 줄
서 있다.

신경은 곤두서고 머리는 뱅뱅 돌고 다리는 아플 것이다. 하지만 충
분히 그럴 가치가 있는 일이다. 왜냐. 오늘 저녁이면 우리 집이 수많은
물건들로 가득하게 될 테니까. 아끼는 사람에게 우리의 마음을 전달할
수 있는 물건들 말이다.

이미 소비성향이 강하기로 유명한 우리 미국인들이 굳이 일부러 날
을 잡아 돈을 써야 한다고는 생각지 못할 것이다. 하지만 오늘은 그런
날이 맞다.

사실 이 말은 정확하지는 않다. 사실 오늘은 어제 저녁에 이미 시작되
었다. 다시 말해서, 블랙 프라이데이 쇼핑은 어제 추수감사절 오후나 저
녁에 벌써 막을 올렸고 몇 군데의 상점들은 실제로 문을 열기도 했다.

왜 가족과 집에서 함께 보내야 할 휴일에 뭔가 너무나 많은 의미가
담긴 물건을 사기 위해서 남들보다 먼저 출발하려고 안달을 해야 하
는 걸까?

균형을 찾기 위해

여기에 휩쓸리지 않기란 무척 힘들다는 걸 나도 안다.

나 또한 부모다보니 우리 부부도 균형을 유지하기 위해 무지 애쓰

고 있다. 우리 마음속에서는 이런 일이 일어난다. 우리는 아이들에게 너무 과하지는 않지만 근사한 선물보따리를 안겨 준다. 그런데 아이들은 곧바로 친구들이 받은 선물과 비교 분석에 들어간다. 그리고 나는 아이들 얼굴에 떠오른 실망감을 본다. 그 모노폴리 게임 상자는 저기 윗집 토미가 지형에 상관없이 탈 수 있는 바퀴 네 개 달린 장난감 자동차를 타고 지나갈 때면 그 자리에서 빛을 잃어버리고 만다.

따라서 크리스마스의 새로운 의미는 이런 감정이다. 죄의식. 그것을 피하기 위해 우리는 마치 내일 아침 다시는 눈을 뜨지 못할 것처럼 물건들을 사들인다. 그것이 특별히 기쁨을 주어서라기보다는 그렇게 함으로써 기본은 했다는 생각이 들기 때문이다.

아기 예수는 아마 무척 자랑스러우실 거다.

이보다 좀 더 수수한 제안을 해 보면 어떨까?

그냥 싫다고 말해라.

안 한다고 말해라.

저 생존 경쟁을 보며 저건 아니라고 말해라.

과대광고를 보며 고개를 저어라.

마케터와 광고주들이 고심해서 짜낸, 아이를 사랑하는 이 시대의 좋은 부모란 신용카드의 한도까지 긁어서라도 자녀들에게 세다가 지칠 정도로 많은 장난감을 사 주어야 한다는 개념을 무시해 버려라.

그리고 친구여, 그 쇼핑몰의 불빛에서 멀어져라. 소음을 막아 버려라. "앞으로 쇼핑할 날이 며칠 남지 않았습니다." 같은 선전 문구는 무시해라.

명절 시즌은 우리 아이들에게 몇 주 만에 유행에 뒤지고 고장 나고 구석에 내팽개쳐질 스물여섯 가지의 장난감을 사 주는 날이 아니다. 스테로이드라도 맞은 것처럼 물불 안 가리고 쇼핑하는 날도 아니다. 적어도 그런 식으로 시작해서는 안 된다. 이것을 인식하는 데는 매우 깊은 신앙심이 필요하지도 않다.

값비싼 노리개

알렌타운의 한 십대 소년이 새로 출시되어 떠들썩한 판촉활동을 벌였던 600달러짜리 플레이스테이션을 산 지 몇 분 만에 권총을 겨눈 이들에게 빼앗기고 만 사건이 일어났다.

이 이야기의 어떤 부분이 날 불편하게 하는 건지 모르겠다. 사람들이 총을 갖고서 다른 사람의 물건을 강탈하는 것인지, 아니면 소니가 앞으로 정확히 24개월 후면 구식이 되어 버릴 600달러짜리 장난감으로 아이를 홀렸다는 사실인지. 아니면 둘 다인지.

작년에 나는 아주 어려운 일을 해 준 특별한 친구에게 특별한 선물을 주고 싶었다.

　나도 여러 과대광고들을 눈여겨보았고 그 친구가 내게 해 준 일에 걸맞은 선물을 하려면 적어도 몇백 달러는 써야겠다고 생각했다. 하지만 결국은 한 푼도 쓰지 않았다.

　대신 밤마다 지하실로 내려가 뒷산에서 주운 호두나무를 이용해 간단한 모양의 기념품 상자를 만들었다. 나는 이 통나무를 평평한 널빤지 모양으로 잘랐고 널빤지를 다시 판지처럼 얇게 만들어 이어 붙인 다음 사포질을 하고 니스를 칠하고 광을 냈다.

　나는 장인의 경지에 오른 공예가는 아니다. 내가 만든 완성품은 그 사실을 역력히 드러내고 있었다. 하지만 내 친구는 나의 정성이 담긴 선물로 돈으로 살 수 있는 어떤 물건으로도 받지 못한 감동을 받았다. 이건 나에게도 진짜 선물이었다.

　나는 근래에 선물을 주는 기쁨을 다시 발견하고 있는 중이다. 그것은 죄책감이나 압력이나 경쟁에 의해 방해받지 않는 순수한 기쁨이다.

　이번 블랙 프라이데이에는 우리 집 벽난로 앞에서, 좋은 책을 읽으며 보낼 생각이다. 쇼핑몰에서의 미친 행진은 나와 상관없는 다른 이들을 위한 운동이 될 것이다. 우리 클럽에 가입하실 생각이 있으신지?

쓰레기 줍기도
세상을 변화시킬 수 있다

록스보로의 어느 날 아침에 중년의 부인이 차가운 바람을 맞으며 리지 애비뉴를 따라 천천히 걸어가면서 몸을 숙여 길에 보이는 모든 물건을 줍는 광경을 본 적이 있으신지?

어쩌면 그녀를 알고 있을지도 모른다. 그녀는 보나마나 한 손으로는 잡종 개 한 마리를 끌고, 다른 손에는 항상 남이 버린 물건을 쥐고 있었을 테니까. 그녀는 아마 먹다 버린 패스트푸드나 빵가루가 묻은 도넛 가방이나 찌그러진 맥주 캔 따위를 줍기 위해 허리를 굽히고 있었을 것이다.

"그냥 내가 쓰레기를 못 견뎌서 줍는 거예요. 만약 그게 끈적거린다거나 물기가 흐르는 거라면 절대 건드리지도 않죠." 이렇게 말하는 이

여인은 다이안 본즈다. 그녀는 자신이 다음 끼니를 찾기 위해 쓰레기를 줍는 거지가 아니란 걸 알리고 싶어 한다. 그녀는 작지 않은 집의 소유자이자 멀쩡한 직장인이며 훌륭한 지역 사회의 일원이다. 다만 다른 점은 그녀가 생각하는 공공의 적, 즉 쓰레기와의 1인 시위를 선포한 여성이라는 사실이다.

쓰레기는 어디에나 있다. 바람에 굴러다니고 인도를 뒤덮고 좁은 광장을 채우고 있다고 본즈는 말한다.

2000년 결혼 직후, 메디아에서 도시로 이사 오자마자 그녀는 이 사실을 즉각 알아채고 말았다. 그녀는 아주 미치는 줄 알았다고 한다.

"전 도시 생활을 굉장히 좋아해요. 도시의 모든 것이 좋아요. 저의 유일한 불만은 이놈의 쓰레기들이죠."

일상적인 선행

쉰세 살이 된 본즈 부인은 어느새 다른 사람이 버린 쓰레기를 직접 줍는 것을 본인의 일로 삼게 되었다. 그녀는 잡종 셰퍼드인 사만다를 데리고 거리 청소라는 임무를 띠고 산책을 나선다.

그녀가 매일 하는 평범한 산책에서 과연 어떤 것들이 걸려들까?

"음료수 캔, 담뱃갑, 사탕 껍질, 감자칩 봉지, 신문, 우유병, 맥주병이나 다른 술병이죠. 우리는 마치 쓰레기가 당연한 삶의 일부인 것처럼 받아들이고 있어요. 사람들은 아무렇지도 않게 그 옆을 지나가죠."

본즈 부인은 아크메 맞은편에 사는데 그녀는 그곳에서도 손님들이 버리고 간 포장지를 줍는다고 한다. 라이트 에이드 근처에는 비닐 봉투들도 많다.

그녀의 집에서 몇 집만 건너면 레버링 초등학교가 있는데 이곳 또한 수많은 쓰레기의 원산지다. 아이들은 과자 봉지나 음료수 병을 자기들이 버린다는 인식조차 하지 못하고 아무렇지도 않게 버린다.

그녀의 산책 경로는 록스보로 고등학교 근처에서 시작된다. 그녀는 학생들이 근처 도넛 가게에서 나와 걸어가며 쓰레기를 길에 버리는 모습을 본다.

가끔은 그 아이들에게 한소리 하기도 한다. "나는 리지 애비뉴 건너편에 있는 아이들에게 빽 하고 소리를 질러요. '그거 주워라!'" 그러면 대부분의 아이들은 쓰레기를 줍는다고 한다.

"많이들 놀라죠. 사실 자기들이 뭘 잘못하고 있는지도 모르니까요."

사실 범인은 아이들만이 아니다. 그녀는 똑같은 행동을 하는 어른들을 잡기도 했다. 그중에는 차창 밖으로 복권 티켓을 아무렇지도 않게 버린 이웃도 있었다.

"그녀는 당첨이 안 된 거죠. 그래서 우리까지 진 거예요." 본즈는 투덜댄다.

포기의 상징

쓰레기만큼이나 그녀를 괴롭히는 것은 쓰레기 버리는 사람들이 자기 집 마당이나 가게 앞의 쓰레기도 줍지 않고 내버려 둔다는 것이다.

그녀는 자기가 쓰레기에 약간 집착하는 성향이 있다는 사실은 인정한다. 그녀는 쓰레기를 도시의 자부심과 지역 사회의 구조를 해치는 암적인 존재라고 믿는다.

"작은 문제처럼 보일 수 있겠지만 쓰레기는 이 도시에 '그러건 말건' 식의 태도를 조성해요. 무관심과 포기의 상징이지요. '그거 알아, 그런데 어쩌라고. 난 포기했어.' 이렇게 말하고 있는 거라고요."

본즈는 절대 포기하지 않을 것이다.

그녀가 막 이사 왔을 때는 레버링 초등학교 근처에 쓰레기통이 하나도 없었고 동네 사람들은 원래 그런 거라고 말했다. 그때 그녀는 담당 공무원인 마이클 너터에게 민원을 넣었고 그러자 학교 바깥에 두 개의 네모난 쓰레기통이 등장했다.

한 사람의 노력이 세상을 변화시킨다는 말은 진짜다.

매일 아침, 본즈는 지나가는 사람들이 자신을 노숙자나 미친 여자로 보거나, 아니면 미친 여자 노숙자로 보더라도 힘이 다하는 한 쓰레기를 줍는다. 그 다음 날이면 항상 더 많은 쓰레기들이 그녀를 기다리고 있다.

"가끔 해서 뭐하나 싶을 때도 있어요. 내가 대체 왜 이렇게까지 신경을 써야 하나 질문도 해 보죠." 그녀는 솔직히 인정한다.

하지만 그래도 그녀는 앞으로 나아간다.

"내가 세상을 변하게 했냐고요? 글쎄요. 누가 알겠어요. 나는 이 넓은 세상 전체를 책임질 수는 없어요. 하지만 우리 집 앞의 작은 장소만은 책임지고 있잖아요. 만약 이 세상의 작은 일부가 더 예뻐진다면 이게 바로 큰 눈덩이의 시작이 아닐까요?"

얄밉고, 성가시고, 사랑스럽고, 못 견디게 그리운

말리와 말썽꾼들

초판 인쇄 | 2009년 2월 6일
초판 발행 | 2009년 2월 17일

엮은이 | 「필라델피아 인콰이어러」
옮긴이 | 노지양
펴낸이 | 심만수
펴낸곳 | (주)살림출판사
출판등록 | 1989년 11월 1일 제9-210호

주소 | 413-756 경기도 파주시 교하읍 문발리 파주출판도시 522-2
전화 | 031)955-1350   기획·편집 | 031)955-1399
팩스 | 031)955-1355
이메일 | book@sallimbooks.com
홈페이지 | http://www.sallimbooks.com

ISBN 978-89-522-1077-7 03840

* 잘못된 책은 구입하신 서점에서 바꾸어 드립니다.

책임편집·교정 : 최은하

값 13,000원